사표
내겠습니다

1 이현성 장편소설

단글

사표 내겠습니다 1

초판 1쇄 인쇄 2020년 1월 9일
초판 1쇄 발행 2020년 1월 23일

지은이 이현성
발행인 오영배
편집 편집부
표지 · 본문 디자인 오정인
제작 조하늬

펴낸 곳 (주)삼양출판사 · 단글
주소 서울시 강북구 도봉로 173
대표 전화 02-980-2112 / **팩스** 02-983-0660
편집부 전화 02-987-9393 / **팩스** 02-980-2115
블로그 blog.naver.com/dan_gul
출판등록 1999년 3월 11일 제9-000046호

ISBN 979-11-283-9829-2 (04810) / 979-11-283-9828-5 (세트)

 은 (주)삼양출판사의 로맨스 문학 브랜드입니다.

사표 내겠습니다

1

이현성 장편소설

단글

목차

1장. 머니 이즈 라이프   007

2장. 너 참 잘 자랐다   183

3장. 그가 그녀를 사랑할 때   373

1장. 머니 이즈 라이프

누가 뭐래도, 세상에서 제일 중요한 건 돈이다.

돈.

돈이 없으면 원하는 걸 이룰 수 없고, 돈이 없으면 굶어 죽기도 하고, 돈이 없으면 사랑조차도 이룰 수 없다.

사람들은 돈보다 중요한 것이 있네, 어쩌네 하지만, 그 사람들에게 돈 몇 억을 준다고 하면 과연 거절할 사람이 있을까?

과연 많은 돈을 앞에 두고도 고고하게 돈보다 다른 것이 더 중요하니, 이 돈은 필요 없다고 거절할 수 있을까?

자존심도, 사랑도, 소망도, 밥을 먹여 주진 않는다.

자존심을 세우려면, 사랑을 하려면, 소망을 이루려면, 결국은 돈이 필요하다.

그런 게 사람이다.

옛날부터 그랬다.

선사시대에는 고기를 가져오는 사람이, 지금은 돈을 가져오는 사람이 환영받는다.

인간은 결국 '돈'을 원한다.

슬희는 높은 건물들이 즐비한 거리에서, 유독 세련된 외관의 건물을 올려다봤다.

이제부터 슬희가 면접을 볼, 두드림 엔터테인먼트의 건물이었다.

슬희는 옷매무새를 점검했다.

중요한 날에만 입는 연회색 투피스 정장.

무릎까지 오는 H라인 치마 아래로, 가늘고 긴 종아리가 쭉 뻗어 있었다.

검은색 힐은 어제 영등포 지하상가에서 구입했다.

아직 길이 들지 않아서 잠깐 걸었을 뿐인데도 뒤꿈치가 아팠다.

건물의 번쩍이는 유리창에 자신의 모습을 비춰 보았다.

늘씬한 팔다리와 잘록한 허리, H라인 스커트를 돋보이게 하는, 선이 고운 골반.

연회색 투피스 정장은 산 지 5년이 넘었지만, 유행을 타지 않는 스타일이라 괜찮아 보였다.

'좋아.'

슬희는 크게 심호흡을 하고 건물을 향해 한 걸음을 내디뎠다.

'가자.'

　　　　　*　　　*　　　*

이슬희.

서른한 번째 면접자.

면접실에 들어와 있는 면접자는 아직 일곱 번째였다.

그러나 창현은 서른한 번째 면접자인 슬희의 서류에서 눈을 떼지 못했다.

이슬희.

단 한 순간도 잊지 못했던, 언제나 가슴에 품고 있던 그립고도 애틋한 이름.

자기소개서에는 사진이 붙어 있지 않았다. 어쩌면 동명이인일지도 모른다.

아니, 동명이인이겠지. 내 인생에 좋은 일은 일어나지 않으니까.

그리 생각하면서도 지원자인 이슬희의 서류에서 눈을 뗄 수가 없었다.

이 이름.

참으로 그리웠다.

두드림 엔터테인먼트의 사장인 창현은, 등을 돌린 채로 면접자들의 이야기를 듣고 있었다.

두드림 엔터테인먼트에 면접을 보러 온 사람들은 세 번 놀라게 된다.

첫 번째는 화려하고 세련된 건물의 외관에.

두 번째는 긴 탁자에 나란히 앉은 다섯 명의 면접관 중 가장 오른쪽에 앉아 있는 면접관 정태윤 비서의 미모에.

세 번째는 가운데서 등을 돌리고 앉아, 아무 말도 하지 않는 남자의 존재에.

두드림 엔터테인먼트의 면접은 그렇게 진행이 되었다.

면접자의 번호가 스무 번째 후반에 접어들었을 때부터, 창현은 긴장하기 시작했다.

이제 곧 서른한 번째 면접자 이슬희의 차례가 된다.

이슬희.

어떤 사람일까.

내 기억 속의 그녀일까, 아니면 이름만 같은 사람일까.

기대하지 말자고 생각하면서도 기대하게 되는 건, 어쩔 수 없는 사람 마음이었다.

이윽고 30번 면접자가 나갔다.

"31번 들어오겠습니다."

문이 열리는 소리가 들려왔다.

창현은 뒤를 돌아 이슬희의 얼굴을 확인하고 싶은 마음을 꾹 참았다.

"안녕하세요, 31번 이슬희입니다."

나직하고 차분해서 듣기 좋은 목소리였다.

'하지만.'

오래전 들었던 그 목소리와 같은지는 확신할 수 없었다.

그때로부터 너무 많은 시간이 흘렀다.

초등학교 때의 목소리는 슬희에게도, 자신에게도 남아 있지 않을 터였다.

생각해 보면 얼굴을 본들 알아볼 수 있을지조차 확신할 수 없었다.

거의 20년이 흘렀다.

20년이라는 시간은 창현을 아주 많이 변하게 한 것처럼, 그녀 또한 변하게 했으리라.

창현은 상념을 털어 내고 면접에 집중했다.

"이슬희 씨, 자기소개 해 주세요."

"안녕하세요. 피할 수 없으면 즐겨라. 인생을 즐기면서 사는 이슬희입니다. 초등학교 때부터 지녔던 좌우명에 따라, 어떤 상황에서든 미소를 잃지 않고 즐거운 마음으로 살아왔습니다. 천재는 노력하는 사람을 이길 수 없고, 노력하는 사람은 즐기는 사람을 이길 수 없다고 합니다. 회사 일을 할 때도 그러한 마음을 잃지 않고, 어떤 일을 맡든 즐거운 마음으로 임하고 있습니다."

창현은 그 이후로도 몇 분 정도 이어진 자기소개를, 한 마디도 놓치지 않고 들었다.

어쩌면 그녀가 나의 '이슬희'일지도 모른다는 생각 때문이었다.

"이슬희 씨는 이미 두드림 본사에서 근속 6년, 대리였네요. 굳이 이 회사에 지원한 이유가 있습니까?"

"네. 있습니다. 돈을 많이 주기 때문입니다."

'엉?'

꾸밈없이 당당하게 돌아온 대답에, 창현은 황당함을 금할 수가 없었다.

아마 다른 면접관들도 자신과 비슷한 표정을 짓고 있으리라고 확신했다.

"돈이라. 단지 그 이유 때문인가요?"

태윤이 마침 창현도 궁금하던 것을 물었다.

이번에도 슬희의 대답은 거침이 없었다.

"네, 그 이유 때문입니다."

"흐음."

"음."

면접관들이 못마땅한 신음을 흘렸다.

창현은 뒤로 돌아서 이슬희가 어떤 표정으로 이런 소리를 하는지 보고 싶었다.

이슬희가 '나의 이슬희'가 아니더라도, 면접 자리에서 이런 소리를 할 수 있는 여자의 얼굴이 몹시 궁금했다.

"회사에 보탬이 되고 싶어서, 어릴 때부터의 꿈이라서, 원대한 포부가 있어서. 다들 그렇게 대답하지만, 결론은 돈 아닐까요? 세상은 돈으로 움직입니다. 꿈이 있어서 회사에 입사하더라도, 결국 더 많은 돈을 주는 곳으로 이직을 하지요. 돈 때문에 이직을 하고, 돈 때문에 지원하는 걸 속물 같다고 생각해 감추고 다른 말로 그럴싸하게 포장하지만, 전 그 부분을 감추고 싶지 않았습니다. 돈 때문입니다."

면접관들이 황당해하는 것도 개의치 않고, 슬희는 계속해서 말했다.

"저는 돈을 많이 벌고 싶기 때문에, 그만큼 더 노력을 하고 있습니다. 노력하지 않는 자에게 돈이 따라오지 않는다는 걸 알기 때문이지요. 회사도 결국은 이익을 많이 내기 위해, 돈을 벌기 위해 움직입니다. 저도 회사와 같은 생각입니다."

또박또박 들려오는 슬희의 음성을 들으며, 창현은 다리를 꼬았다.

'돈 타령 엄청 하는군.'

돈 타령을 당당하게 하는 슬희의 얼굴이 궁금하지만, 이제는 그녀가 '나의 이슬희'일지도 모른다는 희망은 접었다.

기억 속의 슬희는 저렇게 돈에 심취한 소녀가 아니었다.

꿈도, 희망도 많은, 사랑스럽고 상냥한 소녀였다.

아무리 세상 풍파를 다 겪었다고 해도, 그 사랑스러운 상냥함이 저렇게 돈독 오른 단호함으로 바뀌었을 리는 없다.

그 이후로도 여러 가지 질의응답이 이어지고, 면접자들 모두에게 하는 마지막 질문이 던져졌다.

"이번 면접에 합격하면 일주일간 입사 서바이벌에 참가하게 됩니다. 거기서 합격을 해야 최종적으로 두드림 엔터테인먼트의 사원이 될 수 있습니다. 그동안 회사에서 마련한 장소에서 먹고 자고 해야 할 텐데, 가능하겠습니까?"

"네, 가능합니다. 휴가가 아직 많이 남았거든요."

"알겠습니다. 결과는 내일 중으로 통보합니다."

"네, 감사합니다."

"마지막으로 질문은 없습니까?"

"아, 있습니다."

"그래요. 해 보세요."

"저기. 저 가운데 등 돌리고 앉아 계신 분은 누구신가요?"

처음이었다.

이 질문을 한 면접자는.

아마 다들 궁금하지만, 회사 면접 방침이라고 생각하고 묻지 않았으리라.

창현이 이런 식의 면접을 하게 된 지 3년.

그동안 가운데 앉아 있는 창현의 존재에 대해 묻는 면접자는 아무도 없었다.

"대표님이십니다."

태윤이 대답했다.

"아, 그렇군요. 잘 부탁드립니다, 대표님. 31번 이슬희입니다."

슬희는 산뜻하게 대답하고 의자에서 일어났다.

그녀의 얼굴을 보고 싶었다.

그리운 이름이라는 것과는 별개로, 면접 내내 돈 타령을 하다가 아무도 묻지 않는 것을 물어본 그녀의 얼굴이 궁금했다.

창현은 충동을 이기지 못하고 고개를 휙 돌렸다.

눈에 들어온 건, 막 문을 열고 나가는 슬희의 뒷모습이었다.

가녀려 보일 정도로 날씬한 몸매와 잘록한 허리, 긴 다리, 어깨 아래로 살짝 내려오는 검은색 머리.

탁―

문이 닫혔다.

창현은 작게 한숨을 내쉬며, 다시 고개를 돌렸다.

＊　　＊　　＊

"붙겠냐?"

연우가 국자로 감자탕 국물을 뜨며 말했다.

"역시…… 떨어지려나?"

슬희가 풀 죽은 모습으로 중얼거렸다.

산뜻한 하늘색 남방을 입은 연우는, 언제나처럼 머리를 뒤로 말끔하게 넘긴 단정한 모습이었다. 감자탕 국물이 튈까 봐 두른 앞치마에도, 연우의 단정하고 환한 외모는 가려지지 않았다.

감자탕 집에 온 여자 손님 중 몇몇이 연우를 흘긋흘긋 쳐다보는 시선이 슬희에게까지 느껴졌다.

'저 여자들도 이 인간 성격을 알면 관심이 뚝 떨어질 거야.'

라고, 슬희는 생각했다.

"떨어지지. 백 퍼. 누가 면접에서 그렇게 돈 타령을 하는 사람을 뽑겠냐? 미치지 않고서야."

"두엔 사장이 미쳤을 수도 있잖아."

"쯧쯧."

연우가 혀를 차며 국자를 양쪽으로 흔들었다.

감자탕 국물이 뚝뚝 떨어졌다.

"인마. 두엔 사장, 일 잘한다고 유명하잖아. 다 망해 가는 두엔, 그 사장이 오면서 몇 년 만에 업계 1위로 끌어올린 건데. 그런 사람이 미친놈이겠냐? 미침은 하나도 안 묻었을걸."

"역시 그렇겠지?"

"준비 많이 했잖아. 본사에서 근속도 꽤 되겠다, 준비한 것만 잘 읊었으면 합격일 텐데, 대체 왜 돈 타령을 한 거야?"

"거짓말은 영 못 하겠더라고."

"그래, 네가 거짓말을 못 하긴 하지."

생활 모토가 신뢰와 정직인 슬희에게 면접은 높고 험난한 산이었다.

거짓말로 입사 동기를 포장해 나불나불 늘어놓는 자신을 떠올리는 것만으로도 온몸이 근질근질했다.

"너, 대체 본사는 어떻게 합격한 거야?"

"그때는 희망이라는 게 한 꼬집 정도 있었거든."

"그 한 꼬집도 이제는 없어졌고?"

"없지. 꿈도 희망도 없는 세상이야."

슬희는 깊은 한숨을 내쉬었다.

슬희의 사정을 아는 연우는 고개를 절레절레 저었다.

"그래, 너한테는 그럴 수도 있겠다. 그런데 다른 사람들한테는 그 꿈과 희망이 두 스푼 정도는 있거든. 넌 떨어질 거야."

"그렇게 단호하게 한 톨 남은 희망마저 가져가 줘서 고마워. 넌 진짜 진정한 친구다."

"그렇겠지. 감사해야 돼. 이런 말 하는 거, 나로서도 참 가슴이 아파. 하지만 넌."

연우가 국자로 슬희를 가리켰다.

"이번 면접, 망했어."

*　　*　　*

　대표이사실의 문을 열고 들어가면 먼저 비서의 공간이 나오고, 비서실 안쪽으로 대표이사에게로 통하는 문이 하나 더 있었다.

　창현은 비서인 태윤과 함께 대표이사실로 향했다.

　대표이사실의 문을 열기 전, 태윤이 물었다.

　"커피 들고 대표실로 갈까?"

　"그래."

　"생크림 가득, 시럽 펌핑 두 번. 맞지?"

　"응."

　창현이 비서실 안쪽의 대표실로 들어간 후, 태윤은 비서실에 있는 에스프레소 머신으로 커피를 만들기 시작했다.

　창현과는 오랜 시간을 함께한 만큼, 그의 까다로운 입맛과 취향을 잘 알고 있었다.

　자신만큼 창현에 대해 잘 아는 사람은 없을 거라고, 창현의 부모조차도 나만큼 그를 잘 알지는 못할 거라고, 태윤은 자부했다.

　유럽에서 직수입한 고급 원두를 갈아 기계에 넣고 커피를 내렸다.

　향긋한 원두 향기가 순식간에 비서실 안을 가득 채웠다.

　커피를 내리는 동안 냉장고에서 생크림을 꺼내 왔다.

　에스프레소를 컵에 따르고 뜨거운 물을 반 잔, 시럽을 두 번 펌핑해서 넣고, 생크림을 가득 채웠다.

　태윤은 자기 몫인 아메리카노도 만든 후, 머그잔 두 개를 각각 한 손에 들었다.

같은 모양, 같은 색상의 머그잔이 마치 커플용인 것처럼 보여서 좋았다.

대표실 안으로 들어가자, 창현이 소파에 다리를 꼬고 앉아 있었다.

잠시 문 앞에 서서 그의 그림 같은 모습을 관찰했다.

투블럭컷으로 넘긴 머리 아래로 드러난 반듯하고 적당한 넓이의 이마, 짙은 눈썹과 쌍꺼풀 없는 예리한 눈매, 이마에서부터 쭉 뻗은 콧날과 군살이 전혀 없는 날카로운 턱선.

언제 봐도 근사한 작품 같은 옆모습이었다.

태윤은 또각또각 걸어 들어가 창현의 앞에 커피를 내려놓고, 자신도 그 맞은편에 앉았다.

태윤이 다리를 꼬자 짧은 치마 아래로 늘씬한 다리가 드러났지만 늘 그렇듯 창현은 눈길도 주지 않았다.

그 냉랭함조차, 태윤의 가슴을 뛰게 했다.

"거르고 걸렀는데도 역시 면접은 힘드네."

태윤이 손으로 어깨를 주무르며 말했다.

"그러게."

"오늘 면접은 어땠어? 눈에 들어오는 사람 좀 있었어?"

"몇 명. 넌 어때?"

"나도 몇 명 있었어. 우리, 비슷한 사람이 눈에 들어왔을 것 같은데."

태윤은 창현의 취향을 잘 알았기 때문에 거침없이 덧붙였다.

"10번, 21번, 33번, 40번, 42번."

평소처럼 창현이,

"오, 딱 맞췄네."

라고 말해 주길 기다렸는데, 이번엔 다른 대답이 돌아왔다.

"그리고 31번."

"응? 31번? 31번이라면…… 돈?"

"응. '머니 이즈 라이프'였던 여자."

"그 여자가 마음에 든다고?"

"재미있잖아. 솔직하고."

"하긴. 솔직하긴 하더라."

"회사가 이익 창출을 위해 일한다는 건 옳은 말이야. 누구보다도 돈을 원하는 사람은 그만큼 일을 열심히 하지."

"하지만 횡령 같은 짓을 저지를 수도 있어."

"그런 짓을 저지를 사람이라면 애초에 거짓말로 입사 동기를 포장하겠지."

"그건 그러네."

태윤은 납득했다.

"그렇게 생각하면 재미있기는 하다. 신선하기도 하고. 게다가 유일하게 뒤돌아 앉아 있는 너에 대해 물어봤지."

태윤은 휴대폰을 꺼내 메모장에 창현과 주고받은 내용을 작성했다.

그 자리에 나온 면접관들은 얼굴마담일 뿐. 면접 내용을 듣고 합격자를 고르는 건 오롯이 창현의 몫이었다.

면접관들이 특별히 마음에 드는 사람이 있다면 추천할 수는 있지만, 오늘은 따로 추천이 들어오지 않았다.

"지금 말한 여섯 명에 몇 명 더 추가할까?"

태윤이 물었다.

면접 서바이벌을 하는 이유는, 면접관을 앞에 둔 자리에서는 볼 수 없는 면모를 발견하기 위해서였다.

면접관들 앞에서는 긴장해서 떨더라도 재능이 출중한 사람을 찾아내기 위해. 면접관들 앞에서 말만 잘할 뿐인 사람을 솎아 내기 위해.

창현이 두드림 엔터테인먼트, 통칭 두엔의 대표가 된 후, 면접 서바이벌을 시작했고 그 결과는 기대 이상으로 좋았다.

평범한 면접에서는 볼 수 없는 면들을 발견해 채용한 신입들의 능력은 물론, 부수적인 효과도 많았다.

신입끼리의 우정이라든가, 중간에 개입하는 선배 직원들과의 관계, 동고동락을 한 만큼 서로에 대해 잘 알게 되어 수월해진 업무 분담 등.

창현이 처음 이 방법을 제안했을 때만 해도 반대가 많았고, 태윤 역시 반대하는 입장이었지만 이제는 반대파가 완전히 사라졌다.

"저번처럼 총 인원 서른 명으로 시작하지."

"그래, 알겠어. 그리고……."

"아니다. 스물아홉 명으로 시작해."

"응? 왜?"

"마지막 한 명은."

창현이 비로소 머그잔을 집어 들고, 가득 담긴 생크림을 빤히 응시하며 말했다.

"내가 참가하려고."

           *   *   *

창현의 말에 태윤의 눈이 커졌다.

"네가 참가한다고?"

기존 직원이 면접자인 척하고 면접 서바이벌에 잠입하는 건 이상한 일이 아니었다.

첫 면접 서바이벌 때는 태윤이, 작년의 면접 서바이벌 때는 드라마 사업본부 제작팀의 팀장이 면접자인 척하고 서바이벌에 참가했었다.

가까이에서 함께 생활하면서 보는 지원자들의 모습은 강당이나 회의실에 설치된 CCTV로 관찰하는 것과 다르기 때문이었다.

종종 있어 왔던 일인데도 태윤이 놀란 이유는, 창현의 성격 때문이었다.

결벽증에 가까울 정도로 까다로운 창현은, 사람이 많은 곳을 좋아하지 않았다.

하물며 낯선 이들과 함께 동고동락이라니.

창현에게는 아주 고된 일이 될 게 틀림없었다.

"진심이야?"

"응, 진심."

"힘들 텐데."

"어떻게든 되겠지."

"알겠어, 그럼. 아, 그리고 우현이는 어쩔까?"

우현의 이름을 듣자 창현의 표정이 굳어졌다.

창현은 팔짱을 끼고 못마땅하다는 듯 신음을 흘리더니, 어렵게 입을 열었다.

"참가시켜. 입단속 시키고."

"입단속은 네가 시키지그래? 네 동생이잖아."

"동생은 무슨. 피 한 방울 안 섞였는데."

"하지만 우현이는 널 친형인 명현이 오빠보다 더 좋아하잖아."

"글쎄. 그게 진심일까?"

창현의 인간 불신은 조금도 나아지지 않았다.

그래서 창현이 믿고 속마음을 이야기하는 유일한 사람이 자신이라는 사실이, 태윤은 굉장히 기뻤다.

"그럼 이렇게 진행할게. 4일 후, 오전 아홉 시. 김포 공항에서부터."

*　　　*　　　*

[1차 면접 합격을 축하드립니다. 마지막 면접은 제주도에서 일주일간 진행합니다. 지원서에 기입하신 메일로 항공권을 보내 드렸습니다. 오후 12시 출발이오니, 꼼꼼히 확인하신 후 인천 공항으로 오전 9시까지 집합해 발권해 주십시오.]

슬희가 받은 문자를 몇 번이나 확인한 이유는, 연우의 장난일지도 모른다는 우려 때문이었다.

당연히 떨어졌을 거라 생각한 면접에 합격했다. 그렇다면 이건 연우의 장난이다.

그리 판단한 슬희는 연우의 병원으로 전화를 했는데, '채연우 선생님은 수술 중이십니다.'라는 답이 돌아왔다.

수술 중에 장난을 칠 리 없으니, 이 합격 문자는 진짜다.

그제야 슬희는 마음 놓고 기뻐할 수 있었다.

두 주먹을 불끈 쥐고 환호성을 삼킨 슬희는, 이 기쁜 소식을 친한 친구인 주희에게 전했다.

웬일이래, 웬일이래.

그러게 말이야, 그러게 말이야.

그렇게 통화를 끝내고 나서야, 슬희는 메일함을 확인했다.

'1차 면접 합격을 축하드립니다. 두드림 엔터테인먼트'라는 제목으로 온 메일을 클릭하자, 축하 인사와 함께 2차 면접의 주의사항, 문자로 받은 집합 장소가 적혀 있고, 항공권이 첨부되어 있었다.

슬희는 항공권을 꼼꼼히 확인했다.

＊　　＊　　＊

이른 새벽.

창현은 김포 공항을 향해 운전하는 중이었다.

'과연 몇 명이나 제시간에 김포 공항에 도착할까?'

지원자들은 면접 서바이벌이 열리는 장소에 도착하고 나서부터 시작이라고 생각하겠지만, 서바이벌은 이미 시작한 상태였다.

문자로도, 메일로도 '인천 공항'으로 모이라고 했다.

하지만 첨부된 항공권에는 분명하게 김포 공항발이라고 명시되어 있었다.

합격 문자를 보낸 날로부터 서바이벌을 시작하는 오늘까지 4일. 인천 공항인지 김포 공항인지 확인 연락을 한 사람은 총 여섯 명.

제일 먼저 연락을 해 온 사람은 이슬희였다.

'이슬희.'

창현이 이 서바이벌에 참가하기로 한 이유는 오로지 이슬희 때문이었다.

이슬희. 그녀가 정말로 기억 속의 그녀인지를 확인하고 싶었다.

그냥 합격을 시키면 회사에서 볼 수 있겠지만, 더 빨리 확인하고 싶다는 욕심이 있었다.

'아니, 그런 게 아냐.'

서바이벌을 하는 건물에는 여기저기 CCTV가 설치되어 있고, 창현은 그걸 통해서 미션을 진행하는 지원자들의 얼굴을 확인할 수 있었다.

회사에 가만히 앉아서도 볼 수 있는데 몸소 나선 이유는 딱 하나.

만약 이슬희가 그 이슬희가 맞는다면, 다시 한 번 그때처럼 같은 추억을 공유하고 싶기 때문이다. 1분, 1초라도 빨리.

'그래서 뭘 어쩌려는 걸까?'

그녀가 날 알아보고. 오랜만이다 인사를 나누고. 그땐 그랬지, 그땐 저랬지…… 대화를 하고.

그러고 나서 뭘 어쩌고 싶은 걸까?

창현은 자신의 행동을 이해할 수가 없었다.

슬희는 창현의 첫사랑이었다.

때때로 꿈에서라도 보면 그 날 하루를 온종일 즐겁게 해 주는, 아련하고 그립고 풋풋한 첫사랑.

하지만 딱 거기까지였다.

그녀를 다시 만난다 해도, 그녀와 어떻게 해 볼 생각은 없었다.

창현은 자신이 짊어진 무거운 짐을 그녀에게도 짊어지게 할 수는 없었다.

슬희는 창현의 어두운 시절을 조금이나마 밝게 만들어 준 소중한 사람이었다.

그런 소중한 사람에게 이 어둠과 이 무거움이 옮아 가게 할 수는 없었다.

머릿속에 오가는 여러 가지 생각들을, 창현은 황급히 걷어 냈다.

'나도 참 바보 같군. 아직 이 이슬희가 그 이슬희라는 게 확인된 것도 아닌데.'

슬희가 김포 공항에 도착한 시간은 일곱 시 반이었다.

긴장해서 잠이 안 오는 바람에 그냥 일어나 준비를 하고 나왔더니 이 시간이다.

'아직 한 시간 반이나 남았네.'

김포 공항에 온 것도 거의 7년 만이다.

슬희는 아끼면서 바쁘게 사느라 비행기를 타는 여행 같은 건 꿈도 못 꾸는 생활을 해 왔다.

대학을 졸업할 무렵 친구들과 함께한 제주도 여행이 마지막이었다.

'그때 무리를 해서라도 다녀오길 잘했어. 안 그랬으면 오늘 같은 날 엄청 헤맸을 거야. 혹시 모르니까 나중에 인천 공항 답사라도 다녀올까?'

슬희는 캐리어를 끌고 공항 안에 있는 벤치 쪽으로 걸어갔다.

벤치의 빈자리를 찾아 걷고 있는데, 빠른 걸음으로 걷던 남자가 슬희를 퍽 치고 지나갔다.

비틀거리던 슬희는 중심을 잡지 못하고 기우뚱하다가 털썩 주저앉았다.

그런데 그것이 공교롭게도 벤치에 앉아 있던 한 남자의 허벅지 위였다.

슬희는 자신에게 벌어진 일을 미처 받아들이지 못하고, 멍하니 자기가 앉은 허벅지의 주인을 돌아봤다.

유독 가까이에 있는 남자의 눈매는 날카로웠고, 그 날카로운 눈매 안에 갇힌 검은 눈동자는 굉장히 깊었다.

'눈이 되게 예쁘네.'

……라는 생각을 멍하니 하던 슬희는 자신이 어디에 앉아 있는지를 깨닫고 벌떡 일어났다.

"아, 죄, 죄, 죄송합니다!"

슬희의 얼굴이 귓불까지 빨개졌다.

허리를 깊이 굽히며 사과하는 슬희를 빤히 응시하던 남자가 손바닥을 위로 하고 손을 내밀었다.

허리를 굽히고 있던 슬희는 자신의 눈앞에 내밀어진 커다란 손 위에 반사적으로 자신의 손을 올렸다.

손과 손이 겹쳐진 상태에서 둘 사이에는 침묵이 흘렀다.

슬희는 가만히 고개를 들었다.

남자가 황당하다는 표정으로 겹쳐진 손을 보고 있었다.

"아, 저기……."

"이게 뭐야?"

남자가 물었다.

낮게 울리는 음성이었다.

"손을 내미시기에 저도 모르게 그만."

슬희가 슬그머니 손을 내렸다.

민망함에 고개를 들 수가 없었다.

"자릿세."

"네?"

"죄송하면 자릿세 달라고."

남자가 자신의 허벅지를 툭툭 두드리며 말했다.

슬희는 황당함을 금할 수가 없었다.

실수로 허벅지에 잠깐 앉은 것 가지고 자릿세를 달라니.

"봉이 김선달도 아니시고. 잠깐 앉은 건데 자릿세까지 요구하는 건 좀 과하신 것 같네요."

"과하다고? 그런 건 누가 정하는데?"

"그렇게 말씀하시면 또 할 말이 없네요. 물론 아무도 그런 걸 정하진 않았지요."

"자릿세."

남자가 오른손을 살짝 흔들었다.

슬희는 남자의 손에 얼마든 쥐어 주고 자리를 뜨고 싶었지만, 가진 현금이 없었다.

2차 면접 때는 현금을 소지하지 말고 오라고 했기 때문에, 카드만 들고나온 것이다.

"얼마나 필요하신지요."

"얼마든."

"제가 지금 현금이 없어서 그러는데 커피 한 잔으로 때우는 건 안 될까요?"

"돼."

"그럼 저기 커피숍으로 갈까요?"

슬희가 공항 구석에 있는 커피숍을 가리켰다.

남자는 순순히 일어났다.

슬희는 캐리어를 끌고 앞서 걸었다.

걷는 내내 등에 꽂히는 날카로운 시선이 느껴졌다.

왜 저렇게 째려보는 걸까?

허벅지에 한 번 앉은 게 이렇게나 죽을죄인 건가?

"커피는 어떤 걸로 드실 건가요?"

슬희는 카운터 앞에 서서 메뉴판을 올려다보며 물었다.

남자 쪽으로는 고개도 돌릴 수가 없었다. 무시무시하게 째려보고 있을 것 같아서 무서웠다.

"샷 둘, 물은 반 잔만. 시럽 두 번. 생크림 가득."

"······뭐라고요?"

"머리가 나쁘군. 샷 둘, 물은 반 잔만. 시럽 두 번, 생크림 가득."

그제야 비로소 슬희는 고개를 돌려 남자를 가만히 올려다봤다.

남자는 팔짱을 낀 채, 뻔뻔한 표정으로 슬희를 내려다보고 있었다.

아까는 너무 가까워서 몰랐는데, 이렇게 보니 참으로 잘생긴 얼굴이다. 마치 잘 만든 조각처럼 생겼다.

그런데 왜 저 잘난 얼굴로, 이런 미친 짓을 하는 걸까?

"저기요, 그냥 저 메뉴에서 고를 수는 없나요?"

"난 아무 커피나 마시진 않아서."

"아, 대단히 고급진 입맛을 가지신 모양입니다?"

"그런 편이지."

"······그렇군요."

카운터 안의 종업원은 슬희만큼이나 황당하다는 표정으로 이쪽의 대화를 듣고 있었다.

슬희는 종업원을 돌아보며 말했다.

"들으셨죠? 방금 저분이 주문하신 걸로 주세요. 가능할까요?"

"아, 네네. 음, 네. 가능하십니다."

슬희를 불쌍히 여긴 종업원이 동정 가득한 눈으로 고개를 끄덕였다.

"그럼 그거 한 잔 주세요."

"네, 손님. 샷 둘, 물 반 잔, 시럽 두 번에 생크림 가득. 맞으시지
요?"

"네, 그런 것 같아요."

"총 5,800원입니다. 진동벨 드릴게요."

커피값이 5,800원이라니.

슬희는 비명을 지르고 싶었지만 우아하게 카드를 꺼내 내밀었
다.

슬희가 계산을 하는 동안, 남자는 안쪽의 빈 테이블에 가서 앉아
있었다.

아, 커피까지 가지고 가서 배달해 드려야 하는 시스템인가 보다.

기다린 지 얼마 안 되어 진동벨이 울렸고, 슬희는 얼른 커피를 가
지고 가 남자 앞에 내려놓았다.

"많이 드시고 힘내십쇼."

돌아서는 슬희의 손목이 남자에게 붙잡혔다.

슬희는 깜짝 놀라 남자를 돌아봤다.

남자가 턱으로 맞은편의 의자를 가리켰다.

"커피 한잔을 대접한다는 건 다 마실 때까지 함께 있어 준다는
뜻 아닌가? 난 커피를 혼자 마시는 취미가 없는데."

"그건 또 몰랐네요. 대체 그런 건 누가 정한 거죠?"

아까 말문을 막히게 했던 남자의 말을, 슬희도 써먹었다.

남자는 그 잘생긴 얼굴과 아주 잘 어울리는 오만한 표정으로 단
호하게 대답했다.

"내가."

"……아, 네. 그러세요."

남자를 당황하게 만들 생각이었는데 실패했다.

남자는 명령을 내리는 게 익숙한 듯 다시 한 번 턱으로 의자를 슬쩍 가리키며 말했다.

"앉아."

"네, 네."

슬희는 순순히 맞은편에 앉았다.

다리를 꼬고 앉아 커피를 드는 남자의 모습은 광고의 한 장면처럼 우아하고 섹시했다.

잠깐 넋을 잃고 그 모습을 지켜보다가, 퍼뜩 정신을 차렸다.

'아니, 난 왜 이 남자가 하라는 대로 하고 있는 거야?'

남자의 당당하고 오만한 태도에 말려들었다는 걸 깨달았다.

슬희는 미간을 좁히고 남자의 얼굴을 노려봤다.

"뭘 그렇게 봐?"

남자가 물었다.

"있잖아요."

"응."

"우린 초면인데 넌 왜 나한테 반말을 쓰세요?"

최대한 남자가 기분 나쁠 어투를 사용했는데, 남자는 표정의 변화 없이 대답했다.

"그럼 너도 반말 써."

"아……."

또 말문이 막혔다.

"네 커피는?"

남자가 물었다.

"안 마셔. 너무 비싸."

"5천 원짜리 커피 사 마실 돈도 없나?"

"없어."

"……."

"그렇게 동정 어린 시선을 보낼 거면 차라리 돈을 주든가."

"얼마 줄까?"

남자가 진짜로 지갑을 꺼내는 행동을 하기에, 슬희는 얼른 남자를 만류했다.

"아니, 아니. 말이 그렇다는 거지. 모르는 사람한테 돈 받을 정도는 아니거든?"

남자가 살짝 미간을 좁혔다.

"모르는 사람?"

"그럼 우리가 아는 사람인가?"

"흐음."

남자는 못마땅한 표정으로 팔짱을 끼고 슬희를 노려봤다.

슬희도 지지 않고 남자를 노려봤다.

좀 전에야 그의 허벅지에 앉았다는 민망함 때문에 쩔쩔맸지만, 보답으로 커피 한 잔을 사 줬으니 더는 쩔쩔맬 이유가 없었다.

하지만 침묵 속에서 서로를 노려보다 보니, 슬희는 무슨 말이든 해서 이 침묵을 깨고 싶었다.

"왜 그렇게 째려봐? 내가 그렇게 예쁘니?"

"응."

"어?"

"예쁘다고."

생각지도 못한 대답이 돌아왔다.

두근—

슬희의 심장에 둔탁한 충격이 일어났다.

배우라고 해도 될 만큼 잘생긴 남자가 예쁘다고 해 주는데 심장이 뛰지 않는다면, 그건 심장이 강철로 만들어졌기 때문이리라.

어쨌든 그녀도 여자였기에, 잘난 남자가 예쁘다고 해 주니 기분은 좋았다.

슬희는 시선을 슬그머니 옆으로 돌렸다.

"그래, 뭐. 내가 예쁘긴 하지."

"응."

"그럼 이거 지금 날 헌팅하는 거야? 이건 좀 고전적인 수법인 것 같은데."

"헌팅?"

"커피 사 달라고 하고 앞에 앉아 있으라고 하고. 그거 다 나랑 같이 있고 싶어서 그런 거잖아."

"그런가?"

"그게 아니면 이럴 이유가 있어? 커피 한 잔 얼마나 한다고."

"넌 그 한 잔도 못 사 마시잖아."

"야, 그렇게 팩트로 심장 후려치지 마. 아프다, 아파."

남자가 피식 웃었다.

바람이 부는 듯한 미소가 남자와 아주 잘 어울렸다.

어찌나 잘 어울리는지.

'방금.'

가슴이.

'이건.'

아플 정도였다.

'뭐지?'

슬희는 저도 모르게 가슴 위에 손을 얹었다. 그리고 고개를 숙였다가 다시 고개를 들고 남자의 얼굴을 응시했다.

남자는 언제 미소를 지었냐는 듯 무표정으로 돌아가 있었다.

'그러고 보니 저 얼굴.'

슬희는 유독 짙은 그의 눈썹과 깊고 깊은 그의 눈을 살펴봤다.

'어디서 본 것 같은데.'

"뭘 그렇게 봐?"

남자가 물었다.

"아니, 그냥. 우리 이렇게 앉아 있게 된 것도 인연인데, 통성명이나 하자. 이름이 뭐야?"

슬희의 말에 남자가 한쪽 입꼬리를 올렸다.

"헌팅하는 건가? 좀 고전적인 수법인데."

이번에는 남자 쪽에서 슬희가 했던 말을 그대로 따라 했다.

슬희는 콧등을 찡그렸다.

"말하기 싫으면 말든가. 그쪽 이름이 대단히 궁금한 것도 아니니까."

"민창현."

"말해 줄 거면서 튕기기는 왜 튕겨?"

"글쎄."

창현이 슬희를 가만히 응시했다.

슬희는 오롯이 자신에게만 고정되어 자신만을 담고 있는 그의 검은 눈동자가 부담스러웠다.

"왜 그렇게 보는데?"

슬희가 시선을 옆으로 돌리며 물었다.

"아냐, 아무것도."

"내 이름은 안 물어봐?"

"네 이름은?"

"이슬희."

"그렇군."

"그게 다야?"

"뭐가?"

"이름이 예쁘다거나, 나랑 잘 어울린다거나, 그런 말은 안 해? 너, 지금 날 헌팅한 거잖아."

"헌팅을 한 기억은 없는데. 네가 내 허벅지에 앉아서 자릿세를 받은 기억 말고는."

아, 깜빡했다.

이 오만하고 엉뚱한 남자의 허벅지에 살포시 앉았다는 걸.

아까의 일이 떠올라, 슬희는 얼굴을 붉혔다.

"자릿세를 받을 거면 그냥 커피만 받으시든가. 굳이 날 앞에 불러 앉힌 이유는 헌팅인 거 아냐?"

"말했잖아. 커피 혼자 마시는 취미는 없다고. 아, 혹시."

창현이 미간을 살짝 좁혔다.

"자꾸 헌팅 타령을 하는 걸 보니, 그쪽에서 나한테 관심이 있나?"

"절대로 아니거든."

"그래? 이 얼굴, 여자한테 꽤 먹히는 얼굴인데."

창현이 검지로 자신의 턱을 문지르며 말했다.

슬희는 진짜로 잘생긴 남자가 저리 말하니 얄밉다는 생각도 들지 않았다.

저 얼굴, 여자에게 꽤 먹힐 뿐이겠는가. 남자들이 질투할 의욕조차 잊게 만들 얼굴이었다.

"그래, 너 참 잘났다. 그런데 난 얼굴 안 봐."

"그럼 뭘 보는데?"

"돈."

"……."

"난 딱 그거 하나 봐."

"그래. 그거 대단하군."

"얼굴이 밥 먹여 주는 것도 아니고. 나이 들면 다 거기서 거기잖아. 하지만 돈은 아무리 시간이 흘러도 돈이지."

"대체 왜 그렇게 돈 타령이지?"

"돈이 없으면 아무것도 할 수 없다는 걸 알게 됐으니까."

거기까지만 말하고 슬희는 입을 다물었다.

창현은 슬희의 새초롬한 얼굴을 가만히 응시했다.

'이슬희.'

슬희였다.

나의 첫사랑. 나의 소중한 빛.

이슬희.

아까 슬희가 허벅지에 털썩 주저앉아 창현을 돌아보는 순간. 그 짧은 순간 그녀가 '나의 이슬희'라는 걸 알았다.

시간이 흘렀지만, 그만큼 그녀의 얼굴도 변했지만, 그래도 알았다.

이보다 더 시간이 흘러도, 그리하여 그녀의 얼굴이 주름이 생기고, 흰 머리가 나더라도 알 수 있을 것이다.

언제 어디에서 어떤 모습으로 마주하든, 나는 '나의 이슬희'를 착각하는 일은 없으리라.

매일, 매일 그녀를 떠올렸으니까. 언제나 그녀와의 그 짧은 추억에 기대어 살아왔으니까.

하지만 슬희는 창현을 전혀 알아보지 못했다.

당연하다.

그 추억이 소중한 건 창현뿐이니까.

슬희에게 창현은 살아가는 동안 만나는 무수히 많은 사람 중 한 명일 뿐일 것이다.

참으로 그리웠던 여자가 눈앞에 있다는 게, 아직도 믿어지지 않았다.

이 모든 것이 달콤한 꿈속에서 벌어지는 일 같았다.

이슬희가 내 눈앞에서 숨을 쉬고 움직이고 말을 한다.

이게 현실일까?

더더욱 믿어지지 않는 게 하나 있었다.

'얘는 진짜 왜 이렇게 돈 타령을 하는 거지?'

면접 때도 그렇고 지금도 그렇고.

'그동안 무슨 일이 있었나?'

초등학교 때의 슬희는 맑고 사랑스럽고 희망에 가득 찬 소녀였다.

자신의 꿈을 재잘재잘 떠드는 소리가 듣기 좋아서, 그녀와 함께 하는 시간이 찬란했었다.

'찬란하기는 지금도 마찬가지지.'

슬희가 돈 타령을 해도, 나를 알아보지 못해도, 그녀와 마주 보고 앉아 대화를 하는 이 시간은 찬란하다. 어릴 때 그랬듯이.

봐도 봐도 예쁜 슬희의 얼굴을 가만히 보고 있는데, 슬희가 시선을 들었다.

그녀의 맑은 눈동자와 마주치자, 심장이 콩, 하고 내려앉았다.

"이상하다."

슬희가 미소를 지었다.

"우리 오늘 처음 만났고 넌 거만한 잘난척쟁이인데, 이렇게 얘기하는 게 편하게 느껴지네."

"그래?"

"아, 이거 헌팅하는 멘트도 아냐. 오해하지 마. 다시 한 번 말하지만 나는 돈. 딱 그거 하나 보거든."

"그래. 염두에 두지."

"네가 아무리 잘생겼어도 돈이 없으면 다 소용없어. 혹시라도 나한테 딴마음 생기려고 한다면 접어 둬. 그 마음, 보답할 길 없으니까."

"알겠어."

"그러고 보니, 너 슬슬 비행기 타야 하는 거 아냐? 어디 가려고 여기에 온 거야?"

"제주도."

"나랑 같은 곳에 가네. 제주도는 무슨 일로 가?"

"두드림 엔터테인먼트 마지막 면접 때문에."

"어?"

생각지도 못한 대답에 슬희가 눈을 크게 떴다.

'말도 안 돼!'

눈앞의 남자를 두 번 볼 일은 없을 거라고 생각했기에, 솔직하게 돈 타령도 했고, 반하지 말라는 바보 같은 소리도 했다.

그런데 같은 면접을 보러 가다니. 어쩌면 한 회사에서 근무하게 될지도 모른다니.

망했다.

"두엔 면접을 보러 간다고?"

"응."

"나도 거기 가거든. 그런데…… 난 널 1차 면접에서 본 기억이 없는데."

"네가 돈 생각하느라 주위를 볼 겨를이 없었던 건 아니고?"

"그럴듯한 이유야. 그래, 그럴 수 있겠어."

슬희는 바로 납득했다.

면접을 볼 때, 두엔에 입사를 할 경우에 오르게 될 연봉과 돈 관리를 어떻게 할지에 대한 행복한 상상을 하느라, 주위를 둘러보지 않기는 했다.

"부탁 하나 하자."

슬희가 진지하게 창현을 응시했다.

"지금까지의 나를 잊어 줘."

"지금까지의 네가 어떤데?"

"바보 같이 굴고 공주병 걸린 것처럼 행동하고 돈 얘기만 잔뜩 했잖아."

"자신의 행동에 대해 잘 안다니 다행이군."

"그래. 다행이고 기특할 거야. 그러니까 잊어 줘."

"왜 잊어야 하지?"

"왜겠어?"

"글쎄. 난 모르겠는데."

전혀 모르겠다는 듯 무심히 응시하는 창현의 얼굴에, 슬희는 잘생긴 사람도 한 대 때려 주고 싶을 만큼 얄미워질 수 있다는 걸 깨달았다.

"나는 회사에서 괜찮은 사람이고 싶으니까."

슬희가 말했다.

"솔직하군."

"신뢰와 정직을 모토로 살아가고 있거든."

"입바른 소리는 하지 못하는 타입인가 보지?"

"노력하면 할 수 있겠지만, 네 앞에서까지 노력할 필요는 없잖아."

"알겠다. 그렇게까지 부탁한다면 입 다물어 주지."

"좋아."

"그러는 넌? 입 다물어 주는 대가로 뭘 줄 거지?"

"뭐?"

"아무것도 주지 않고 나랑 거래를 하려는 건 아니겠지?"

"우와, 너 진짜 똑 부러졌구나? 이럴 때도 챙길 건 다 챙기네. 실속 있는 녀석 같으니."

"난 대가 없인 움직이지 않거든."

"정말 얄밉지만 그런 점은 배워야겠다. 나도 나중에 부탁받으면 써먹어야지."

각오를 다지는 슬희를, 창현은 재미있다는 듯 지켜봤다.

"그래서, 대가는?"

"넌 뭘 원하는데?"

"커피 한 잔."

"커피 한 잔? 알겠어. 지금 한 잔 사 올게. 지금 네가 마시는 거랑 같은 거면 되지?"

창현이 일어서려는 슬희의 손목을 붙잡았다.

슬희는 잡힌 손목을 내려다봤다.

창현에게 손목을 잡힌 게 벌써 두 번째다.

아무리 통성명을 했더라도 처음 만나는 사람에게 손목이 잡히면 기분이 나빠야 하는데, 아까도 그렇고 지금도 그렇고 기분이 나쁘지 않았다.

오히려 단단히 잡힌 따스한 느낌이 좋기까지 했다.

'나, 의외로 이런 강압적인 플레이를 좋아하나?'

그런 생각을 하며, 슬희가 입을 열었다.

"왜?"

"지금 말고."

"응?"

"매일."

"매일? 뭘?"

어리둥절하게 묻는 슬희의 얼굴에 창현의 눈동자가 고정되었다.

검은 눈동자에 슬희의 얼굴이 비쳤다.

"만약 같은 회사에 다니게 되면 매일 커피 한 잔씩 사 줘."

"언제까지?"

"내가 됐다고 할 때까지."

"에이, 그건 무리지. 커피 한 잔이 5, 6천 원인데. 한 달 근무일을 20일로만 쳐도, 한 달이면 10만 원이야."

"두엔은 직원 문화지원비 차원으로 매달 10만 원짜리 상품권과 건물 내 커피숍 무료 쿠폰 10장을 지급하지. 10장 이용 후에는 40퍼센트 할인이 되고. 커피값이 5천 원이라고 했을 때 40퍼센트 할인을 하면 3천 원. 한 달이면 3만 원. 입 다물어 주는 대가로 3만 원이면 괜찮지 않나?"

"너, 두엔 사정에 되게 빠삭하다?"

"당연하지."

당당하게 말하는 창현의 모습에 슬희는 내심 감탄했다.

"두엔에 대해 공부 많이 했구나. 적을 알고 나를 알면 백전백승이라던데. 그런 점은 배워야겠어."

"……."

"아무튼, 나한테는 한 달에 3만 원도 큰돈이야. 고민 좀 해 봐야 할 것 같아."

"그래? 그럼 나도 입 다물어 주는 부분에 대해서는 고민 좀 해 보지."

"야, 너 진짜 치사하다? 그렇게 치사하게 굴면 대머리 되는 거 몰라?"

슬희가 창현을 삿대질하며 말했다.

순간 창현의 입가에 희미한 미소가 번졌다.

"왜, 왜 웃어?"

"아니, 그냥."

창현이 큰 손으로 자신의 입가를 가리며 고개를 옆으로 돌렸다.

"옛날 생각이 나서."

*　　　*　　　*

잠에서 깨어난 우현의 가슴 위에 여자의 가느다란 팔이 얹어져 있었다.

우현은 여자의 팔을 옆으로 치우고, 침대 옆 협탁에 있던 휴대폰을 확인했다.

'열한 시네.'

다른 때라면 더 잤겠지만, 오늘은 가야 할 곳이 있었다.

침대에서 내려오자, 우현의 군살 없는 나신이 드러났다.

"으응…… 어디 가?"

여자가 졸린 눈으로 우현을 올려다보며 물었다.

우현은 머리를 뒤로 쓸어 넘기며 여자를 보며 씩 웃었다.

"면접."

"면접? 넌 그런 거 안 봐도 되잖아."

"아니, 이번엔 봐야 돼."

아버지는 그만 빈둥대고 일을 하라며 노기 띤 목소리로 말했고, 창현은 제대로 면접을 보지 않으면 입사 불가라고 했다.

문자로 통보받은 시간은 한참 지나 있었지만, 우현은 느긋하게 나갈 채비를 했다.

"너도 그만 나가."

"응. 우리, 또 언제 만나?"

"글쎄. 언젠가는?"

아마도 또 만날 일은 없을 거라고 생각하며, 우현은 여자와 함께 오피스텔에서 나왔다.

여자를 보내고 주차장에 세워 놓은 스포츠카에 올랐다.

'지원자 중에 예쁜 여자가 있었으면 좋겠다.'

*   *   *

탑승이 시작된 오전 열한 시 사십 분.

탑승구 앞에 모인 인원은 열다섯 명이었다.

그리고 한 명 더.

면접 때 봤던 예쁜 여자가 있었다.

"반가워요. 제가 이번 면접 서바이벌의 총괄 진행을 맡게 된 정태윤이에요. 잘 부탁해요."

태윤이 두 손을 앞으로 가지런히 모으고 살짝 허리를 굽혀 인사했다.

"안녕하세요."

"잘 부탁합니다."

지원자들도 힘찬 목소리로 인사했다.

공항 안을 돌아다니던 사람들이 무슨 일인가 싶어 그들을 흘끗흘끗 쳐다보고 지나갔다.

1차 면접 대기 중에 봤던 면면들이 슬희의 눈에 들어왔다.

기억이 나는 사람도 있고, 처음 보는 것 같은 사람도 있었다.

"이제 우리는 비행기에 탑승 후, 열두 시 삼십 분경 제주 공항에 도착하게 됩니다. 제주 공항에서는 대절한 버스를 타고 2차 면접이 시작되는 장소로 이동하며, 그곳에서 면접 서바이벌이 시작됩니다. 2차 면접은 일주일이 걸리고, 그동안은 특별한 사정이 없는 한 외부에 연락을 취하실 수 없습니다. 만약 지금이라도 마음이 바뀌신 분은 말씀해 주세요."

아무도 손을 들지 않았다.

태윤은 지원자들을 돌아보며 우아한 미소를 지었다.

"좋아요. 그럼 탑승하겠습니다."

창현과 슬희는 같이 보딩을 했기 때문에 나란히 앉는 자리였다.

창가 쪽의 두 자리에, 창현과 슬희가 앉았다.

이코노미 클래스의 좁은 좌석이 불편해, 창현은 다리를 이리저리로 꼬았다.

"2차 면접, 생각보다 적은 것 같아. 난 한 4, 50명은 뽑았을 줄 알았는데."

슬희가 비행기의 작은 창문 밖을 내다보며 말했다.

오랜만에 비행기를 타서 그런지 긴장이 됐다.

"못 온 사람들이 있겠지."

드디어 괜찮은 자세를 잡은 창현이 대답했다.

"에이, 설마. 김포 공항에서 아홉 시 집합. 시간도 넉넉한데 못 올리가 없지."

"글쎄. 문자로는 인천 공항이라고 쓰여 있었으니, 진짜 인천 공항인 줄 알고 가 있는 사람들도 있지 않을까?"

"누가 그런 멍청한 짓을 하겠어?"

그런 멍청한 짓을 하는 사람이 꽤 많았다.

몇 명은 인천 공항에서 이상하다는 걸 눈치채고 늦게나마 김포 공항에 왔고, 몇 명은 아직도 인천 공항에서 오지 않는 사람들을 기다리고 있었다. 그리고 몇 명은 이제야 사 측에 연락을 해서 인천 공항이 아닌 김포 공항이라는 것을 확인하는 중이었다.

지원자들은 두드림 엔터테인먼트의 면접이 제주도의 면접 장소에 도착해서부터 시작이라 알고 있지만, 두엔의 면접은 집합 시간인 아홉 시에 이미 시작되어 있었다.

두엔에서 보낸 메일에는 여러 번 '꼼꼼히 확인해라.'라고 적혀 있었고, '꼼꼼히 확인하지 않아 벌어진 사태에 대해서는 책임지지 않는다.'고도 명시되어 있었다.

집합 장소가 인천 공항이 아닌 김포 공항이라는 것은, 비행기 예약표만 한번 확인해 보면 바로 알 수 있는 일이었다.

그중에는 김포 공항 출발이라는 걸 확인했으면서도, 사 측에선 인천 공항으로 통보했으니 그쪽으로 가야 한다고 판단해서 인천 공항으로 간 사람도 있었다.

그런 사람은 두엔에서 원하는 인재가 아니었다.

꼼꼼히 확인하고, 문의해야 할 부분에선 확실하게 문의를 하는 인재를 원했다.

곧 비행기가 출발한다는 안내 멘트가 나왔다.

비행기가 움직이기 시작하자 슬희는 주먹을 꽉 쥐었다.

오래전 여행 때는 친구가 옆에 있어서 손을 잡아 줬는데, 지금은 옆에 있는 사람이 창현뿐이었다.

이미 못 볼 꼴 많이 보여 준 상황에서, 창현에게 손까지 잡아 달라고 할 수는 없었다.

괜찮아. 비행기 사고가 차 사고보다 적다잖아. 괜찮아, 괜찮아. 제주도까지는 금방이야.

슬희는 천천히 심호흡했다.

"긴장한 것 같은데."

창현의 목소리가 들려왔다.

"응. 비행기는 두 번째거든."

"그래? 바빴나 보군."

"돈이 없기도 하고."

"언제가 처음이었는데?"

"대학 때 졸업 여행 겸 친구들이랑 제주도에 갔었어."

"해외는?"

"당연히 가 본 적 없지."

"난 몇 번 가 봤어."

"그래, 참 좋겠다."

"호주에 갔던 때가 제일 기억에 남아."

"호주? 어떤 게 기억나는데?"

"캥거루."

"캥거루. 그래, 호주엔 캥거루가 있지."

"공원을 갔는데 막 돌아다니더군."

"막 돌아다녀?"

"응. 길가를 막 돌아다녀."

"너, 캥거루 무서워하니?"

"우리에 갇힌 캥거루는 무섭지 않아. 하지만…… 그걸 봤으면 너도 무서워했을 거다."

"난 동물 좋아해."

"나도 싫어하진 않아."

"호주에서 기억나는 게 캥거루밖에 없어?"

"코알라도."

"동물만 기억하네."

"어느 공원에서는 박쥐가 날아다니더군. 끔찍한 기억이었어."

그런 이야기를 하다 보니, 어느새 비행기가 공중에 떠 있었다.

이미 공중에 뜬 비행기는 자동차보다도 흔들림 없이 하늘을 날고 있었다.

"우와, 파랗다."

슬희가 창밖의 광경을 내다보며 말했다.

"이제 안 무섭나?"

그제야 슬희는 창현이 무서워하는 자신을 위해 끊임없이 이야기했다는 걸 깨달았다.

창문에서 눈을 떼고 창현을 돌아봤다.

창현은 불편한 자세로 의자에 앉아 정면을 보고 있었다.

"뭘 그렇게 봐?"

창현이 고개도 돌리지 않고 물었다.

"아니, 그냥. 고마워."

"뭐가?"

"무섭지 않게 이런저런 말 해 준 거."

"별말씀을."

"이런 거엔 대가를 요구하지 않네? 커피 한 잔 사라고 할 줄 알았더니."

"나도 가끔은 선행을 베풀 때가 있지. 그리고 비행기는 커피가 공짜잖아."

"그럼 내가 비행기 커피 한 잔 쏠까?"

"그러든가."

"어떻게 주문하는 거야?"

창현이 슬희를 빤히 응시했다.

"왜? 모르는 게 죄는 아니잖아. 모르는 걸 안다고 하는 게 죄지."

"아는 거 없다는 말을 참 당차게도 하는군."

"비행기를 타 본 적이 별로 없는데 어쩌라고."

슬희가 턱을 내밀며 말했다.

바짝 앉아 있는 통에, 둘의 얼굴이 가까워졌다.

창현은 다시 얼굴을 앞으로 돌렸다.

"커피는 됐으니까 잠이나 자. 눈에 핏발 섰다."

"어? 진짜? 어제 긴장돼서 밤을 꼬박 새웠거든."

"그래, 그러니까 잠이나 자."

"곧 도착할 텐데."

"야, 넌."

창현이 다시 고개를 돌렸다.

또 둘의 얼굴이 가까워졌다.

창현은 숨을 크게 들이마셨다.

얼굴이 가까운데도 피할 생각을 하지 않는 슬희 때문에 호흡 곤란이 올 지경이었다.

창현은 손을 들어 슬희의 얼굴 위로 가져갔다.

슬희의 자그마한 얼굴이 창현의 커다란 손에 완전히 가려졌다.

"자라면 그냥 자."

"내가 새니? 눈 앞을 가린다고 잠들게?"

슬희가 두 손으로 창현의 손을 잡아떼어 내려 했지만, 창현의 힘을 이길 수는 없었다.

결국 의자에 뒤통수를 기댄 슬희가 말했다.

"알겠어. 잘게."

"응, 자라."

"잘 거니까 이 손 좀 치워."

"네가 입 다물고 잠들면."

"내 목소리가 그렇게 듣기 싫으니?"

"듣기 좋아."

곧바로 들려온 대답에 슬희는 심장이 쿵 내려앉았다.

"너, 바람둥이지?"

"갑자기 그건 또 무슨 소리야?"

"아까도 그렇고 지금도 그렇고. 예쁘냐는 말엔 예쁘다 하고, 듣기 좋냐는 말엔 듣기 좋다 하고. 여자들이 좋아할 말을 하잖아."

"여자들이 그런 걸 좋아하나? 몰랐는데. 이제 그만 입 좀 다물고 자지그래?"

"알겠어."

슬희는 눈을 감았다.

좀 전까지는 긴장하고 있어서 몰랐는데, 편안히 기대어 눈을 감으니 졸음이 밀려왔다.

"참 이상해. 너랑은 오늘 처음 만났는데 어색하지가 않아."

"그래?"

"응. 이상하게 편하네."

"편하면 자."

"넌 무슨 수면 장애 치료사, 그런 거니? 왜 그렇게 재우려고 해?"

"도착하면 면접 서바이벌이 시작될 거야. 피곤해도 잘 수 없어. 하품하면서 면접을 볼 생각이야?"

"그럼 안 되지. 잘게."

잔다고 말한 지 얼마 지나지 않아, 손바닥에 닿는 슬희의 숨결이 고르게 변했다.

잠들면 손을 치울 생각이었는데, 손바닥을 간질이는 숨결이 좋아서 그러고 싶지 않아졌다.

창현은 잠시 더 그렇게 있다가 손을 치웠다.

슬희가 잠들고 나서야 창현은 그녀의 얼굴을 마음껏 감상할 수 있었다.

가지런한 눈썹 아래로 긴 속눈썹이 그림자를 드리우고 있었다.

인형처럼 예쁜 얼굴은 어릴 때와 조금도 달라지지 않았다. 아니, 더 예뻐졌다.

잡티 하나 없는 고운 피부에 눈이 시렸다.

아무리 보아도 질리지 않는 얼굴이 그동안 몹시도 그리웠다.

"으음……."

슬희가 신음을 흘렸다.

비행기 좌석이 불편한 모양이다.

슬희의 머리가 자꾸 옆으로 떨어지기에, 창현은 허리를 세우고 슬희가 머리를 기대기 좋게 만들었다.

이리저리 흔들리던 그녀의 머리가 창현의 어깨에 살포시 안착했다.

그녀의 머리칼에서 나는 샴푸 향기가 코끝을 간질였다.

고개만 살짝 돌리면 그녀의 정수리에 입술이 닿을 것이다.

거기까지 생각이 미치자 고개가 자꾸만 옆으로 돌아가려고 했다.

창현은 간신히 참았다.

한순간의 욕심에 그녀를 더럽힐 수는 없었다.

그러나 그녀를 놓고 싶지도 않았다.

창현은 고개를 숙이고 좀 전까지 슬희의 숨결이 닿았던 손바닥을 응시했다.

'난 대체 뭘 하고 싶은 거지?'

*   *   *

꿈을 꾸었다.

아련한 꿈이었다.

"그만 일어나."

어깨를 흔드는 느낌에 슬희는 눈을 떴다.

처음에는 이곳이 어딘지 알 수 없었다.

헤매던 눈동자가 바로 앞에 있는 얼굴에 고정되었다.

창현의 얼굴이 가까운 곳에 있었다.

비행기는 이미 제주 공항에 도착했고, 승객들이 좁은 통로로 내리고 있었다.

하지만 슬희는 창현의 얼굴에서 눈을 떼지 못했다.

'아니야.'

짙은 눈썹과 끝이 살짝 올라간 깊은 눈, 도톰한 아랫입술.

'이 애 이름은 민창현이 아니야.'

아까는 왜 몰랐을까.

왜 처음에는 알아보지 못했을까.

아마도 오랜 시간이 흘렀기 때문이리라. 아니, 이런 식으로 만나게 될 줄 몰랐고, 또 그가 자신의 이름을 '민창현'이라고 소개했기 때문이리라.

만약 그가 자신의 진짜 이름을 말했더라면, 단숨에 알아봤을 것이다.

종종 생각하던 아이니까. 종종 떠올리던 기억이니까.

'이 애 이름은.'

20년 전 만난 그 애의 이름은 지금과 달랐다.

'이 애는.'

하지만 얼굴은 같았다.

요 몇 시간 알아보지 못한 것이 이상할 정도로.

꿈을 꾸고 나서야 떠올린 것이 신기할 정도로.

'윤해성.'

그랬다.

20년 전, 눈앞의 남자는 윤해성이라는 이름을 사용했었다.

"유……."

윤해성이라고 부르려다가 말을 멈췄다.

"응?"

"아니, 아무것도 아냐. 얼른 내려야겠다."

"그래."

승객들의 거의 빠져나간 후였다.

창현은 좁은 통로에 서서 슬희가 나오기를 기다렸다.

'윤해성이야. 확실해.'

잘못 본 게 아니었다.

해성의 얼굴을 못 알아볼 리 없다.

어릴 때의 기억은 희미해진다지만, 해성은 아주 강렬하게 슬희의 기억 속에 남아 있었다.

'왜 이름을 민창현이라고 속인 거지? 아니, 속인 게 아니라 개명을 한 건가?'

그랬을 것이다.

윤해성이라는 이름으로는 살아가기 힘들었을 테니까.

'성까지 바뀐 걸 보면…… 입양이 됐나? 아니면 친척에게 맡겨졌든가.'

20년 전 헤어진 후, 윤해성의 소식을 전혀 듣지 못했다.

'얘는 날 알아봤을까? 못 알아본 거겠지?'

알아봤다면 자릿세를 내놓으라든가, 입 다물어 주는 대가를 지불하라는 말은 하지 않았을 것이다.

'어쨌든 우리 사이는 썩 괜찮았잖아. 안 그래? 나만 그렇게 생각하는 건가? 뭐, 그럴 수도 있겠다. 항상 나 혼자 떠들어 댔으니까.'

슬희는 앞서 걸어가는 창현의 뒷모습을 응시했다.

20년 전, 슬희보다 작았던 창현은 이제 그녀보다 20cm는 더 커졌다.

넓은 어깨도, 긴 다리도 예전과는 달라졌다.

초라하고 작은 소년에서 당당하고 건장한 남자가 되었다.

'그래, 얘는 옛날의 일을 잊고 싶었을 거야. 그때 알던 사람들도 다 잊고 싶겠지. 다시 만나고 싶지도 않을 거고.'

윤해성이 처한 상황을 생각하면 그럴 수밖에 없었다.

슬희에게 20년 전은 지금보다는 나았던 시기이지만, 윤해성에게는 괴롭고 끔찍한 시기였다.

'그럼 나도 모르는 척하는 게 좋겠지. 내가 아는 체를 하면, 안 좋은 기억들만 잔뜩 떠올라서 괴로울 거야.'

＊　　＊　　＊

제주 공항 앞에는 버스가 서 있었다.

지원자들은 아직 어색하고 긴장해서 눈이 마주치면 굳은 미소를 지을 뿐, 대화는 없었다.

"앞에서부터 순서대로 자리를 채워 주세요."

태윤의 말에 맨 앞에 서 있던 사람부터 버스에 타기 시작했다.

순서대로 타다 보니, 이번에는 창현과 통로를 사이에 두고 나란히 앉게 되었다.

창현의 오른쪽 창가 자리에는 짧은 치마 정장을 입은 여자가 앉았고, 슬희의 왼쪽 창가 자리에는 바지 정장을 입은 여자가 앉아 있었다.

"안녕하세요, 반가워요. 전 윤다운이라고 해요."

슬희 옆자리의 여자가 말을 걸어왔다.

다운은 어른스러운 외모였다.

"아, 네. 안녕하세요. 전 이슬희입니다."

"실례지만 나이가 어떻게 되세요?"

"서른 살이에요."

"더 어려 보였는데. 전 서른두 살이에요. 아마 여기서 제가 나이가 제일 많을 거예요."

다운과 대화를 나누며 흘긋 옆을 보니, 창현도 옆자리의 여자와 대화를 하고 있었다.

"안녕하세요오. 저는 정지수예요. 우리 친하게 지내요."

누가 봐도 창현에게 관심이 있는 듯한 태도로, 지수는 비음 섞인 목소리로 말했다.

팔짱을 끼고 앉아 있던 창현은 지수를 잠깐 돌아봤을 뿐 대답을 하지 않았다.

"저기요. 이름이 뭐예요?"

"……민창현."

창현은 대화하기 싫다는 듯 조금 늦게 대답했다.

만약 슬희였다면 이쯤에서 대화를 그만뒀을 것이다.

팔짱을 끼고 정면만 응시하며 짧게 대답하는 창현의 행동은 얄밉기 그지없으니까.

하지만 지수는 거기서 물러서지 않았다.

"몇 살이에요? 전 스물다섯 살인데."

창현은 대답하지 않았다.

"저기요. 몇 살이에요?"

지수가 다시 물었다.

창현은 여전히 대답을 하지 않았는데, 슬희는 그런 창현의 태도에 의아해졌다.

'쟤가 왜 저러지? 아까는 그렇게 말이 많았으면서. 제주도 공기가 몸에 안 받나?'

지켜보는 슬희가 민망할 정도로 창현은 지수의 말을 무시하고 있었다.

하지만 지수는 조금도 민망해하지 않았다.

작고 귀염성 있는 얼굴에 미소를 띤 지수가 말했다.

"있죠, 아까 들었는데 여기서 내가 제일 어리대요. 나보다는 나이가 많을 테니까 오빠라고 부를게요. 창현 오빠."

창현은 거슬린다는 듯 아예 눈을 감아 버렸다.

"쟤도 참 대단하네. 저러기 쉽지 않을 텐데."

다운이 작은 목소리로 말했다.

"저렇게 시도 때도 가리지 않고 남자만 보면 콧소리 내는 애들, 진짜 별로인데. 2차 면접까지 어떻게 왔나 몰라."

"의외로 똑똑한 면이 있는 거 아닐까요? 저런 성격이면 1차 면접 잘 봤을 것 같지 않아요?"

"그런가? 난 저런 타입을 별로 안 좋아해서. 저런 애랑은 같은 팀이 되지 않았으면 좋겠네요."

"2차 면접은 팀별로 한대요?"

"거기까지는 나도 잘 모르겠지만, 아마 그렇지 않을까요? 오디선 서바이벌도 보면 처음에는 팀별로 하잖아요. 그러다가 한 명, 두 명씩 떨어져서 인원이 적어지면 개인으로 진행하고."

다운의 예상이 맞아떨어졌다.

버스가 움직인 지 얼마 지나지 않아 버스 안에 태윤의 음성이 울렸다.

맨 앞에 앉아 있던 태윤이 마이크를 잡고 2차 면접의 규칙에 대해 설명하기 시작한 것이다.

"메일에도 말씀드렸다시피 숙소에 도착하면 소지품 검사를 하게 됩니다. 휴대폰, 비상금 등은 면접이 끝날 때까지 저희 쪽에서 맡아 두도록 하겠습니다. 특별한 사정이 있으신 분은 개인적으로 말씀해 주시면 외부와 연락을 취할 수 있도록 도와 드리겠습니다. 비상 연락처는 지금 나눠 드리는 자료의 맨 뒷면에 적혀 있으니, 이따 휴대폰을 수거하기 전 각자의 부모님이나 애인, 배우자분들께 알려 주시면 됩니다."

태윤의 음성은 발음이 정확해서 귀에 쏙쏙 들어왔다.

앞 좌석에 있던 사람이 자료를 뒤로 넘겼다. 슬희는 자료 한 부를 가져간 후, 나머지를 뒤로 넘겼다.

"이러고 있으니까 수학여행 가는 것 같아요."

슬희가 소곤거리자 다운이 쓰게 웃었다.

"슬희 씨는 속도 편하네. 나는 이번에 떨어지면 진짜로 시집갈 준비나 해야 하는데."

"아…… 죄송해요."

"아니에요. 슬희 씨가 죄송할 건 없죠."

마음이 불편해진 슬희는 입을 꾹 다물었다.

이곳이 면접 장소라는 걸 깜빡 잊었다.

슬희는 경력직인 데다가 아직 회사도 다니는 상황이라, 여기서 떨어져도 갈 곳이 있었다.

하지만 이 회사가 간절한 몇몇 사람들은 이곳을 전쟁터라고 생각하고 있을지도 모른다.

'입조심해야지.'

슬희는 그렇게 생각하며 창현 쪽을 돌아봤다.

창현은 여전히 눈을 감고 있었고, 그의 허벅지 위에 펼치지도 않은 자료집이 놓여 있었다.

'쟤는 뭐가 저렇게 여유만만이지?'

슬희가 창현을 흘끗흘끗 보는 와중에도, 태윤의 설명은 계속되고 있었다.

"소지품 검사가 끝난 후에는 팀을 짜게 됩니다. 현재 열다섯 명이므로, 네 명씩 세 팀, 세 명 한 팀이 되겠네요. 이후 몇 가지 미션이 주어지고, 팀별로 머리를 모아 미션을 해결하시면 됩니다. 어떤 걸 어떤 방식으로 평가할지는 공개하지 않을 예정입니다. 합숙을 하는 중 포기하고 싶으신 분은 언제든 말씀해 주세요. 자세한 사항은 지금 나눠 드린 자료집을 참고하시면 되고, 문의가 있으신 분은 언제든 제게 말씀해 주시면 됩니다."

여기저기서 팔락팔락, 자료집을 넘기는 소리가 들려왔다.

슬희도 자료집을 한 장 넘겨 '주의 사항' 부분에 시선을 고정시켰다. 하지만 머릿속에는 다른 생각들이 가득했다.

'쟤는 지금까지 어떻게 살았을까?'

윤해성.

가끔씩 떠오르는 이름이었다.

그럴 때마다 슬희는 마음에 걸렸다.

그 애는 잘 지내고 있을까. 지금은 뭘 하고 지낼까. 이제는 괴롭히거나 수군대는 사람들이 없을까. 좋은 사람들을 만났을까.

그렇게 궁금했던 아이를 이렇게 이곳에서 만나게 될 줄은 몰랐다.

슬희는 창현 쪽으로 조심스레 시선을 옮겼다.

창현은 여전히 눈을 감고 있었다.

잘 차려입은 정장과 깔끔하게 빗어 넘긴 머리를 보니, 못 지내는 것처럼 보이진 않았다.

입은 옷도, 신발도 싸구려는 아닌 것 같았다.

'잘 지냈구나. 다행이다.'

어릴 때 창현의 얼굴에서 보았던 깊고 깊은 어둠이 이제는 없었다.

걱정되었던 친구가 잘 지내는 것처럼 보여서 조금 감격스럽기까지 했다.

'그래, 네가 이름을 바꾸고 민창현이라고 살기로 결정했다면, 나도 거기에 따라야겠지. 나 역시 네게는 잊고 싶은 시간의 한 장면일 테니까.'

슬희는 창현에게서 시선을 뗐다.

'그러니까 아는 척하지 않을게. 나도 20년 전 괴로워했던 너를 잊고, 오늘 처음 만난 민창현이라는 사람으로 대할게.'

버스가 호텔 앞에 멈췄다.

두드림 주식회사에서 운영하는 5층짜리의 크지 않은 호텔이었다.

검은색과 흰색의 조화를 이룬 외부 인테리어가 도시적이고, 건물 앞으로는 잘 꾸민 수영장이 있었다.

건물의 정면으로는 제주도의 푸른 바다가 펼쳐져 있었고, 양쪽 옆으로는 나무가 우거져 있어서 경치가 좋았다.

면접이란 생각에 긴장하고 있던 지원자들도, 호텔 앞의 탁 트인 경치를 보고 감탄했다.

"1인 1실을 사용하게 될 겁니다. 방을 제외한 모든 곳에 CCTV가 설치되어 있어서, 여러분의 행동을 지켜보게 됩니다. 1층 오른쪽 건물은 식당인데, 특별한 일이 없는 한 삼시 세끼를 그곳에서 해결하고, 5층의 스위트룸을 강당으로 사용하게 됩니다. 강당으로 모여 달라는 알림이 오면 5층의 스위트룸으로 오시면 됩니다. 이번 면접을 진행하는 동안 스위트룸의 문은 오픈되어 있을 겁니다."

호텔 앞에서 태윤이 설명했다.

"우선 강당으로 모여 주세요. 그곳에서 소지품 검사를 한 후, 룸키를 지급하도록 하겠습니다."

태윤의 설명이 끝났지만 다들 눈치를 볼 뿐 아무도 움직이지 않았다.

누군가 먼저 행동하기를 기다리는 것이리라.

창현도 슬희의 근처에 서서 팔짱을 낀 채 가만히 정면을 응시하고 있었다.

'쟤는 무슨 생각을 하고 있을까?'

비행기에서의 창현과 제주도에 도착한 뒤의 창현의 모습이 너무 달랐다.

'진짜 말이 없네. 김포에서는 그렇게 말이 많더니. 에이, 이제 그만 생각하자. 쟤는 윤해성이 아냐. 오늘 처음 만난 민창현이야, 민창현.'

슬희는 창현에게서 시선을 떼고 호텔을 향해 걸음을 옮겼다.

슬희가 움직이자 다른 사람들도 움직이기 시작했다.

창현은 가장 마지막으로 걸음을 옮기며 태윤을 흘끗 돌아봤다.

눈이 마주친 태윤이 살짝 고개를 끄덕였다.

이제부터 제주도에서의 면접이 시작된다.

소지품 검사는 꽤 오래 걸렸다.

직원이 태윤밖에 없는 줄 알았는데, 도우미들이 꽤 여러 명 있었다.

태윤은 문제가 생기면 '도우미' 명찰을 단 사람들에게 이야기하면 된다고 했다.

"이제부터 룸 키를 지급하겠습니다. 방에 돌아가면 두엔에서 마련한 트레이닝복이 있을 겁니다. 그걸로 갈아입고 식당으로 모여 주세요."

태윤이 거기까지 말했을 때였다.

쾅—!

강당의 문이 시끄러운 소리를 내며 열렸다.

모두가 뒤를 돌아봤다.

문 앞에는 멀끔하게 차려입은 귀여운 인상의 남자가 서 있었다.

남자는 모두의 시선을 받자 만족스럽다는 듯 머리를 뒤로 넘기며 말했다.

"이런, 이런. 제가 좀 늦었죠? 반갑습니다. 민우현입니다."

지각했으면서도 당당한 태도에 두엔 관계자인 줄 알았다.

하지만.

"민우현 씨. 좀 늦은 게 아니라 많이 늦으셨네요. 공항으로 아홉 시까지 집합이라고 했을 텐데요. 이런 식이면 면접에서 좋은 평가를 얻을 수 없어요."

태윤의 말에 우현도 지원자라는 걸 알게 되었다.

"인천 공항으로 모이라고 해 놓고 비행기 표는 김포 공항 출발로 보내셨잖아요. 어떻게든 면접 장소로 잘만 도착하면 되는 건 줄 알았죠. 저, 들어가도 되는 거죠?"

또박또박 반박의 말을 한 우현은 태윤의 대답을 기다리지 않고 안으로 들어와서 지원자들 사이에 섰다.

하필이면 슬희와 가까운 곳이라서, 우현의 얼굴을 자세히 볼 수 있었다.

갸름한 얼굴에 한쪽 눈에만 쌍꺼풀이 있는 동그란 눈과 도톰한 입술이 귀여운 외모였다.

요새 잘나가는 아이돌이라고 해도 믿을 것만 같았다.

"반갑습니다. 반가워요."

태윤의 싸늘한 눈초리를 받으면서도, 우현은 주위에 있는 지원자들과 활기차게 악수를 나눴다.

우현의 손이 슬희의 앞에도 내밀어졌다.

슬희는 얼떨결에 그 손을 마주 잡았고, 우현은 다른 손을 들어 슬희의 손등을 덮었다.

슬희가 깜짝 놀라 고개를 들자, 우현의 강아지 같은 눈이 슬희를 빤히 보고 있었다.

"예쁘네요. 딱 제 스타일이세요. 있는 힘껏 잘 부탁드립니다."

생각지도 못한 말에 황당한 건 슬희만이 아니었다.

다른 지원자들도 얼떨떨한 표정이었다.

슬희는 손을 빼내야 한다는 생각도 못 하고 멍하니 우현을 올려다봤다.

그때, 창현이 우현과 슬희의 손목을 잡아떼어 냈다.

슬희는 깜짝 놀라 창현을 돌아봤다. 창현은 우현을 무섭게 노려보고 있었다.

창현의 무서운 표정에도 우현은 싱글싱글 웃으며, 이번에는 창현의 손을 꼭 감싸 쥐었다.

"어이쿠, 성격도 급하셔라. 기다리시면 알아서 악수를 해 드렸을 텐데."

"너……."

으르렁거리듯 낮은 목소리로 말한 창현이 입을 다물고 잠깐 눈을 감았다가 떴다.

"민우현 씨, 그만 나대시고 면접관님 말씀에 따르시지요."

창현이 명령조로 말했지만, 우현은 기분 상한 기색 없이, "넵." 하고 대답하며, 경례 자세를 취했다.

다른 사람이 했다면 촌스러워 보였겠지만, 우현에게는 아주 잘 어울리는 행동이었다.

소란이 수그러들자 태윤이 말했다.

"민우현 씨는 남아서 소지품 검사를 받으시고, 다른 분들은 룸키에 적힌 방으로 가서 옷을 갈아입으신 후, 한 시간 뒤 식당으로 모여 주세요."

마지막 지원자까지 나가고 스위트룸의 문이 닫히자마자 우현이 빙그레 미소를 지으며 태윤에게 다가갔다.

스위트룸은 강당으로 사용하기 위해 가구를 다 빼내고 작업용의 긴 테이블 몇 개와 의자들만 가져다 두었다.

태윤은 맨 앞의 테이블에 엉덩이를 걸치고 앉아 있었는데, 태윤의 앞으로 바짝 다가간 우현이 태윤의 볼을 향해 살며시 손을 올렸다.

"누나, 오랜만이야. 더 예뻐졌네."

"민우현 씨."

우현의 손이 닿기 전, 태윤이 그의 손을 걷어 냈다.

"우린 지금 면접관과 면접자 관계일 텐데?"

"아, 넌 학생이고, 난 선생이야 콘셉트로 가는 건가?"

"콘셉트는 개뿔. 너, 어쩌자고 이 시간에 온 거야? 똑바로 안 하면 낙하산 취급받으면서 따돌림당할지도 몰라."

"따돌림이라니. 누나, 내가 따돌림당하는 거 봤어?"

"그런 건 모르겠고. 여기선 똑바로 행동해. 난 면접관이고 넌 면접자야."

"알겠어. 난 그런 플레이도 좋아해."

"여자들 후리고 다니지 말고."

"그러고 보니, 아까 그 여자 되게 예쁘더라. 딱 내 스타일이던데."

"네 스타일이 아닌 여자도 있니?"

"나도 여자 골라 가며 만나거든. 그리고 그 여자……."

우현은 말을 멈추고 아까의 광경을 떠올렸다.

그녀의 손을 꼭 잡고 있을 때, 창현이 둘의 손을 떼어 냈다.

우현을 노려보는 그의 눈빛은, 그저 철없는 동생을 나무라는 눈빛이 아니었다.

내 것을 빼앗긴 짐승의 눈빛이었다.

"아무튼 걱정 마, 누나. 내가 할 때는 잘하는 거 알잖아. 그나저나 놀랐어. 형이 여기에 올 줄은 몰랐거든."

"응, 그 점은 나도 놀라워."

"형은 이렇게 사람 많은 곳 싫어할 텐데."

"그러게 말이야. 생각이 있겠지. 하여간, 창현이는 두엔에 낙하산 직원을 넣을 생각 없다고 했어. 이번 면접, 제대로 못 하면 너도 탈락이야."

"으아, 무서워라."

우현은 전혀 무섭지 않다는 표정으로 대답한 후, 건성으로 손을 흔들며 스위트룸을 나갔다.

그 뒷모습을 보며 태윤은 한숨을 내쉬었다.

*　　*　　*

슬희의 방은 3층이었다.

방은 넓진 않지만 깨끗했다.

창문을 열면 바다가 보이는 방이었다. 좋은 방으로 배정받았다는 생각에 기분이 좋았다.

집에 있는 것보다 넓은 더블베드가 마음에 들었다.

슬희는 짐을 내려놓고 침대에 대(大) 자로 누웠다.

폭신하고 좋은 향기가 나는 이불이 몸을 감싸자, 누적되어 있던 피로가 몰려왔다.

하마터면 깜빡 잠이 들 뻔했다.

"정신 차려야지."

슬희는 혼잣말을 하며 침대에서 내려왔다.

앞으로 일주일간 이곳에서 생활을 하게 된다. 특별한 사정이 없는 한은 외부와 연락을 할 수도 없다.

면접 서바이벌에 영향을 끼칠지도 모르기에, 외부와의 연락을 차단한 것이다.

물론 마음만 먹으면 언제든 밖에 나가 연락을 취할 수 있겠지만, 그렇게까지 해서 연락을 하고 싶은 사람이 없었다.

슬희는 잠도 깰 겸, 발코니로 나갔다.

바다의 짠내가 코끝을 간질였다.

이러고 있으니 면접을 보러 온 게 아니라 놀러 온 것 같은 기분이 들었다.

드르륵—

그때, 옆방 창문이 열리는 소리가 들렸다.

고개를 돌리자, 창현이 발코니로 나오는 모습이 보였다.

'창현이가 옆방이구나.'

그리고 보니 복도에서 각자 방으로 들어가기 전에 창현이 뭐라고 얘기했던 것 같기도 하다.

방에 들어오기 전까지는 우현의 황당무계한 행동 때문에 경황이 없어서, 주위를 제대로 인지하지 못했다.

"용케 안 자네."

창현이 먼저 말을 걸어왔다.

"응, 자면 안 되지. 아까 문 앞에서 뭐라고 얘기하지 않았어?"

"잠들지 말라고."

"아, 그랬구나."

창현은 발코니의 난간에 두 팔을 기대고 하늘을 올려다봤다.

푸른 하늘과 바다에 감싸인 듯한 그 모습이 영화의 한 장면처럼 눈부셨다.

바람이 불어와 창현의 머리를 살짝 흐트러뜨렸다.

창현은 성가신 듯한 손으로 머리를 쓸어 넘겼다.

'잘 자랐구나.'

창현의 건실한 모습에, 그런 생각이 절로 들었다.

'걱정했던 것처럼 많이 힘들지는 않았나 보다. 물론…… 아주 힘들지 않은 건 아니었겠지만. 다행이야. 잘 자라서.'

슬희의 시선이 느껴졌나 보다.

창현이 천천히 고개를 돌렸다.

둘의 시선이 허공에서 겹쳐졌다.

"뭘 그렇게 봐?"

"아니, 그냥. 배고프다. 그치?"

슬희가 다시 바다 쪽으로 시선을 옮겼다.

"그러고 보니 점심도 안 먹었군."

"저녁으로는 뭐가 나올까? 제주도 흑돼지 먹고 싶다. 옛날에 친구들이랑 왔을 때 먹었었는데, 진짜 맛있었거든."

"그래. 난 문어 짬뽕."

"문어 짬뽕?"

"문어 한 마리가 통째로 들어가 있어."

"우와, 그거 진짜 맛있겠다. 비싸지 않아?"

"한 그릇이 2만 원 정도 하려나?"

"헐. 짬뽕이 2만 원이나 하다니. 너, 돈 많구나?"

"여행을 오면 많이 먹어 줘야지. 돈 생각하지 말고."

아까 버스에서 창현이 지수의 말에 대답을 하지 않기에, 제주도 공기가 안 맞나 걱정스러웠는데 꼭 그렇지만도 않은 모양이다.

아니면 이 공기에 적응을 한 걸까?

창현은 김포 공항에서처럼 제대로 말을 하고 있었다.

"지금도 면접을 보는 중이겠지? 지금 우리 모습을 어디선가 지켜보고 있을까?"

"아닐걸. 방에는 CCTV가 없을 거라고 했으니까."

"복도엔 있겠지?"

"그렇겠지. 아까 들어오는데 몇 개 보이더군."

"복도에서 춤을 추거나 하면 감점되려나?"

슬희의 말에 창현이 미간을 좁혔다.

"그런 짓을 할 셈이냐?"

"아니, 그런 건 아니지만. 예전에 친구들이랑 제주도 왔을 때, 셋다 술에 너무 취해서 그 날의 일이 기억 안 나거든. 나중에 펜션 주인이 우리가 전날 밤에 엄청 웃겼었다고, 덕분에 많이 웃었다고 고마워하더라고. 방값까지 할인해 줬다?"

슬희는 말을 하며 창현 쪽으로 고개를 돌렸다.

또 창현과 눈이 마주쳤다.

창현은 옅은 미소를 짓고 있었다. 슬희의 이야기가 아주 재미있다는 듯이.

그 다정하고 따스한 미소에.

콩닥—

심장이 뛰었다.

슬희는 화들짝 놀라 얼른 고개를 돌렸다.

'우와, 깜짝 놀랐네. 쟤는 뭐 저렇게 예쁘게 웃는 거야? 깜짝이야.'

잘생긴 남자의 미소를 보며 유독 예쁘다고 생각해 본 적은 없었다.

따지고 보면 연우도 상당히 잘생긴 축에 속하는데, 그놈은 아무리 웃어도 얄밉기만 하다.

그런데 보일락 말락 한 창현의 희미한 미소가 눈이 시리도록 예쁘게 보이는 연유를 알 수가 없었다.

어쩌면 오래전 도무지 웃을 수 없었던 그때 그 소년의 모습과 겹쳐지기 때문일지도 모르겠다.

앞에서 무슨 짓을 해도 웃지 않았던, 웃고 싶어도 웃지 못했던, 초라하고 볼품없던 소년.

그 소년과 눈앞의 당당한 남자가 겹쳐져서, 이다지도 시리도록 예뻐 보이는 것인지도 모르겠다.

멍하게 밖을 응시하는 슬희를 이상하다는 듯 지켜보던 창현이 입을 열었다.

"이제 슬슬 식당으로 가 볼까?"

창현과 함께 복도를 걷다가 지수와 마주쳤다.

엘리베이터 근처에 있던 지수는 창현을 기다렸다는 듯 곧장 달려왔다.

"오빠, 식당 가는 거죠?"

지수는 바로 옆에 있는 슬희에게는 아는 체도 하지 않았다.

창현은 대답 없이 엘리베이터 버튼을 눌렀다.

"오늘 저녁 뭐 나올지 기대되지 않아요? 두엔 식사가 진짜 맛있다고 들었거든요. 완전 기대 중."

지수는 창현의 태도는 상관없다는 듯 떠들어 댔다.

쉴 새 없이 말하는 지수와 그 어떤 대답도 하지 않는 창현의 모습에, 괜히 슬희가 민망할 지경이었다.

딩—

엘리베이터가 도착하는 소리와 함께 문이 열렸다.

다행히 안에는 4층에서 내려오는 사람이 세 명 타고 있었다.

"안녕하세요, 우리 또 이렇게 보네요. 다들 식당 가는 거죠?"

지수가 그들에게는 싹싹하게 말을 붙였다.

슬희를 대할 때와는 완전히 다른 태도였다.

'뭐지? 애, 날 싫어하나?'

슬희의 동물적인 감이 경고음을 냈다.

지수가 창현에게 관심이 있는 건 딱 봐도 알 수 있었다.

어쩌면 창현과 유독 친근하게 대화하는 슬희에게 적개심을 품었을지도 모르겠다.

인기 많은 연우와 친하게 지내면서, 여자들의 알 듯 말 듯 한 질투와 배척을 많이 당해 본 슬희는, 돌아가는 상황을 곧바로 알 수 있었다.

이런 곳에서부터 여자들과 기 싸움을 하고 싶지 않기에, 슬희는 엘리베이터를 타지 않고 한 걸음 뒤로 물러났다.

엘리베이터에 탄 창현이 슬희를 돌아봤다.

"안 타?"

"응, 방에 두고 온 게 있어서. 먼저 내려가."

"그래? 그럼 같이 가지."

창현도 엘리베이터에서 내렸다.

망했다.

이래서야 슬희의 당초 의도와 다르게 지수의 질투에 불을 붙이게 생겼다.

아니나 다를까. 엘리베이터에 탄 지수가 무시무시한 눈으로 슬희를 노려보고 있었다.

엘리베이터 문이 닫혔다.

슬희가 입을 꾹 다물고 서 있자, 창현이 물었다.

"방에 두고 온 게 있다며?"

"아, 그렇지."

"가지러 가야지. 늦겠다."

"아, 응. 그래야지."

슬희는 방으로 걸어갔고 창현이 슬희의 뒤를 따라왔다.

'얘는 왜 이렇게 내 뒤만 졸졸 따라다니는 거야? 혹시 이 녀석…… 수줍음이 많나? 그래서 처음으로 말을 튼 나한테 의지하는 중인가?'

그런 거라면 곤란하다.

슬희는 누군가를 챙겨 줄 여유가 없었고, 잘생긴 남자와 엮이는 걸 좋아하지도 않았다.

여자에게 인기 많은 남자와 친해져 봐야 좋을 게 하나도 없다는 걸, 연우 때문에 알게 되었다.

'아니면 역시…… 나한테 반했나?'

그런 거라면 더더욱 곤란하다.

슬희는 아직 연애 같은 걸 할 생각이 없었다.

이런저런 생각을 하다 보니 방 앞에 도착했다.

룸 키로 문을 열고 들어갔는데 가지고 나갈 것이 없었다.

뭘 챙길까 하다가 립스틱을 하나 꺼내 주머니에 넣고 방에서 나왔다.

"뭘 두고 왔던 거야?"

예상대로 창현이 물었다.

슬희는 당당하게 립스틱을 꺼내 보였다.

"이거."

"그건 왜?"

"여자의 필수품이야. 언제 어디서든 꼼꼼하게 자신을 점검하는 게 내 매력 포인트거든."

창현이 슬희를 가만히 내려다봤다.

그의 신중하고 진지한 눈빛에 또다시 두근, 심장이 뛰었다.

'아무래도…… 이 녀석, 나한테 완전히 반한 것 같아.'

그런 생각을 하고 있을 때, 창현의 입술이 천천히 벌어졌다.

"그런 건 눈곱이나 떼고 말해."

*   *   *

"에이씨."

투덜거리며 눈곱을 떼며 걷는 슬희의 모습에 웃음이 나왔다.

이 여자는 왜 이렇게 귀여운 걸까?

돈 타령을 하는 여자가 되었어도, 사랑스러운 건 어릴 때와 변함이 없었다.

"자, 어때? 이제 됐어?"

엘리베이터 앞에 멈췄을 때, 슬희가 창현을 올려다보며 물었다.

동그랗고 커다란 눈을 살펴보던 창현의 눈동자가 아래로 내려갔다.

슬희의 도톰한 입술이 가까이에 있었다.

탐스러운 입술에 입을 맞추고 싶다는 충동이 들어 화들짝 놀랐다.

'내가 무슨 생각을 하는 거지?'

당혹스러웠다.

창현은 슬희를 그런 마음으로 보지 않겠다고 결심했다.

생각만 해도 애틋한 첫사랑이지만 그뿐이었다.

애틋하고 소중하기에, 그녀에게 내 주변을 둘러싼 어둠을 전염시킬 수 없었다.

'이건 안 돼.'

저도 모르게 슬희에게 다가가고 있었다.

이 육체가, 이 마음이, 굳은 다짐을 무시하고 자꾸만 슬희에게로 향했다.

멈춰야 한다.

이 이상 슬희와 가까워져서는 안 된다.

어린 날의 달콤한 추억을 기대하며 그녀의 옆에 나란히 앉기를 소망해서는 안 된다.

그러나.

창현의 육체는 이번에도 그를 배신했다.

창현이 깨닫기도 전에 엄지가 슬희의 입술 위에 닿아 있었던 것이다.

엄지에 살며시 눌리는 입술의 감촉이 아찔했다.

슬희가 눈을 동그랗게 떴다.

"입술에도."

창현이 변명을 하려고 입을 열었다.

쉰 목소리가 흘러나왔다.

"뭐가 묻어 있어서."

창현은 황급히 손을 내렸다.

"아, 응. 고마워."

슬희가 여전히 눈을 동그랗게 뜬 채로 말했다.

"응."

창현은 얼른 엘리베이터 쪽으로 돌아섰다.

이대로 슬희를 마주 보고 있다가는 무슨 짓을 하게 될지 몰랐다.

1층에 있던 엘리베이터가 올라오는 동안 어색한 침묵이 감돌았다.

다들 식당으로 간 건지, 엘리베이터에는 아무도 없었다.

둘은 엘리베이터에 올랐다.

"있잖아."

엘리베이터 문이 닫히자마자 슬희가 말했다.

"만약에 날 좋아하는 거라면 그 마음을 접는 게 좋아."

속마음을 들킨 것 같아서, 창현은 움찔했다.

"아까도 말했다시피, 나는 돈 많은 남자가 내 이상형이야. 이제 막 취업을 하려고 하는 취준생은 내 취향이 아니란 말이지. 그리고 난 지금 당장은 연애할 여유가 없어. 그러니까 나한테 관심이 있는 거라면 그 관심 접어 둬. 너랑 불편해지기 싫어."

"그래, 염두에 두지."

"응."

또다시 침묵.

엘리베이터의 기계음이 유독 크게 들렸다.

* * *

숙박 건물 옆에 있는 식당은 2층 건물로, 평소에는 조식 뷔페와 석식 레스토랑으로 운영되는 곳이었다.

꽤 값비싼 음식을 파는 곳이라, 고급스럽고 세련된 인테리어가 되어 있었다.

면접자들은 전부 그곳에서 삼삼오오 모여 수다를 떨고 있었다.

방에 짐을 풀고 나니 아까보다는 긴장이 덜한 모양이었다.

슬희를 알아본 다운이 손을 흔들었다.

"슬희 씨, 이쪽으로 와."

"아, 네. 창현아, 그럼 가 볼게."

"응."

슬희는 얼른 창현에게서 떨어져 다운에게로 향했다.

식당에 들어오는 순간부터 지수가 째려보는 시선을 느꼈기 때문이었다.

다운과 함께 있던 사람들과 통성명을 하고, 앞으로의 면접이 어떻게 진행될지에 대해 이야기를 하고 있을 때에 태윤이 들어왔다.

태윤도 트레이닝복을 입고 있었는데, 면접자들이 입은 회색 트레이닝복과는 달리 빨간색이었다.

빨간 옷이 태윤의 흰 피부와 잘 어울렸다.

"이제 명찰을 나눠 드릴 겁니다. 옷에 달 수 있는 명찰이니 왼쪽 가슴에 달아 주세요. 명찰을 단 후에 팀을 짜도록 하겠습니다."

명찰을 받아서 다는 동안 잠시 소란스러워졌지만, 태윤이 팀을 나눌 거라고 하자 다시 조용해졌다.

"평범하게 제비뽑기를 할 겁니다. 늦게 온 민우현 씨까지 해서 총 열여섯 명이니, 네 명씩 네 팀이 되겠네요. 이 통에는 1조부터 4조까지의 종이가 들어 있습니다. 순서대로 나와서 뽑아 주세요."

이번에도 아까처럼 눈치만 볼 뿐, 아무도 먼저 움직이지 않았다.

슬희가 앞으로 나가려는데, 먼저 걸어가 제비를 뽑는 사람이 있었다.

우현이었다.

우현은 잘 접힌 종이 한 장을 꺼내자마자 그 앞에서 펼쳤다.

"4조다!"

슬희는 4조만 아니었으면 좋겠다고 생각했다.

한두 명씩 나가서 제비를 뽑았고, 슬희도 중간쯤에 섞여서 한 장을 빼 들었다.

종이를 펼쳐서 안을 확인한 슬희는 깊은 한숨을 내쉬었다.

4조였다.

제비를 다 뽑은 후에는 조별로 나눠서 서라고 했다.

창현은 1조였다.

"우와, 같은 팀이 됐네요. 우리 인연인가 봐요."

우현이 슬희를 보며 싱글싱글 웃었다.

"그렇게 따지면 우리 네 명이 다 인연이죠."

슬희가 팀원들을 돌아보며 말했다.

슬희에게는 최악의 팀이었다. 4조에는 지수까지 있었던 것이다.

지수는 못마땅한 표정으로 슬희를 노려보다가, 우현을 보며 생긋 웃었다.

"잘 부탁해요, 오빠."

우현이 씩 웃었다.

"우리, 언제 봤다고 오빠 타령이죠?"

"네?"

"우리 아직 통성명도 못 했잖아요."

"아까 오빠가 자기소개를 하기도 했고, 지금 명찰을 하고 있기도 하잖아요."

"하지만 그쪽은."

우현이 지수의 가슴에 달린 명찰을 확인했다.

"정지수 씨는 내 나이 모르잖아요."

"제가 제일 어리다고 했거든요."

"아하, 그런 함정이 있었군."

"그럼 오빠라고 해도 되죠?"

"아니요. 안 돼요. 그냥 민우현 씨라고 불러 주세요. 우리 지금 사적으로 만난 사이 아니니까."

우현이 미소를 지우고 단호하게 말했다.

냉기가 서린 것 같은 말투에 지수의 뺨이 붉어졌다.

뻔뻔함과 집요함으로 똘똘 뭉친 지수의 얼굴을 붉게 만들다니. 우현도 참 대단하다 싶었다.

"난 오빠라고 불러도 돼요."

마지막 팀원인 남자가 지수를 배려하며 말했다.

그의 가슴에는 '김자웅'이라고 적혀 있었다.

잘생기진 않았지만 환한 미소가 매력적인 남자였다.

"아, 네. 그래요."

지수가 건성으로 대답했다.

잘생긴 남자가 아니면 '오빠'로 부르고 싶지 않은 모양이다.

슬희는 벌써부터 피곤해졌다.

팀별로 간단하게 인사를 하기를 기다리며, 태윤은 사람들을 둘러봤다.

유독 눈에 띄는 사람이 몇 명 있었는데, 그중 한 명이 슬희였다.

1차 면접 때 '돈이 최고!'라고 주장하던 여자.

'이슬희 씨는 꽤 괜찮아 보이는데, 걱정이네.'

슬희와 우현이 같은 팀이 된 게 큰일이었다.

우현은 눈에 들어온 여자가 있으면 어떻게든 손에 넣었다.

아니, 어떻게 할 필요도 없었다.

우현의 아이돌 같은 외모와 다정다감한 언행에 넘어가지 않는 여자가 없었다.

문제는 넘어간 후였다.

우현은 손에 들어온 여자에게는 금세 흥미를 잃었다.

태윤의 눈에는 슬희의 미래가 빤히 보였다.

2차 면접을 진행하는 일주일간, 슬희는 우현에게 푹 빠질 것이고 잠자리를 함께할 것이다. 그리고 우현에게 냉정하게 차일 것이다.

어쩌면 면접이 끝나기도 전에 울면서 서울로 돌아가게 될지도 모르겠다.

'우현이가 면접자를 건드리면, 창현이가 가만히 있지 않을 텐데. 피곤해지겠어.'

"팀별로 저녁을 준비하도록 하겠습니다."

태윤의 말에 면접자들이 웅성거렸다.

태윤은 조용해지기를 기다렸다가 설명을 시작했다.

"각 팀은 다른 공간에서 요리를 하게 됩니다. 식당의 1층 주방, 2층 주방, 식당 1층 식사 공간, 2층 식사 공간. 이렇게 네 군데에서 요리를 하게 될 텐데요. 어디서 요리를 하든 같은 도구, 같은 재료를 사용하게 됩니다."

그러고 보니 식당의 식탁 위에 놓인 휴대용 가스레인지와 조미료 통들이 있었다.

"요리 재료는 곧 도우미들이 가져다줄 겁니다. 요리는 한 시간

동안, 빠르게 진행해 주셔야 합니다. 무엇을 만들지 정하는 시간 또한 포함되니, 서둘러 의논하시고 결정하시기 바랍니다. 요리가 끝난 후, 음식은 저와 도우미들이 맛을 볼 거고, 그 후에 팀별로 만든 음식을 나눠 드시면 됩니다."

4조는 2층 주방을 사용하게 되었다.

태윤이 시작하라고 하자마자 팀별로 빠르게 흩어졌다.

같은 조건에서 요리를 해야 하기에, 주방을 사용하는 팀들도 사측에서 마련한 휴대용 가스레인지와 조리 도구들만 사용해야 했다.

카운터 위에는 도우미들이 가져다 놓은 재료들이 놓여 있었다.

닭고기와 소고기, 각종 채소들과 김치, 참치, 즉석 밥 등등.

조미료는 같은 모양의 통에 담겨 있었는데, 통마다 조미료의 이름이 쓰여 있었다.

소금, 설탕, 후추, 다시다, 간장 등등.

슬희는 고개를 들어 주방을 둘러봤다. 주방 천장 양쪽에 카메라가 설치되어 있었다.

아마 이 면접을 관리하는 사람들이 저 카메라에 비치는 자신들의 모습을 지켜보고 있을 것이다.

이미 알고 오긴 했지만, 누군가에게 감시당하는 것 같아서 기분이 묘했다.

"한 시간이면 시간이 빠듯하겠네요."

자웅이 채소들을 꺼내며 말했다.

"그러게요. 메뉴를 빠르게 정하는 게 좋겠어요."

우현의 말에 지수가 입술을 살짝 내밀었다.

"난 요리 잘 못하는데. 면접에서 밥도 준비해 주지 않다니. 우리 매끼 요리를 해서 먹어야 하는 건 아니겠죠?"

"지금은 불평할 때가 아닌 것 같은데. 얼른 메뉴나 정합시다."

우현이 가차 없이 말했다.

지수는 짜증 섞인 눈으로 우현을 쏘아봤다.

"오빠, 아니, 민우현 씨. 제가 마음에 안 들어요? 왜 제가 하는 말마다 시비세요?"

"그럼 정지수 씨는 계속 거기서 불평을 늘어놓든가요."

지수는 할 말이 많은 듯했지만, CCTV를 떠올린 듯 입을 다물었다.

슬희는 한숨이 나오는 걸 참고 재료들을 확인했다.

"한 시간 동안 만들 거라면, 참치랑 김치를 넣어서 참치 김치찌개를 만들고, 소고기랑 채소들로 볶음밥, 그 위에 달걀 얹고, 닭 국물 우려내서 국 끓이는 건 어떨까요?"

"그건 너무 간단하지 않아요?"

지수가 지적했다.

"간단하게 해야죠. 우리가 요리에 능숙한 것도 아닌데 괜히 욕심부렸다가 시간 안에 못 끝내면, 그거야말로 문제 아니겠어요?"

"그래도 볶음밥 같은 건 어느 팀이든 생각할 만한 메뉴잖아요. 너무 뻔한데."

지수가 동의를 구하듯 자웅과 우현을 돌아봤다.

자웅과 우현은 고민하는 눈치였다.

"그럼 정지수 씨는 어떤 요리를 하고 싶은데요?"

"음. 글쎄요. 이탈리안이나 스페인 요리에 한식을 접목한 퓨전 요리 같은 거요. 요새 TV 요리 프로그램 보면 그런 요리들 많잖아요. 집에서도 쉽게 할 수 있는 퓨전 요리."

"그중에 아는 레시피 있어요?"

자웅이 물었다.

"그거야 인터넷을 찾아보면……!"

"우리, 지금 인터넷 못 해요."

"아…….."

자웅의 지적에 그제야 지수는 휴대폰이 없다는 걸 떠올린 모양이다.

"이런 얘기 하는 틈에 벌써 10분이나 지났어요. 어떻게 할 거예요? 뭐가 됐든 지금 시작해야 해요."

슬희가 시간을 확인하며 말했다.

지수는 못마땅한 듯 입을 꾹 다물었지만, 자웅과 우현은 팔을 걷어붙이며 물었다.

"슬희 씨가 말한 메뉴로 가죠. 어떤 것부터 시작할까요?"

자웅은 볶음밥을 기가 막히게 만들 수 있다고 자신했다.

그래서 볶음밥은 자웅에게 맡기고, 아무것도 할 줄 모른다는 우현에게는 채소 써는 걸 맡겼다.

"전 계란 프라이 할게요."

지수가 말했다.

"네, 그럼 프라이 부탁해요. 제가 참치 김치찌개랑 국 끓일게요."

다들 분주하게 자기가 할 일을 하기 시작했다.

프라이팬에 기름을 두르고 달걀 몇 개를 깨뜨려 올린 지수가 소금 통을 집어 뿌리려고 할 때, 슬희가 지수의 손목을 잡았다.

"잠깐만요."

슬희는 지수가 집어 든 소금 통 끝을 찍어서 맛을 보았다.

"왜요? 소금 맞거든요?"

지수가 불만스럽게 말했다.

"이거, 설탕인데요."

슬희가 인상을 찌푸렸다.

"아니에요. 이거 소금 통 맞아요."

지수가 조미료 통에 있는 이름을 가리켰다.

통에 붙은 라벨에는 '소금'이라고 제대로 쓰여 있었다.

"그렇긴 한데, 설탕이에요. 한번 맛봐 봐요."

슬희의 말에 지수도 소금 통 끝을 손가락으로 찍어 혀에 댔다. 지수의 눈이 커졌다.

"어? 정말 설탕이네?"

"잠깐, 그럼 설탕 통에 든 건 소금인가?"

자웅이 서둘러 설탕 통을 확인했다.

"이건 소금이네요."

4조는 서로를 마주 봤다.

"설마 다른 조미료들도 다른 게 들었을까요?"

"한 번씩 확인해 보고 시작하는 게 좋겠네요."

전부 확인을 한 결과 몇 개의 조미료 통은 라벨과 다른 조미료가 들어 있다는 게 확인되었다.

"이거 우리 조만 너무 불이익받는 거 아냐? 따져야 하는 거 아니에요?"

지수가 화가 난 듯 말했다.

"아니, 우리 팀뿐만 아니라 다른 팀도 그럴 것 같은데. 이것도 면접의 일환 아닐까요? 얼마나 꼼꼼히 확인하느냐에 대한."

자웅의 말에 우현이 고개를 끄덕였다.

"나도 김자웅 씨랑 같은 생각입니다. 슬희 씨 아니었으면 큰일 날 뻔했네요. 음식을 다 다시 해야 할 뻔했어요."

"맞아요, 언니. 이번에는 언니 덕에 살았어요. 하마터면 큰일 날 뻔했네."

지수가 순순히 인정했다.

"네, 그럼 우리 얼른 만들죠. 시간이 얼마 안 남았어요."

*　　　*　　　*

4조의 생각대로, 다른 팀들의 조미료 통도 이름과 내용물이 바뀌어 있었다.

간장 통에 콜라가 들어 있거나, 다시다 통에 생강가루가 들어 있는 식이었다.

"윽, 이거 맛이 이상한데?"

"뭐야, 이거 왜 이렇게 달지?"

"국 맛이 이상해."

"재료가 상한 거 아니에요?"

"조미료가 좀 이상한 것 같은데. 여기 넣은 거 설탕 맞아요?"

태윤은 모니터실에 앉아, 우왕좌왕하는 모습들을 지켜봤다.

'결국, 요리 전에 조미료를 확인한 건 4조뿐이네.'

두드림 엔터테인먼트에서 원하는 인재는, 컴퓨터 앞에 앉아 문서 작성을 잘 하고 사무용 소프트웨어를 잘 다루는 사람이 아니었다.

순발력과 주의력, 창의력이 있는 인재를 원했다.

면접이 진행되는 내내 면접자들의 예상이나 기대와는 다른 방식의 미션이 계속 주어질 것이다.

조미료를 확인하지 않고 요리를 한 팀들은 마감 시간에 쫓기며, 얼마 남지 않은 재료로 다시 요리를 하고 있었다.

태윤은 시간을 확인했다.

이제 20분 남았다.

'끝내주는 음식들을 먹게 되겠네.'

* * *

요새는 TV에서 15분 내에 요리를 완성하는 요리 배틀이 펼쳐지지만, 그건 프로 요리사들이나 가능한 일.

아마추어들에게는 한 시간도 턱없이 부족한 시간이었다.

조미료 실수를 하지 않은 4조에게도 시간은 부족해서, 10분 정도밖에 남지 않자 다들 초조해졌다.

초조함은 항상 화를 불러일으킨다.

볶음밥이 담긴 중화 팬을 들고 돌아서던 자웅이 중화 팬으로 국이 끓고 있는 냄비를 쳤고, 슬희는 무의식적으로 떨어지는 냄비를 받으려고 손을 뻗었다.

"안 돼요!"

옆에 있던 우현이 슬희의 손목을 잡아 멈추게 했지만, 손가락 끝에 뜨거운 국물이 튀었다.

"악!"

슬희가 비명을 질렀고.

"어떡해!"

지수가 호들갑을 떨다가 자웅의 팔을 쳤다.

자웅이 들고 있던 중화 팬이 흔들리며 볶음밥 일부가 옆으로 떨어졌다.

"다들 움직이지 마!"

우현의 외침에 모두가 움직임을 멈췄다.

"자, 우리 진정합시다."

우현이 환하게 미소를 지으며 말했다.

"김자웅 씨는 볶음밥을 테이블에 내려놔 주시고요, 정지수 씨는 옆으로 천천히 비켜 주세요. 그리고 슬희 씨는."

우현이 슬희의 손목을 잡고 싱크대로 향했다.

차가운 물을 튼 우현이 슬희의 손을 차가운 물에 대 주었다.

"잠깐 이러고 계세요."

상황을 정리한 후 우현이, 각자 요리를 그릇에 담자고 제안했다.

다들 같은 실수를 반복하지 않기 위해 조심스럽게 움직였고, 슬희도 화기가 가라앉은 후 요리를 옮겨 닦는 데에 합류했다.

"국은 못 쓰겠네요. 맛있을 것 같았는데."

우현이 아쉬워하며 바닥에 떨어진 국물을 닦아 냈다.

"죄송해요. 제가 조심해서 움직였어야 했는데."

자웅이 미안해했다.

"괜찮아요. 어쩔 수 없죠. 다른 요리들도 있으니까요."

"그래도 오빠. 이따 확실하게 설명은 해 주세요. 요리 하나는 오빠 때문에 못 쓰게 됐다고. 뭐, 이미 CCTV로 보고 있겠지만."

지수의 까칠한 말에 자웅이 미안한 듯 웃었다.

그릇에 요리를 다 옮겨 담고 나서 한숨 돌리기도 전에, 스피커에서 태윤의 목소리가 흘러나왔다.

[종료되었습니다. 다들 마무리해 주시고, 10분 내로 강당으로 모여 주시기 바랍니다. 요리는 카트를 이용해서 옮겨 주세요.]

4조는 주방 구석에 있던 카트를 가져와 조심스레 요리가 담긴 그릇을 옮겼다.

자웅이 제일 먼저 나갔고, 그다음에 지수가 나갔다.

슬희는 아까 덴 손을 내려다봤다.

중지가 빨갛게 부어 있었다.

'아프다.'

시간이 지날수록 고통이 사라지기는커녕, 화끈화끈 쓰라렸다.

제일 고통스러운 게 화상이라더니, 그 말이 맞는 것 같다.

'조금 덴 건데도 되게 아프네. 이따 도우미한테 연고 좀 달라고 해야겠어.'

"왜 그래요? 아파요?"

슬희가 나오지 않자, 우현이 뒤를 돌아보며 물었다.

"아뇨, 괜찮아요. 얼른 가죠."

"어디 좀 봐요."

우현이 다가와 슬희의 손을 잡아 올려, 심각한 눈으로 화상 입은 곳을 확인했다.

슬희는 우현의 막무가내인 행동이 강압적으로 느껴지지 않는 점이 신기했다. 예쁘장한 얼굴 때문일까?

"이거 진짜 아프겠다."

우현이 미간을 좁혔다.

"이따 약 좀 달라고 해야 할 것 같아요. 늦기 전에 얼른 가요."

"잠시만요."

우현이 슬희의 손을 살며시 위로 올렸다.

뭘 하는 건지 궁금해하기도 전에, 슬희의 손가락 끝에 우현의 혀가 닿았다.

슬희의 눈이 커졌다.

우현은 슬희의 손가락에 혀를 댄 채 슬희를 가만히 응시했다.

이런 자세 때문인지, 귀엽게만 보였던 우현의 눈에 묘하게 섹시한 빛이 서려 있었다.

가늘게 뜬 그의 눈에 사로잡힌 듯, 슬희는 꼼짝도 하지 못했다.

순간 머릿속이 하얗게 비어 버린 것만 같았다.

우현이 한쪽 입꼬리를 올리며 눈을 내리깔았다.

긴 속눈썹이 색정적이었다.

'이게······.'

뒤늦게 생각이라는 게 슬희의 머릿속에 찾아왔다.

'다 무슨 일이래?'

혀가 손가락을 핥는 게 이렇게나 묘하고 야한 행위인지 처음 알았다.

생전 처음 느끼는 이상한 감각이 손가락 끝부터 시작되어, 목덜미를 스치고 척추를 따라 아래로 내려갔다.

심장이 쿵, 쿵, 쿵 뛰기 시작했다.

우현에게서 자신의 손을 빼내야 하는데, 힘이 들어가지 않았다.

그때.

우현의 혀가 슬희의 중지 전부를 할짝 핥았다.

"흭!"

저도 모르게 이상한 소리를 내고 말았다.

우현의 눈이 더 가늘어졌다.

그제야 슬희는 마법에서 풀려난 듯 우현에게서 손을 빼냈다.

"이게 뭐······."

"이제 좀 괜찮아요?"

우현이 물었다.

"예?"

"화상 입은 데는 침 묻히는 게 최고라고 해서요. 좀 괜찮아요?"

우현은 다른 의도는 전혀 없었다는 듯 순진한 눈으로 물었다.

야릇한 기분을 느낀 슬희가 괜히 민망할 정도로 순수한 눈빛이었다.

"아, 네. 좀 괜찮아진 것 같네요."

너무 놀라는 바람에 통증을 잊었다.

"그래요, 다행이네요. 여자 몸에 화상 흉터 생기면 안 되는데."

우현이 부드럽게 웃으며 슬희의 머리를 살짝 쓰다듬었다.

"그럼 가죠. 슬희 씨 먼저 나가세요."

"네, 그래요."

슬희는 미묘한 기분으로 주방을 나왔다.

1층으로 내려가는 엘리베이터 앞에서 지수와 자웅이 둘을 기다리고 있었다.

그들과 합류해, 강당으로 향했다.

*   *   *

TV의 요리 대결처럼 맛 평가가 있을 줄 알았는데, 태윤을 비롯한 도우미들은 각 팀이 준비한 요리를 한 입씩 맛봤을 뿐, 그에 대한 평가를 하지는 않았다.

"각 팀이 얻은 점수는 이튿날 오전에 알려 드립니다. 다들 저녁 식사 맛있게 하세요."

4조의 음식은 맛이 나쁘지 않았지만, 다른 조는 그렇지 않은지 다들 마뜩잖은 표정으로 밥을 먹었다.

"이번엔 우리가 1등 할 것 같지 않아요?"

지수가 작은 목소리로 말했다.

"글쎄, 등수가 중요할까요? 4조가 1등을 한다고 해서 우리가 전원 합격하는 건 아니잖아요."

우현의 지적은 정확했다.

지수는 이제야 그걸 깨달았는지 입을 다물고 밥 먹는 데에 집중했다.

첫날의 일과는 저녁 식사가 끝이었다.

잠자는 시간까지 정해 놓진 않았으니, 호텔 내에서 자유 시간을 가지면 된다고 했다.

의기투합한 몇몇은 식당에서 술을 마시기로 했나 보다.

"같이 한잔할래요?"

다른 조의 누군가가 4조 식탁으로 와서 물었다.

"전 오늘은 패스할게요. 너무 졸려서."

슬희는 가볍게 거부하고 일어났다.

하지만 우현과 자웅, 지수가 좋다고 대답하는 소리가 들려와서, 슬희는 괜히 먼저 들어간다고 했나 싶어 잠깐 후회했다.

'아냐, 오늘은 일찍 자 둬야 돼. 안 그러면 내일 엄청 피곤할 거야.'

강당을 나오며 흘긋 뒤를 돌아봤다.

슬희는 저도 모르게 창현을 찾아 헤맸다.

창현은 사람들 사이에 섞여, 입가에 희미한 미소를 띠고 있었다.

다행이다.

오만한 성격 탓에 겉돌 줄 알았는데, 다른 사람들과도 잘 어울리게 됐나 보다.

'네가 웃을 수 있게 돼서 다행이야.'

슬희는 강당 문을 닫았다.

'더 많이 웃을 수 있으면 좋겠다.'

방으로 돌아온 슬희는 씻자마자 그대로 침대 위에 쓰러졌다.

합격 통보를 받았을 때부터 제대로 자지 못한 데다가, 어제는 꼬박 밤을 새웠기 때문에, 눕자마자 그대로 잠이 들었다.

쿵쿵쿵 ―

잠에서 깬 건, 소란스러운 소리 때문이었다.

'뭐지?'

슬희는 인상을 찡그리고 손을 더듬어 침대 위에 놓인 휴대폰을 찾아 시간을 확인했다.

AM 1:23

'더 자도 되네.'

긴장감과 피로로 인한 눈꺼풀이 무거웠다.

다시 눈을 감으려는데.

쾅쾅쾅 ―

또다시 시끄러운 소리가 들렸다.

가만히 귀를 기울여 보니, 슬희의 방문에서 나는 소리였다.

"뭐야, 왜 안 열려?"

웅얼거리는 소리와.

삐빅 ―

삐빅 —

카드 키를 찍는 소리가 났다.

술 취한 사람이 방을 잘못 찾아온 모양이다.

그냥 모르는 척할까 하다가, 이 호텔에 있는 사람들은 전부 면접자들이라는 걸 떠올리고 침대에서 내려왔다.

라이벌이기는 해도 한 배를 탄 사람들인데, 곤란에 처했을 때 모르는 척할 수는 없었다.

삐빅 —

삐빅 —

또 카드 키 찍는 소리가 들렸다.

이러다 고장 나겠다 싶어 재빨리 문을 연 슬희는 가장 먼저 술 냄새를 맡았고, 그다음에는 우현의 얼굴을 확인했다.

"민우현 씨?"

"어? 슬희 누나다."

우현이 해사한 미소를 지었다.

어스레한 불이 켜진 복도에서, 우현의 미소는 눈부시게 빛이 났다.

잠이 덜 깬 상태인데도 슬희는 우현의 예쁘장한 미소에 심장이 뛰었다.

이 사람에 대한 마음이 어떻든, 보기 좋은 걸 감상하면 가슴이 설레는 법이니까.

"이야, 슬희 누나가 왜 내 방에서 나오지?"

우현이 두 손으로 슬희의 양 볼을 감쌌다.

정말로 술에 취한 듯, 우현의 손이 뜨거웠다.

생각지도 못한 일이 벌어지는 바람에 굳어 있던 슬희는, 뒤늦게 정신을 차리고 뒷걸음질을 쳤다.

슬희가 뒤로 가는 만큼, 우현이 안으로 들어왔다.

"저기요, 민우현 씨."

"누나, 누나. 그냥 우현이라고 불러도 돼요. 우현아, 하고 불러 봐요."

"아니, 이제 와서 호칭 정리는 됐고요. 여기 제 방이에요."

"응? 정말요? 누나 방이에요?"

"그래요. 그러니까 정신 차리고 얼른 나가세요."

"에이, 뭐 어때요. 우리 얘기나 해요, 누나."

"아뇨, 난 잘 거니까……."

"이야, 방 좋다."

우현의 방도 이것과 똑같을 텐데, 이미 방 안에 들어온 우현이 주위를 둘러보며 감탄사를 내뱉었다.

"민우현 씨 방도 여기랑 똑같을 텐데요."

"누나, 있잖아요. 누나는 왜 술 안 마셨어요? 나, 누나랑 친해지고 싶었는데."

우현과는 대화가 되지 않았다.

이래서 술 취한 사람을 상대하는 게 싫다.

"누나. 누나는 정말 딱 내 스타일이에요. 엄청 예쁘게 생겼다는 말 많이 듣죠?"

엄청 웃기게 생겼다는 말은, 연우에게서 귀에 못이 박이도록 들었다.

하지만 우현에게 그 일을 설명할 필요는 없었다.

"민우현 씨, 좀 나가 줄래요?"

"누나, 내가 싫어요?"

우현이 눈썹 끝을 내리고 물었다.

주인한테 혼나는 강아지 같은 모습에 슬희는 잠시 마음이 약해졌지만, 정신을 차리고 말했다.

"난 나한테 나쁜 짓을 하지 않는 한, 누구도 싫어하지 않아요. 하지만 민우현 씨가 계속 이러고 있으면 싫어질 것 같네요."

"나, 누나한테 미움받기 싫어요."

"그럼 좀 나가 줄래요?"

"누나, 나는 누나가 좋은데. 누나는 내가 별로예요?"

"난 사람 쉽게 안 좋아해요."

"그럼 어떻게 해야 좋아하는데요?"

"돈 많으면 좋아해 줄게요."

"정말요?"

"네. 그러니까 이 면접에서 잘 해내고 둘 다 성공한 모습으로 다시 만나죠."

"만약."

우현이 성큼 다가왔다.

슬희는 저도 모르게 뒷걸음질을 쳤다.

우현이 또 다가왔고, 슬희는 또 뒤로 물러났다.

그렇게 몇 번 반복하다 보니, 슬희의 등이 벽에 막혔다.

더는 물러설 곳이 없었다.

슬희의 앞으로 바짝 붙어선 우현이 슬희의 양쪽 옆에 손을 짚고 내려다봤다.

방금 전의 강아지 같은 눈빛은 사라지고 없었다.

아까 식당에서 본, 묘하게 색기 어린 눈동자가 슬희를 지그시 응시하고 있었다.

"내가 지금 돈이 많다면, 누나는."

우현의 얼굴이 서서히 다가왔다.

"나한테 다가와 줄 거예요?"

우현의 숨결이 코끝에 닿았다.

슬희는 꿀꺽 침을 삼켰다.

잠이 확 달아났다.

이대로 있다가는 입술이 닿게 될 것 같은데, 뒤로도 옆으로도 도망칠 곳이 없었다.

일단은 저 입술을 피해야만 할 것 같아서, 슬희는 뒤를 생각하지 않고 그대로 주저앉았다.

그런데 그게 또 묘한 자세가 되었다.

아니, 더 오묘한 자세가 되었다.

슬희는 퍼뜩 놀라 다시 일어섰고, 아주 가까이에 있는 우현의 얼굴을 마주하게 되었다.

우현의 눈이 가늘어졌다.

왠지 우현이 취한 것 같지 않다는 생각이 순간 들었지만, 지금은 그런 게 중요한 게 아니었다.

여기는 밀폐된 공간이고, 슬희는 우현과 단둘이 있었다.

면접을 보러 온 사람이 물의를 일으킬 만한 짓을 하지는 않을 거라 생각하지만.

'아까 내 손가락을 찹찹 핥아 댄 놈이 무슨 짓이든 못 하겠어?'

슬희는 여차하면 공격하기 위해 주먹을 꽉 쥐었다.

"뒤로 물러서요, 얼른. 우리 지금 너무 가까워요."

"난 딱 좋은 거리인 것 같은데."

"그럼 평생 그러고 서 있든가."

"응, 평생 이러고 서 있을게요. 난 좋아요. 누나랑 이러고 있는 거."

슬희는 크게 심호흡을 한 후, 아까처럼 주저앉았다.

잠시 묘한 자세가 되긴 했지만, 옆 공간으로 빠르게 기어서 빠져나왔다.

벌떡 일어나서 의기양양하게 돌아보니, 우현이 눈을 동그랗게 뜨고 이쪽을 보고 있었다.

"약속했으니까 계속 그러고 서 있어요."

슬희의 말에 우현이 빙그레 웃었다.

"네, 누나."

"난 나갈 거예요."

"네, 누나."

"지금 있었던 일은 면접관에게 알리지 않을게요. 이런 일, 두 번 다시는 없었으면 좋겠어요."

"그런데 누나. 나 진짜로 돈 많아요."

"그래요, 그거참 좋겠네요. 그런데 돈이 많다는 건, 내가 남자를 판단하는 수천 가지의 이상 중 하나일 뿐이에요."

"우와, 수천 가지나 돼요?"

"보통 그 정도는 되죠."

우현은 대화를 하는 중에도, 벽에 손을 짚은 자세 그대로 움직이지 않고 있었다.

술에 취한 와중에도 말은 잘 듣는다.

'술에 취해서 말을 잘 듣는 건가?'

신기하게도 슬희는 우현이 싫다는 생각은 그다지 들지 않았다.

"계속 그러고 있다가 내가 나가고 나면 움직이도록 해요. 그리고 내일부터는 나한테 이런 짓 안 했으면 좋겠네요."

"안 하면 날 좋아해 줄 거예요?"

"이거 외에도 수천 가지의 조건을 충족하면요."

말을 끝내자마자 슬희는 카드 키를 집어 들고 방에서 나갔다.

탁—

문이 닫히자, 우현은 벽에서 손을 뗐다.

술에 취한 척 풀려 있던 눈에 힘이 들어갔다.

'흐응.'

우현은 슬희의 침대에 가서 끝에 걸터앉았다.

술 취한 척 접근하기.

다른 남자들이 하면 최악의 방법이겠지만, 우현이 이 방법을 사용할 때는 항상 통했다.

특히 연상의 여자들은 우현이 강아지처럼 올려다보며, "누나는 내가 싫어요?"라고 묻는 말에 환장했다.

지금껏 한 번도 실패한 적이 없었기에, 단호하게 거절당한 충격이 이만저만이 아니었다.

게다가.

'저 누나 되게 웃기네.'

벽과 우현의 사이에 갇혀 피하려고 한다는 게 쭈그리고 앉는 거였는데, 그건 마치 여자가 남자의 다리 사이에 얼굴을 파묻은 것 같은 모양새였다.

다시 벌떡 일어난 슬희의 얼굴은 새빨개져 있었는데, 정작 슬희 본인은 그걸 깨닫지 못한 것 같았다.

'점점 더 마음에 드네. 후딱 먹어 치워야겠어. 이러다가 진짜로 좋아하게 될라.'

식당 쪽은 아직도 밝고 떠들썩했다.

첫날부터 저렇게 무리하면 내일부터 힘들어질 텐데.

창현은 방에서 나와 5층으로 향했다.

5층에는 지금 강당으로 사용하는 스위트룸과 다른 스위트룸 하나, 그리고 수영장 겸 정원이 있었다.

아직은 수영하기 이른 날씨이지만 수영장에는 물이 채워져 있었고, 잘 꾸며진 정원의 한쪽에는 작은 분수가 있었다.

늦은 시간이라 분수는 작동되지 않고 있었다.

늦은 시간 제주도의 밤하늘은 푸르고 반짝거렸다.

오래전의 기억이 하나 떠올랐다.

집에서 나와 하염없이 걷다가 마주친 슬희.

손에 검은색 비닐봉지를 들고 터덜터덜 걷던 슬희는 창현을 발견하고는 환하게 웃으며 다가왔다.

그 시절, 창현에게 그러한 미소를 보여 주는 사람은 슬희가 유일했기에 눈부셨다. 그 순간엔 저 하늘의 별들이 보이지 않을 만큼.

— 우리 엄마는 나한테만 심부름시켜. 진짜 싫어.

슬희의 집까지 나란히 걸어가며 슬희는 쉴 새 없이 재잘거렸다.

그때 올려다본 하늘이 저토록 반짝거렸었다.

도시에 저렇게 별이 많을 리 없으니, 어쩌면 슬희와 함께였기에 만들어진 눈의 착각인지도 모르겠다.

"너도 하늘을 다 보네."

뒤에서 목소리가 들려왔다.

"별이 많아."

"그러게. 확실히 제주도는 서울이랑 다르다."

태윤이 창현의 옆에 와서 섰다.

창현은 수영장 가장자리에 있는 선베드에 가서 다리를 쭉 펴고 앉았고, 태윤도 그 옆의 선베드에 비슷한 자세로 앉았다.

"있을 만해?"

"응."

"저녁은 괜찮았고?"

"아니."

창현의 조가 만든 저녁 식사는 최악이었다.

"그래, 안 괜찮았을 것 같더라. 네가 좀 말려 보지 그랬어?"

"난 개입하지 않기로 했으니까."

창현은 철저히 관찰만 하기로 되어 있었다.

팀별 프로젝트라고는 하지만 결국 개인전이었다. 사실은 팀별로 얻는 점수도 큰 의미는 없었다.

누가 그 사실을 가장 먼저 간파하게 될지 궁금했다.

"브리핑할게."

상황이 괜찮으면 매일 밤 만나서 면접자들에 대한 의견을 공유하기로 했다.

태윤은 항상 들고 다니는 수첩을 펼쳤다.

요새는 다들 휴대폰이나 태블릿으로 메모를 하지만, 태윤은 메모만큼은 아날로그적인 방법이 좋았다.

수첩에는 예쁜 글씨체로 오늘 면접자들을 지켜본 감상이 적혀 있었다.

태윤은 그곳에 적어 놓은 것들을 간단하게 요약해서 보고했다.

브리핑 후, 창현의 첫마디는 아마도 '누가 제일 쓸 만할 것 같아?'일 거라고 태윤은 예상했다. 하지만…… 아니었다.

"민우현이 이슬희 씨한테 관심을 보인다고?"

우현이 예쁜 여자에게 관심을 보이는 건 항상 있는 일이기에, 다시 한 번 언급할 필요가 없는 일이었다.

대수롭지 않게 넘길 수 있는 일을 심각한 목소리로 지적하는 창현의 태도가 의아했다.

'그러고 보니.'

아까 늦게 강당에 도착한 우현이 슬희에게 자기 스타일이라며 악수를 할 때도 창현은 평소에 하지 않을 행동을 했다.

'아까도 우현이랑 이슬희 씨가 악수를 못 하게 떼어 냈었지.'

태윤의 머릿속에 문득 불쾌한 상상이 들었다.

'설마…… 창현이가 이슬희 씨한테 호감이 있는 건가?'

태윤은 고개를 돌려 창현의 조각 같은 옆모습을 살펴봤다.

'아니, 그럴 리 없지.'

창현의 주위에는 깜짝 놀랄 만큼 예쁜 여자들이 넘치고 넘쳤다.

두드림 엔터테인먼트 소속의 여배우나 여가수들만 해도, 어지간한 사람들은 명함도 못 내밀 만큼 예쁘고 몸매도 좋았다.

그들이 보이는 호감조차도 단호하게 잘라 내는 창현이, 그럭저럭 예쁘장하게 생긴 여자에게 먼저 호감을 보일 리 없었다.

창현은 게이가 아니냐고 의심을 받을 정도로 여자에게 관심이 없었다.

"아무래도 그런 것 같아. 주의해서 살펴볼게."

태윤이 말했다.

"그래. 나도 진지하게 지켜봐야겠다."

창현이 검지로 미간을 문질렀다.

우현은 이상할 정도로 인기가 많았다.

아마도 귀엽게 생긴 외모가 상대 여성의 긴장을 풀어 줘서, 거침없는 유혹에 저도 모르게 걸려드는 경우가 많은 것이리라.

1년 전에는 두엔에서 밀어주는 여자 아이돌 그룹의 멤버 하나를 유혹했다가 가차 없이 차 버리는 바람에 큰 소동이 벌어지기도 했었다.

우현의 다른 면은 몰라도 여자 편력만큼은 창현이 이해해 줄 수
준을 넘어섰다.

게다가.

'상대가 이슬희인 건 곤란해.'

슬희를 만나지 못한 지난 20년. 그녀는 돈 타령을 하는 여자가
되어 버렸지만, 그래도 창현에게는 더없이 반짝거리는 사랑스러운
소녀였다.

그런 슬희가 우현의 검은 손아귀에 걸려들어 더럽혀지는 꼴을
두고 볼 수는 없었다.

와하하하하하 —!

아래쪽에서 갑자기 큰 웃음소리가 들려왔다.

"아직도 한창인가 보군. 다들 내일을 생각하지 않는 건가?"

"아무래도 긴장한 상태니까. 저렇게라도 긴장을 풀고 싶은 거겠
지."

"내일 미션이 뭐였지?"

"오전에는 트래킹, 오후가 해변에서 게임이었어. 저녁에는 이틀
날 할 장기자랑을 준비하고."

"그거 다 빼고, 퍼즐로 넣어."

"응, 알겠어."

태윤은 반박하지 않고 창현의 말을 따랐다.

퍼즐은 말 그대로 직소 퍼즐을 맞추는 미션이었다.

시계가 없는 방에서 1,000 피스의 퍼즐을 맞추는 것.

오늘 늦은 시간까지 술을 마신 사람들에게는 무척이나 힘든 미

선이 될 것이다.

"내일 아침은 돈가스와 수프로 해. 국 종류는 일절 내놓지 말고."

"알겠어. 또 수정할 건 없고?"

"응. 그러고 보니, 민우현도 저기서 술을 마시고 있나?"

"아마 그럴걸? 우현이는 술 좋아하잖아."

태윤의 대답에 어쩐지 등골이 서늘해졌다.

전에 우현이 했던 이야기가 떠올랐다.

─ 형, 여자를 꼬실 수 있는 제일 쉬운 방법이 뭔지 알아? 술 취한 척하고 유혹하는 거야. 완전 만취한 척하면서 '내가 싫어?' 하고 물어보면 열 명 중에 열 명이 전부 그렇지 않다고 하거든.

그리고 또.

─ 어떻게 만나긴. 취한 척하고 집으로 찾아갔지. 집을 잘못 찾은 척, 네가 너무 좋아서 나도 모르게 너희 집으로 온 척, 그렇게 하면 여자들이 환장해.

작년에 여자 아이돌과 염문설이 났을 때, 창현은 대체 어떻게 만난 거냐고 물어본 적이 있었다.

그때 우현이 싱글싱글 웃으며 했던 말을 떠올리는 순간, 손가락 끝이 차갑게 식었다.

이곳은 남녀 사이에 염문설이 나기 딱 좋은 공간이었다.

바다, 바람, 반짝이는 별, 그리고 술과 호텔.

이곳이 면접 장소라는 건, 우현에게는 큰 문제가 되지 않을 것이다.

"가 봐야겠다."

창현은 벌떡 일어났다.

"응, 푹 쉬어. 난 좀 더 있다가 들어갈게."

창현이 용건만 끝내고 일어서는 건 항상 있는 일이기에, 태윤은 이상해하지 않고 창현을 향해 손을 흔들었다.

창현은 태윤의 인사에 화답해 줄 여유도 없이 수영장을 빠져나와, 슬희의 방을 향해 달려갔다.

엘리베이터를 기다리는 시간조차 아까워서 비상계단을 뛰어 내려갔다.

복도를 달려가다가, 슬희의 방에서 나오는 우현을 발견했다.

언제나처럼 미소를 띠고 나오는 우현의 멱살을 잡아, 그대로 벽에 밀어붙였다.

우현이 놀란 듯 눈을 크게 떴다가, 상대가 창현이라는 걸 확인하고는 긴장을 풀었다.

"형."

"너, 뭐 했어?"

"응?"

"네가 왜 이슬희 방에서 나와?"

"흐응."

우현의 눈이 가늘어졌다.

"이슬희. 벌써 이름을 부르는 사이가 된 거야?"

"그런 건 아무래도 좋잖아. 왜 이 시간에 이슬희 씨 방에서 나오는 거지?"

"남자가 이런 시간에 여자 방에 방문한 이유가 뭐겠어?"

창현의 얼굴이 일그러졌다.

"민우현, 너!"

멱살을 쥔 손에 힘이 들어갔지만, 우현의 여유로운 표정은 변하지 않았다.

우현은 손바닥을 창현의 볼에 살며시 댔다.

"형. 난 형이 이렇게 흥분하는 걸 처음 보는 것 같아. 우리 창현이 형은 어떤 일이 있어도 포커페이스를 유지해서, 이 사람은 도박을 하면 딱 좋겠구나, 생각했었거든."

"뭔 소리를 하는 거야?"

"왜 이렇게 흥분한 거야, 형? 슬희 누나가 형한테 이렇게 흥분해야 할 정도로 가치가 있는 사람인 거야?"

그제야 창현은 정신을 차렸다.

창현과 슬희의 관계는 어느 누구도 알지 못했다.

'그래, 가치가 있지. 슬희가 원한다면 내 인생 전부를 줄 수도 있을 만큼 가치가 있어.'

그 말이 목구멍까지 튀어나왔지만 가까스로 삼켰다.

"난 네가 이번 면접 때 물의를 일으키지 않았으면 좋겠는데."

"물론 물의를 일으킬 생각은 없어. 난 항상 성실하게 임하는걸. 하지만 형. 지금 형 모습을 보면, 형이야말로 물의를 일으킬 것 같은데."

창현이 우현의 멱살을 잡고 있던 손을 아래로 내렸다.

우현은 씩 웃으며 옷매무새를 점검했다.

"그리고 형. 형은 아직 내 말에 대답을 안 했어. 이슬희 씨가 형한테 그렇게 가치 있는 사람인 거야?"

"그런 문제가 아냐."

"그럼 어떤 문제이기에, 얼굴이 새파래져서 달려온 거야?"

말문이 막혔다.

우현은 대답을 듣지 않으면 돌아가지 않겠다는 듯, 주머니에 손을 찔러 넣고 대답을 기다렸다.

"난 이슬희 씨가 우리 회사에서 잘 해낼 인재라고 본다. 너 때문에 이슬희 씨가 상처를 입고 면접 중간에 돌아가는 걸 보고 싶진 않아."

"흐음. 방금 그건 꽤 괜찮은 변명이었어."

우현이 가볍게 박수를 쳤다.

우현에게 놀림을 받는 것만 같아서, 창현은 속이 끓었다.

하지만 그런 건 아무래도 좋았다.

얼른 우현을 돌려보내고, 슬희의 상태를 확인하고 싶었다.

우현에게 무슨 짓을 당한 건 아닌지, 안에서 혼자 울고 있는 건 아닌지.

"그만 네 방으로 돌아가. 문제 일으키지 말고."

"네, 네."

우현은 더 이상 반항하지 않고 걸음을 옮겼다.

우현의 방이 같은 층이 아니라서 다행이었다.

우현의 발자국 소리가 사라진 후, 창현은 조심스럽게 슬희의 방문을 두드렸다.

똑똑—

응답이 없었다.

"이슬희. 나 민창현이야. 안에 있지? 괜찮아? 잠깐 문 좀 열어 봐."

여전히 문 너머는 조용했다.

"이슬희. 너, 안에 있는 거 맞지? 우현이, 아니, 민우현 씨가 방에서 나오는 걸 봤어. 문제 생긴 건 아니지? 그래, 아닐 거야. 하지만 설령 문제가 생겼다고 해도 내가 도와줄 수 있어."

창현은 주먹을 꽉 쥐었다.

응답 없는 상황에 가슴이 미어졌다.

역시 무슨 일이 벌어진 게 분명하다.

"저기 있잖아. 내가 노래 하나 해 줄게."

어린 날, 창현이 죽고 싶어질 때면 슬희가 불러 주었던 노래가 있었다.

"내가 좋아하는 노래거든. 이 노래 다 끝나면, 문 열고 얼굴 좀 보여 줘."

*   *   *

"개구리 소년, 빰빠밤. 개구리 소년, 빰빠밤. 네가 울면 무지개 연

못에 비가 온단다. 비바람, 몰아쳐도, 이겨 내고. 일곱 번, 넘어져도
일어나라."

양손에 버터 구이 오징어를 들고 자신의 방으로 돌아오던 슬희
는, 복도에서 울리는 노랫소리를 듣고는 걸음을 멈췄다.

창현이 슬희의 방문 앞에서 만화 '개구리 소년'의 주제가를 부르
고 있었다.

'쟤가 저기서 왜 노래를 부르고 있는 거지?'

어안이 벙벙했다.

문을 보면서 노래하는 창현의 얼굴에는 비장함까지 감돌았다.

'뭘 하는 거지? 쟤도 술에 취했나?'

심각한 표정으로 진지하게 노래를 하는 창현을 방해해선 안 될
것 같아, 슬희는 숨을 죽이고 서 있었다.

"삘리리 개굴개굴. 삘릴릴리."

노래는 클라이맥스로 접어들었다.

비장하게 삘릴리거리던 창현이 타인의 시선을 느낀 듯 고개를
돌렸다.

그리고 둘의 눈이 딱 마주쳤다.

창현의 눈이 커지며 노래가 끊겼다.

창현은 귀신이라도 본 듯한 표정으로 슬희를 보고 있었다.

비장하고 구슬픈 노래자랑의 현장에서, 슬희는 어떻게 반응해야
좋을지 알 수 없었다.

그래서 어색하게 웃으며 양손에 든 버터구이 오징어로 박수를
쳤다.

"예에. 대단하다."

창현의 얼굴이 순식간에 새빨개졌다.

"너, 너, 네가 왜 거기에……?"

어떤 일이 있어도 당황하지 않을 것 같은 창현이, 얼굴을 빨갛게 물들이고 말을 더듬는 모습이 신선했다.

"응? 왜라니? 식당에 가서 안주 좀 훔쳐 왔어. 자다 깼더니 좀 출출해서."

"아니, 그런 게 아니라……."

창현이 시선을 옆으로 피했다.

"너야말로 왜 내 방 앞에서 노래를 하는 거야? 아, 이거 혹시 미션이야? 세상에서 제일 창피한 짓 하기, 같은 거."

슬희는 창현을 놀리며 자신의 방 앞으로 걸어갔다.

창현이 옆으로 비켜섰고, 슬희는 카드 키를 꺼내 방문을 열었다.

창현이 고개를 쭉 밀고 방 안을 살펴보는 게 느껴졌다.

"들어올래?"

"그래도 되나?"

"되지, 그럼. 오징어 많이 가지고 왔어. 이거나 같이 씹자."

버터 구이 오징어의 짭짤하고 고소한 냄새가 창현의 식욕을 자극했나 보다. 창현은 순순히 슬희의 방으로 들어왔다.

슬희는 방에 들어오자마자 문 앞에서 신발을 벗었다.

"여기, 신발 신고 다녀도 되는데."

"응, 그렇긴 한데. 난 맨발이 편해서. 너도 벗고 들어와."

"그래."

창현도 신발을 벗었다.

슬희가 침대에 책상다리를 하고 앉더니, 앞을 툭툭 두드렸다.

"너도 앉아."

"난 여기 앉을게."

창현이 화장대 의자를 가지고 왔다.

슬희가 싱글싱글 웃으며 창현의 모습을 지켜봤다.

"왜 그렇게 웃어?"

"아니, 그냥."

'변한 게 없어서.'

……라고, 슬희는 생각했다.

20년이 지났지만, 내 앞의 친구는 이름도, 키도 많이 바뀌었지만.

그래도 여자를 배려하는 성격은 그대로였다.

어릴 적 어느 날엔가, 집 근처에서 마주친 창현과 걸어가다가 놀이터 벤치에 나란히 앉은 적이 있었다.

그때, 창현은 슬희가 앉을 자리를 무심히 손바닥으로 쓸어 냈다.

그때는 어려서 몰랐는데, 나중에 나이가 들고 그때 일을 떠올렸을 땐 다른 느낌으로 다가왔다.

'어린 녀석이 매너가 좋았지. 만약 그게 고등학교 때쯤 벌어진 일이었다면, 난 애한테 반했을지도 몰라.'

슬희는 버터 구이 오징어 하나를 창현에게 내밀었다.

창현은 오징어를 받아 들며, 슬희의 얼굴을 살펴봤다.

"내 얼굴에 뭐 묻었어?"

"무슨 일 없었어?"

"무슨 일? 어떤 일? 아, 내가 오징어를 너무 많이 가지고 와서 원성이라도 샀을까 봐?"

"아니, 오징어 얘기는 됐고."

창현이 오징어를 봉투 위에 내려놓고 심각하게 말했다.

"방에 누가 몰래 숨어들어 왔다거나. 그런 일."

"응? 아, 맞다. 그리고 보니, 아까 민우현 씨가 방을 잘못 찾아왔었어. 여기가 자기 방인 줄 알았나 봐."

"그래서?"

"방으로 밀고 들어오기에 넣어 두고 난 바람 쐬러 나갔지. 식당 쪽이 즐거워 보여서 가 봤더니 버터 구이 오징어가 있기에 들고 왔고. 이거 되게 좋아하는데, 비싸서 잘 못 사 먹거든. 여기 좋다. 이런 것도 잔뜩 주고."

"아니, 오징어는 됐고. 왜 돌아온 거지? 만약 민우현 씨가 여기에 계속 있으면 어쩌려고."

"깜박했어. 오징어 챙기다가 보니까."

"그런 건 깜빡하지 말아야지!"

창현의 목소리가 높아져서, 슬희는 눈을 크게 떴다.

"왜 화를 내고 그래?"

"화를 내는 게 아니라…… 술 취한 남자가 방에 있을지도 모르는데, 그걸 깜빡하면 어떻게 해? 그러다가 무슨 일이라도 생기면 어쩌려고."

"아니, 뭐…… 무슨 일이야 생기겠어? 다들 신원도 뚜렷하고, 면접을 보는 중인데."

"사람은 술에 취하면 어떻게 변할지 모르는 거야. 남녀가 밀폐된 공간에 있을 때는 더더욱 그렇고."

열변을 토하는 창현의 모습이 왠지 귀엽게 느껴졌다.

슬희는 괜히 창현을 놀려 주고 싶은 기분이 되어, 눈을 가늘게 뜨고 몸을 앞으로 기울였다.

"지금 우리도 밀폐된 공간에 같이 있는데. 우리한테도 무슨 일이 생기려나?"

이번에는 창현이 놀랄 차례였다.

창현은 말하던 자세 그대로 입을 벌린 채 굳어 버렸다.

그런 창현의 볼을 향해, 슬희는 천천히 손을 내밀었다.

창현이 피할 줄 알고 시작한 일이었다.

예상과 달리 창현은 가만히 있었고, 슬희는 시작한 일을 멈추기가 민망해서 계속 손을 움직였다.

손가락 끝이 창현의 볼에 닿았을 때, 창현이 슬희의 가느다란 손목을 움켜쥐었다.

"뭐 하는 거야?"

"아, 그냥……."

"너!"

창현이 슬희의 손목을 잡은 채 벌떡 일어나더니, 그대로 슬희를 밀어붙였다.

창현의 힘은 생각보다 강했다.

그대로 밀려서 침대 위로 쓰러진 슬희를, 창현이 위에서 내려다보았다.

슬희는 순간 덜컥 겁이 났다.

그녀는 그제야 창현이 건장한 성인 남성이라는 데 생각이 미쳤다.

창현을 그때의 그 소년으로 여기지 않겠다고 다짐했지만, 자신은 여전히 초등학교 때의 친구로 생각하고 있었다는 걸 깨달았다.

아무 생각 없이 창현을 방으로 들였고, 침대 근처에 가까이 앉아서도 그런 쪽으로는 생각을 하지 못했다.

"정신 좀 차려."

창현이 낮은 음성으로 말했다.

"남자들은 다 똑같아. 예쁜 여자랑 밀폐된 공간에 단둘이 있으면 여러 가지 생각들이 머릿속을 오가지. 내가 너한테 무슨 짓을 할 줄 알고 도발하는 거야?"

"……."

"조심해. 이런 짓 하지 말고. 난 이제 나갈 거니까, 이 방에 다른 남자는 들이지 마."

그의 음성에는 다른 감정 없이 자신에 대한 걱정만이 가득했다.

창현은 나를 억지로 덮치지 않을 것이다.

건장한 성인 남성이 되었지만, 그때와 똑같은 소년은 아니겠지만, 그래도 그의 본질은 변하지 않았다.

슬희는 자신이 그렇게까지 창현을 믿을 수 있다는 게 신기했다.

"대답해."

창현이 말했다.

슬희는 가까이에 있는 창현의 얼굴을 가만히 올려다보다가, 대답하는 대신에 질문했다.

"내가 예뻐?"

"지금 그게 중요해?"

"중요하지. 예쁘다는 말은 언제 어디서 들어도 기분 좋은 법이잖아."

"넌 정말 못 말리겠다."

창현이 한숨 섞인 목소리로 말하며 슬희를 놔주고 침대에서 떨어졌다.

창현이 내뱉은 말은 자신을 타박하는 것이었지만, 오늘 아침에 만났을 때보다 더 친근한 말투라서, 슬희는 초등학교 때로 돌아간 듯한 기분이 들었다.

창현은 뒤로 돌아섰고, 슬희는 창현에 대답하지 않을 거라고 생각했다.

하지만 창현은 방문을 열고 나가기 전, 단호한 목소리로 말했다.

"아까도 말했잖아. 예뻐. 정말로."

*　　　*　　　*

슬희는 침대 위에 책상다리를 하고 팔짱을 낀 자세로 앉아, 반쯤 먹은 버터 구이 오징어를 노려봤다.

노릇하게 익은 오징어가 일생일대의 적이라도 된 듯 한참 동안 오징어와 대치 상태로 있던 슬희가, 갑자기 비명을 질렀다.

"으아아아아아!"

슬희는 앞으로 철퍼덕 엎어졌다.

"이게 뭔 일이래, 진짜?"

시작이 꽤 흘렀는데도, 심장 박동이 제 속도를 찾지 못하고 있었다.

두근 ― 두근 ― 두근 ―

옆에 사람이 있다면 그 사람에게까지 들릴 만큼, 심장 소리가 컸다.

슬희는 얼굴에 붙은 오징어를 떼어 내 입에 넣고 우물우물 씹었다.

짭조름하고 고소한 맛이 입안을 가득 채웠지만, 평소라면 좋아할 그 맛을 감상할 수가 없었다.

― *예뻐. 정말로.*

창현이 무심히 던진 대답이 여전히 귓가에 남아 있었다.

"예쁘대. 내가. 물론 난 예쁘지. 그래, 예뻐. 처음 듣는 말도 아니잖아."

연예인급은 아니지만, 일반인치고는 예쁘장한 얼굴이었다.

― *예쁘시네요.*
― *미인이네.*
― *슬희가 우리 과에서는 제일 예쁘지.*

그런 말들을 심심치 않게 들어왔다.

그런데 왜!

유독 창현의 칭찬에 이토록 가슴이 뛰는 걸까?

"역시 민창현은 날 좋아하는 거야. 좋아하지 않으면 그런 말을 할 리가 없지."

언젠가 연우가 했던 말이 떠올랐다.

— 남자는 말이지. 마음에 없는 칭찬은 절대 못 해. 특히 예쁘다는 말. 그 말은 죽어도 못 하겠더라고. 귀엽다거나, 착해 보인다거나, 인상이 좋으시다거나, 그런 식으로는 말할 수 있어도 예쁘다는 말은 정말 예쁜 여자한테만 할 수 있더라.

'그래서 난 널 못난이라고 평가하겠다.'라는 연우의 뒷말은 기억에서 지워 버렸다.

보통 남자는 예뻐 보이지 않는 여자에게 예쁘다는 말을 할 수 없단다.

그런데 창현은 오늘 슬희에게 두 번이나 예쁘다는 말을 했다.

특히 두 번째 예쁘다는 말은 진심이 듬뿍 담긴 듯 자신에게 전해져서, 창현이 이 방을 나간 지 한 시간이 지난 지금까지도 심장이 두근, 두근, 두근 거세게 뛰는 것이다.

"으아아아! 진짜 안 돼, 안 돼. 안 된다고."

이번엔 뒤로 벌러덩 드러누워서 두 팔과 다리를 허공에 휘저었다.

보이지 않는 적을 물리치듯 한참을 허우적거리던 슬희는 다시 몸을 일으켰다.

"미안하지만 창현아. 나는 네 마음을 받아 줄 수가 없단다."

예쁘장한 얼굴 덕분에 남자들이 심심치 않게 호감을 표현해 왔다.

그런 사람들을 거절할 때 가장 좋은 말은, "난 돈 많은 남자가 좋아요."였다.

그러면 남자들은 '너도 어쩔 수 없이 그렇고 그런 여자구나.'라는 표정을 짓든가, 돈이 없음에 한탄하며 슬희를 포기했다.

하지만 진짜 이유는 그런 게 아니었다.

'난 연애할 상황이 아냐.'

핑크빛 공기 속에서 사랑 놀음을 하는 건, 그럴 여유가 있는 사람들에게만 가능한 일이다.

슬희는 자신이 짊어진 것을 타인에게 떠넘기고 싶지 않았고, 타인이 자신의 상황을 알게 된 후 난처한 표정을 짓는 것도 보고 싶지 않았다.

간신히 지워 버린 기억이 불현듯 떠올랐다.

— *미안.*

난처한 표정으로 사과하던 그의 얼굴을 떠올리자, 두근거리던 심장이 차갑게 식었다.

'두 번 다시는 싫어.'

슬희는 두 손으로 얼굴을 가렸다.

'내가 사랑하는 남자가 그런 표정을 짓는 거, 다시는 보고 싶지 않아.'

그러니까.

'나는 사랑하지 않을 거야. 사랑받지도 않을 거고.'

슬희는 심장이 제 속도를 되찾은 후, 곧바로 잠을 청했다.

알람 소리에 눈을 떴을 땐, 다짐 덕인지 숙면해서 오랜만에 개운했다.

여덟 시까지 식당으로 집합이기에, 서둘러 씻고 식당으로 향했다.

일곱 시 오십 분.

다들 나와 있을 줄 알았는데, 식당에는 너댓 명밖에 없었다.

그중 한 명이 창현이었다.

창현은 다른 사람들과 똑같이 회색 트레이닝복을 입고 있었는데, 그 옷이 어찌나 잘 어울리는지 모델 같아 보였다.

의자에 비스듬히 앉아 다리를 꼬고 있는 창현을, 다른 여자들도 흘긋흘긋 훔쳐보고 있었다.

여덟 시가 조금 지나서야 면접자들이 전부 모였다.

어젯밤 늦은 시간까지 술을 마신 면접자들은 숙취 때문에 고통스러운 표정을 짓고 있었다.

아침 메뉴는 튀김인지, 식당 안에는 기름 냄새가 가득했고, 그건 숙취로 고생 중인 면접자들의 속을 더 울렁거리게 만들었다.

식판을 들고 배식을 받으러 갔더니, 정말로 돈가스였다.

돈가스, 수프, 피클, 토마토 스파게티.

술을 마신 이튿날 먹기에는 최악인 음식이었다.

"우욱!"

결국, 참지 못한 면접자 한 명이 입을 막고 식당을 뛰어나갔다.

태윤은 팔짱을 끼고 서서 그 모습을 가만히 지켜보고 있었다.

'다들 큰일이겠네.'

술을 마시지 않은 슬희에게도, 아침부터 돈가스를 먹는 건 힘든 일이었다.

대부분 식사를 제대로 하지 못하고 겨우 피클만 집어 먹었다.

하지만 즐거운 표정으로 아침을 먹는 사람도 몇 명 있었는데, 우현이 그랬다.

"난 이렇게 두툼한 돈가스가 좋더라고요. 역시 아침에는 돼지고기를 먹어야지."

우현의 목소리는 쾌활했다.

'어젯밤에 잘 잤나 보네.'

슬희는 어젯밤 우현이 방에 밀고 들어왔던 일을 까맣게 잊고 있었다.

그다음에 들어온 창현의 일이 더 크게 자리 잡고 있었기 때문이었다.

슬희는 맞은편 구석에 앉은 창현에게로 시선을 옮겼다.

창현은 묵묵히 돈가스를 먹고 있었다.

시선을 느꼈는지 고개를 돌린 창현과 눈이 딱 마주쳤다.

슬희는 얼른 시선을 돌렸다.

'우와, 눈 마주쳤어. 내가 자기 얼굴이 마음에 들어서 훔쳐보는 거로 착각하면 어쩌지? 여지를 주면 안 되는데.'

창현은 날 좋아해선 안 된다.

그래서 지금까지와 다르게 사무적으로 그를 대하겠다고 다짐했는데, 아침부터 눈이 마주치다니.

'다른 조라서 다행이야.'

만약 같은 조였다면 더욱 곤란했을 것이다.

그때였다.

"식사하면서 들어 주세요."

태윤이 마이크를 잡고 청천벽력 같은 이야기를 한 것은.

"어젯밤 면접관들끼리 의견을 공유한 결과, 현재의 팀 분배에 문제가 있다는 걸 알게 됐습니다. 하여, 팀 이동을 하도록 하겠습니다."

불만의 목소리는 없었다.

다들 자기 팀에 하나씩은 불만을 안고 있었던 것이리라.

슬희는 아무래도 상관없다고 생각했지만.

"1조의 민창현 씨는 4조로. 4조의 민우현 씨는 2조로, 2조의 최희수 씨는 3조로……."

이어지는 팀원 변경에는 할 말을 잃고 말았다.

같은 팀이 아니라서 다행이라고 생각한 지 1분도 지나지 않았는데, 창현과 같은 팀이 되어 버리다니!

망했다.

창현에게 사무적으로 대하겠다고 결심하긴 했지만, 창현이 작정하고 호감을 표시하면 매몰차게 밀어내지는 못할 것이다.

밥을 먹자고 하면 밥을 먹게 될 것이고, 얘기 좀 하자고 하면 얘기를 하게 될 것이다.

민창현은 내게 있어 윤해성이니까. 20년 전, 갈 곳 없이 어두운 밤하늘을 올려다보던, 안쓰러운 소년이니까.

그에게 매몰차게 굴 자신이 없었다.

식사가 끝나갈 때쯤, 태윤이 다시 말했다.

"오늘 미션은 팀별로 한 방에서 진행을 하게 됩니다. 팀마다 룸 키를 하나씩 드릴 테니, 그 방에 가서 대기해 주세요. 미션은 스피 커로 알리도록 하겠습니다."

하나둘씩 식당을 나갔지만, 슬희는 자리에 가만히 앉아 있었다.

"안 가?"

창현이 식판을 들고 슬희의 옆에 와서 물었다.

"가야지요."

슬희는 식판을 들고 도도하게 일어났다.

창현은 갑자기 존댓말을 사용하는 슬희의 모습에 의아한 듯했지 만 말없이 슬희의 뒤를 따랐다.

식판을 비운 후, 둘도 식당을 나섰다.

"우리 좀, 너무 가까이에서 걷고 있는 것 같지 않나요?"

슬희가 말하자, 창현이 살짝 미간을 좁혔다.

"그거참 죄송하게 됐네."

창현이 한 발자국 옆으로 떨어졌다.

"저기요, 민창현 씨."

슬희는 걸음을 멈추고 창현을 돌아봤다.

"응?"

"우리 지금 사적으로 만난 사이 아니잖아요. 서로 존칭을 사용하는 게 어떨까요?"

"흐음. 갑자기 왜 이러는 거지?"

"갑자기가 아니에요. 어제 처음 만났을 때부터 생각했던 거지. 그쪽에서 갑자기 말을 놓는 바람에, 나도 얼떨결에 말을 놨지만. 이건 좀 아닌 것 같아서요."

"흐응."

창현의 눈이 가늘어졌다.

기분 나쁜 기색은 없었고, 오히려 재미있어 하는 표정이었다.

괜히 놀림을 받는 기분이 들었지만, 슬희는 표정을 도도하게 유지했다.

"필요 이상으로 친근하게 행동하지 않는 편이 좋을 것 같은데요. 우리가 사이좋은 친구는 아니잖아요."

창현의 한쪽 입꼬리가 올라갔다.

"그런가?"

"그렇습니다, 민창현 씨."

"그래, 그럼. 존댓말을 사용하도록 하지요, 이슬희 씨."

"네, 좋아요. 그럼 가죠."

"알겠습니다, 이슬희 씨."

슬희는 다시 걸음을 옮겼고, 창현도 한 걸음 떨어진 거리에서 슬희와 함께 걸었다.

방에 도착할 때까지 둘 사이에는 침묵이 내려앉아 있었다.

존댓말을 사용하자고 한 건 슬희였지만, 막상 말이 없으니 초조해졌다.

무슨 말이든 해야 한다는 강박증 가까운 기분까지 들었지만, 슬희는 곧 그 생각을 지웠다.

'면접자들 사이에 굳이 대화가 필요한 건 아니잖아. 어차피 미션 진행하면 지긋지긋하게 대화를 하게 될 텐데.'

어찌 되었든 창현은 슬희에게 있어서는 오래전 알고 지냈던 소꿉친구였고, 그래서인지 창현의 앞에서는 이런저런 이야기들을 하는 게 편했다.

마음을 단단히 먹지 않으면, 하지 않아도 될 이야기들까지 하게 될지도 모른다.

'사적인 이야기는 절대로 하지 말아야지.'

그리 생각하며 걸음을 서둘렀다.

방 앞에는 이미 자웅과 지수가 도착해서 기다리고 있었다.

"왜 이렇게 늦었어요?"

지수가 슬희를 향해 책망했다.

"아직 미션 시작 안 했으니까 괜찮겠죠."

자웅이 슬희의 편을 들어 주었다.

"오빠, 우리 같은 팀 됐네요. 잘 부탁해요."

지수가 창현에게 싹싹하게 말했다.

슬희는 사람에 따라 태도가 완전히 다른 지수의 모습에 기가 막혔지만, 표정에 드러내지 않고 자웅과 먼저 방으로 들어갔다.

패밀리룸으로 사용되는 방인지 슬희가 묵는 방보다 두 배는 넓었다.

푹신해 보이는 더블 침대가 두 개 있었고, 싱글 침대도 하나 있었다.

그리고 바닥에는 가로, 세로 30cm 정도의 상자가 놓여 있었다.

"이게 뭐지?"

지수가 상자를 열어 보려 했다.

"미션 얘기 나오기 전에는 안 만지는 게 좋을 것 같은데요."

자웅의 말에 지수가 인상을 찌푸리며 상자에서 손을 뗐다.

넷은 상자를 사이에 두고 둘러앉았다.

슬희는 일부러 지수와 자웅 사이에 자리를 잡았다. 창현의 옆에 앉고 싶지 않아서였는데, 곧 그 선택을 후회했다.

창현을 마주 보는 자리가 더 어색하다.

"안녕하세요, 김자웅이라고 합니다. 잘 부탁드려요."

자웅이 창현에게 인사를 했고, 창현도 마주 인사를 했다.

그동안 슬희는 방을 둘러봤다.

창문은 두꺼운 커튼이 내려가 있었고, 벽에는 시계가 없었다.

'내 방엔 있었는데.'

방 어디에서도 시계를 찾을 수가 없었다.

그때, 스피커폰에서 태윤의 목소리가 흘러나왔다.

[미션 알림입니다. 주의해서 들어 주세요. 상자 안에는 1,000 피스짜리 직소 퍼즐이 들어 있습니다. 이제부터 여러분은 퍼즐을 완성해 주셔야 합니다.]

지수가 얼른 상자를 열고 안에 든 내용물을 쏟아 냈다.

작고 비슷한 모양의 직소 퍼즐이 우수수 떨어졌다.

[오늘 저녁 식사는 여섯 시에 식당에서 할 예정이며, 미션의 종료도 저녁 식사 전까지입니다. 확인하셨겠지만, 방에는 시간을 알 수 있는 그 어떤 것도 준비되어 있지 않습니다.]

"진짜?"

"시계가 없나?"

자웅과 지수가 두리번거리는 동안, 창현은 슬희를 빠히 응시했다.

슬희는 그의 시선을 불편해서 시선을 아래로 내리고 있었다.

[창문에 친 커튼은 만지지 마시기 바랍니다. 창밖을 내다보고 시간을 짐작하는 행위는 감점 요인이 될 것입니다. 여러분의 행동은 방과 마당에 설치된 CCTV를 통해 확인하고 있습니다. 여러분은 방 안에서 시간에 맞춰 직소 퍼즐을 완성해 주십시오. 점심은 여러분이 대략 점심시간이 되었다 싶을 때쯤에 내선전화로 0번을 눌러 주문하시면, 방으로 가져다 드립니다.]

태윤은 그 외에도 몇 가지 주의 사항을 알려 준 후, 미션을 시작하라는 말과 함께 스피커를 끊었다.

"이걸 어떻게 맞춰?"

흰색과 하늘색으로만 이루어진 직소 퍼즐이었다.

완성하면 바다와 하늘, 혹은 하늘과 눈 같은 광경이 될지도 모르겠다.

"이런 거 해 본 적 없는데 큰일이네요."

"안 그래도 숙취 때문에 속이 울렁거리는데."

다들 투덜거렸지만, 곧 직소 퍼즐을 들고 요리조리 맞춰 보기 시작했다.

정보가 전혀 없는 상황에서 직소 퍼즐을 맞추는 건 어려운 일이었다.

게다가 조용히 퍼즐만 맞추다 보면 잠이 쏟아지기 마련이고, 전날 늦게까지 술을 마신 사람들에게는 더욱 고된 일이었다.

시간이 얼마나 흘러가는지도 알 수 없는 고요함.

어느 팀은 대화를 하기도 하고, 어느 팀은 노래를 하기도 하며 잠을 쫓아내려 했다.

하지만 한 시간쯤 지나자, 한두 명씩 꾸벅꾸벅 조는 사람들이 생겨났다.

그건 슬희의 팀도 마찬가지였다.

자웅은 허벅지를 꼬집어 가며 잠을 참고 있었지만, 지수는 더 이상 버틸 수 없는지 하품을 하며 말했다.

"언니, 오빠들. 진짜 미안한데요. 저, 딱 10분만 자고 일어나면 안 돼요? 진짜 집중이 하나도 안 돼서요."

"안 돼요."

단호하게 말한 건 슬희였다.

지수가 인상을 꽉 썼다가, 창현을 의식한 듯 얼른 표정을 풀었다.

"왜요? 진짜 정말 아주 조금만 자고 일어날게요."

"곧 점심시간이에요. 점심 먹고 나면 또 졸릴 거고요. 차라리 조금만 더 버텼다가 점심 먹고 나서 자요. 그게 나아요."

"곧 점심시간인지는 어떻게 알아요? 아직 한참 남았을 것 같은데."

"난 알아요. 그러니까 일단 여기에 집중해요."

슬희의 단호한 태도에, 지수는 어쩔 수 없다는 듯 다시 퍼즐을 맞추는 데 집중했다.

창현은 의아한 표정으로 슬희를 쳐다봤다.

'어떻게 알지? 나도 모르겠는데. 거짓말을 한 건가?'

창현의 생각은 하나는 맞고, 하나는 틀렸다.

슬희가 점심시간을 안다는 건 사실이었다.

어릴 때 음악을 좋아했던 슬희는 뭔가에 집중할 때는 속으로 음악을 흥얼거렸다.

직소 퍼즐을 맞추는 것 같은 일에 흥얼거리는 음악은 브람스의 클라리넷 3중주.

한때 피아노를 쳤던지라, 빠르지도 느리지도 않게 박자를 맞출 수 있었고, 한 곡이 끝나는 데 걸리는 시간도 알고 있었다.

지금 이 음악을 속으로 반복하고 있으니, 10분 정도의 오차는 있더라도 점심시간은 대충 맞출 수 있다.

다만 점심시간이 얼마 안 남았다는 건 거짓말이었다.

아직 두 시간은 더 있어야 오후 한 시, 점심시간이 된다.

하지만 두 시간이나 남았다고 하면 지수는 그냥 잠들 것이 뻔했기에, 얼마 남지 않았다는 거짓말을 한 것이었다.

그 사실을 모르는 지수는 계속해서 점심시간은 아직 멀었느냐고 물었고, 그때마다 슬희는 "10분만 더요.", "5분만 더요."라며 지수를 달랬다.

결국, 지수가 참지 못하고 "아, 점심시간 아직 먼 거 아니에요?" 하고 물었을 때, 슬희가 빙그레 웃으며 말했다.

"이제 점심 주문하죠."

＊　　＊　　＊

마지막으로 4조가 점심을 주문했다.

태윤은 시간을 확인했다.

12시 42분.

점심시간인 1시와 거의 가까운 시간이었다.

다른 조들은 10시, 10시 20분, 11시에 점심을 주문했다.

피곤하고 지친 사람들에게는 한 시간이 열 시간처럼 느껴졌을 것이다.

전에도 이 미션을 했었는데, 점심시간에 근접한 팀은 이번이 처음이었다.

'대단한걸.'

태윤은 화면에 비치는 슬희의 모습을 유심히 지켜봤다.

그러다가 문득 슬희의 맞은편에 앉은 창현에게 눈이 갔는데, 창현도 슬희를 주시하고 있었다.

하지만 그게 자신과 같은 이유인지, 아니면 다른 이유가 있어서인지 확신할 수가 없었다.

태윤은 퍼즐을 맞추는 몇 시간 동안, 창현이 여러 번 슬희를 쳐다보는 모습을 목격한 것이다.

'아무래도.'

태윤은 슬슬 기분이 나빠지는 걸 느꼈다.

'내 생각이 틀린 것 같아.'

어젯밤만 해도 창현이 슬희에게 관심을 가질 이유가 없다고 확신했다.

하지만 오늘 모니터로 본 창현의 모습은, 어제의 확신을 무너뜨렸다.

'이건 좀 별로야.'

창현의 요청에 따라 슬희와 우현을 떨어뜨려 놓았는데, 괜한 짓을 한 것 같다.

'이건 정말 별로야.'

*　　*　　*

점심을 먹고 난 후에, 지수는 30분만 자겠다고 했다. 자웅도 미안한 표정으로 침대에 들어갔다.

직소 퍼즐은 4분의 1쯤 완성이 되었다.

처음에는 도통 진행이 안 되는 것 같았는데, 어느 정도 틀을 잡고 나니 그 후는 좀 더 편했다.

"민창현 씨도 졸리면 좀 자요."

"안 졸립니다."

"눈가가 빨간데."

"원래 이래요."

창현이 슬희를 보지도 않고 말했다.

반말로 시작한 관계에서 갑자기 존댓말로 돌아가서일까.

괜히 멀어진 기분이 들었다.

'아니, 멀어지는 건 내가 원한 거잖아.'

슬희는 살짝 고개를 들어 창현의 얼굴을 살펴봤다.

잠을 제대로 못 잤는지 아침부터 눈가가 빨갰는데, 지금은 눈동자에 핏발이 섰다.

되게 피곤해 보인다.

"눈에 피 나겠네요. 좀 자요."

창현이 고개를 들었다.

둘의 시선이 딱 마주쳤지만, 이번에는 둘 다 피하지 않았다.

"왜, 왜요?"

"지금 이건 사적이 아닌 공적인 제안?"

아까 사무적으로 사적 운운했던 자신의 말이 떠올라, 슬희는 얼굴을 붉혔다.

"네, 공적인 제안이요. 이따 졸려서 자느니, 차라리 피곤을 좀 풀고 나서 집중하는 게 더 낫지 않겠어요?"

"그럼 이슬희 씨도 잘 겁니까?"

"전 자면 안 되죠. 알람을 울릴 수도 없는데."

"그럼 내가 자고 일어나면 좀 잘 겁니까?"

"네, 그럴게요."

창현은 그제야 직소 퍼즐 조각을 내려놓고 일어났다.

"진짜 안 졸린데……."

창현은 침대로 향하면서도 고집스럽게 투덜거리는 걸 멈추지 않았다.

슬희는 창현이 누웠는지 확인하고 싶은 마음을 꾹 참고 퍼즐을 손에 들었다.

— 난 *괜찮아.*

빨개진 눈으로 고집스럽게 말하던, 비쩍 마른 소년이 떠올랐다.

"난 괜찮아."

해성이 말했다.

"안 괜찮아 보이는데."

"진짜 괜찮다니까."

"괜찮은 척 안 해도 돼. 울어도 모르는 척할게."

슬희의 말에 해성이 인상을 찌푸렸다.

"진짜로 괜찮다니까 그러네."

이쯤 참견을 하면 버럭 화를 낼 법도 한데, 해성의 목소리는 여전히 차분했다.

슬희는 어린 마음에도 '이 애는 가끔 보면 오빠 같아.'라는 생각
이 들었다.

해성과 나란히 앉아 있으면, 사람들이 뭐라고 떠들어 댈지 알고
있었다.

다른 어른이 본다면, "애, 너 그 애랑 놀면 안 돼. 엄마한테 못 들
었니?" 따위의 소리를 할 것이다.

사실은 그런 말을 들은 적도 여러 번 있었다.

하지만 어른들이 뭐라고 하든, 슬희는 해성과 함께 있는 시간이
좋았다.

해성은 또래의 남자애들과 다르게 차분하고 어른스럽고 장난기
가 없고 이야기를 잘 들어 주었다.

언제나 진지하게 경청해 주는 해성의 옆에서 재잘재잘 떠들다 보
면, 시간이 많이 흘러가 있었다.

"너도 얼른 집에 가."

해가 뉘엿뉘엿 기울고 있었다.

둘은 개천가 계단에 나란히 앉아 저물어 가는 해를 지켜보는 중
이었다.

슬희도, 해성도 책가방을 옆에 내려놓고 있었다.

"우리 엄마랑 아빠는 매일 늦게 와. 집에 가 봐야 할 일도 없는데,
뭐."

"그래도 집에 가. 나랑 같이 있는 모습 보면 다들 싫어하실 거
야."

"안 싫어해."

"고집부리지 말고."

"고집은 네가 부리고 있잖아. 울어도 된다니까!"

왈칵, 눈물이 쏟아져 나왔다.

지금 울고 싶은 건 해성일 텐데, 왜 자신이 눈물을 흘리는지 슬희는 알 수 없었다.

화가 나고 분하고 슬펐다.

"왜 네가 울어?"

해성이 당황한 듯 주머니에서 손수건을 꺼내려다가, 아무것도 없다는 걸 깨닫고는 손을 뻗어 왔다.

해성의 손가락이 슬희의 볼을 타고 흐르는 눈물을 닦아 냈다.

"네가 안 우니까! 내가 대신 울지!"

"그게 무슨 소리야……."

그게 무슨 소리인지는, 말을 하는 슬희 본인도 알 수 없었다.

하지만 진심이었다.

해성이 울지 않겠다면 내가 대신 울어 줘야지. 이건 누구라도 울만한 일이니까. 울지 않고는 견딜 수 없는 일이니까.

　　―야, 너희 엄마 몸 판다며?

　　―너희 아빠는 사람을 죽이고, 너희 엄마는 몸을 팔고. 넌 뭐
　하냐? 넌 둘 다 하냐?

몸을 판다는 게 무슨 뜻인지는 모르겠지만, 사람을 죽인다는 게

무슨 뜻인지는 알았다.

해성은 동네에서 유명한 '살인자의 아들'이었다.

하지만 그게 뭐 어때서?

살인을 한 건 해성이 아니라 해성의 아버지였다. 해성에게는 죄가 없다.

아빠가 그랬다.

그런 이유로 친구를 괴롭히면 안 된다고, 나중에 어른이 되면 후회할 거라고, 네가 그 아이의 힘이 되어 줘야 한다고.

슬희도 아빠와 같은 의견이었다.

해성은 좋은 아이다.

화도 내지 않고 항상 이야기를 잘 들어 주고 심부름을 가다가 마주치면 같이 가 주고.

이렇게나 착한 아이를 괴롭히는 친구들의 행동도, 이렇게나 착한 아이와 놀지 말라고 하는 어른들의 말도 이해할 수가 없었다.

심지어 선생님조차도 해성을 무시했다.

"으어어엉! 으아아앙!"

울다 보니 더 서글퍼져서, 슬희는 아예 통곡했다.

그때 지나다니는 어른들이 없어서 다행이었다.

만약 누군가 이 광경을 보았다면, 해성이 슬희를 울린 줄 알고 호되게 나무랐을 것이다.

안절부절못하는 해성을 향해, 슬희는 외쳤다.

"이제부터 내가 울 거야! 네가 안 울면 내가 울 거라고!"

슬희는 어느새 창현이 잠든 침대 옆에서, 창현을 내려다보고 있었다.

'그래, 그런 일도 있었지. 그때 난 정말 순수했어.'

창현은 세상모르고 잠들어 있었다.

새근새근 고르게 숨을 내쉬는 창현의 모습에 안도했다.

옛날에 창현은 잠을 잘 잘 수 없다고 했었다.

— 밤이 되면 아빠가 죽인 사람이 날 덮쳐 와. 그래서 잠을 못 자겠어.

그랬던 창현이 지금은 이렇게나 잘 잔다.

차오른 행복함에 괜히 창현의 높은 코를 잡아서 흔들어 보고 싶지만 참았다.

'하지만 해성아. 아니, 창현아. 그때 그 생각은 지금도 똑같아. 너는 죄가 없어. 너는 정말 착하고 어른스럽고 좋은 아이야. 그래서 지금은 진심으로 생각해.'

슬희의 입가에 옅은 미소가 번졌다.

'내가 이 면접에서 떨어지더라도 너는 꼭 붙었으면 좋겠다고. 지금보다 더 잘 살았으면 좋겠다고.'

*　　　*　　　*

창현은 숨을 제대로 쉴 수가 없었다.

'얘가 왜 내 옆에서 날 쳐다보고 있는 거지?'

잠이 오지 않아서 눈만 감고 있었는데, 슬희가 침대 옆으로 다가오는 소리를 들었다.

금방 돌아가겠거니 했는데, 슬희는 한참 동안 창현의 침대 옆에 서 있었다.

'나, 지금 제대로 숨 쉬고 있는 거 맞나?'

잠들지 않은 걸 들키면 안 된다는 생각에, 호흡이 신경 쓰였다.

잠자듯이 새근새근 숨을 쉬어야 하는데, 잘하고 있는지 모르겠다.

한참이 지나서야 슬희가 돌아가는 소리가 들려왔다.

그제야 창현은 살며시 눈을 떴다.

슬희가 창현을 등지고 앉아 아까와 같은 자세로 직소 퍼즐을 맞추고 있었다.

그녀의 뒷모습을 가만히 지켜봤다.

움직일 때마다 하늘거리는 머리카락과 유독 가녀려 보이는 어깨, 긴 팔다리.

어릴 때도 저렇게 날씬하고 가냘파 보였다.

― 네가 안 우니까 내가 대신 울지!

어느 날엔가, 개천가로 내려가는 계단에 나란히 앉아 슬희가 성질내듯 외친 말을 여전히 기억하고 있다.

슬희는 모를 것이다.

그 말이 자신에게 얼마나 큰 위로가 되었는지.

그 말 덕에 비틀거리다가도 일어선 적이 얼마나 많았는지.

그녀를 만나지 못했던 지난 시간에도, 슬희가 그때 했던 말만큼은 항상 창현과 함께했다.

울고 싶은 적이 많았지만, 다 포기하고 싶은 적이 많았지만, 날 대신해서 울어 주는 사람이 있었다는 사실을 떠올리며 한 번 더 힘을 냈다.

'넌 나한테 그런 사람이야, 슬희야. 지난 20년, 내 모든 순간을 네 목소리가 함께 했어.'

*　　*　　*

면접 서바이벌을 위해 제주도에 온 지도 벌써 5일이 지났다.

빡빡한 일정은 아니지만 매일 해야만 하는 일과에 다들 지쳐 있었다.

슬희도 이제는 슬슬 집에 돌아가고 싶어졌다.

'이제 이틀만 더 있으면 집에 가네. 내일 하루만 더 버티면 돼. 마지막 날에는 그냥 집에 가면 끝이니까.'

연예인을 어떻게 홍보할지, 앨범 콘셉트를 어떻게 잡을지, 그런 미션들을 하게 될 거라고 기대하고 왔다.

하지만 미션은 모두 상상 밖의 것이었다.

해변에서 게임을 하다가 물에 빠진 사람을 구한다든지, 자다가 갑자기 연기가 방에 들어오고 화재 알림이 울린다든지, 트래킹 중물이 없는 상황이 온다든지 등 생각도 해 본 적이 없는 그런 것들.

3일째가 되어서야 다들 이 미션이 팀별 미션이 아니라 개인 미션이라는 걸 눈치채기 시작했다. 이는 사람들의 태도 변화에서 극명하게 드러났다.

갑자기 이기적으로 변한 사람도 있었고, 오히려 이타적으로 변한 사람도 있었다.

CCTV가 있는데도 벌컥벌컥 화를 내는 사람이 있는가 하면, 항상 CCTV를 신경 쓰며 사람 좋은 척하는 사람도 있었다.

슬희는 CCTV가 신경 쓰이긴 했지만, 이 면접에서 중요한 게 '착하고 이타적인 면'은 아닐 거라고 생각했기에 평소처럼 행동했다.

불행 중 다행으로 우현이 첫날 이후 슬희에게 관심을 보이는 일은 없었다.

몇 번인가 말을 걸려고 할 때마다 창현이 끼어들었는데, 슬희는 그 사실을 눈치채지 못하고 있었다.

우현은 같은 팀인 다운과 의기투합을 한 듯 사이가 좋아 보였다.

슬희는 아무 생각 없이, '저 두 사람, 되게 친해졌네.'라고 생각했지만, 알 만한 사람은 다 알았다.

우현과 다운 사이에 육체적 관계가 있었다는 걸.

5일째 되는 오늘은 비가 많이 내렸다.

우박 같은 비가 땅을 부술 듯 내려서, 미션은 건물 안에서만 진행이 되었다.

오늘은 몸을 써야 하는 미션이 많아서, 끝내고 방에 돌아가는 길에는 완전히 녹초가 되어 있었다.

슬희와 창현은 바로 옆방이기에, 같이 엘리베이터에서 내렸다.

"비가 엄청 내리네요."

이제 슬희는 창현에게 존댓말을 사용하는 것도 익숙해졌다.

"그러게요."

창현에게 존댓말을 듣는 것도 이제는 자연스럽다.

그리고 또.

슬희는 복도를 걸어가며 창현을 올려다봤다.

'얘가 내 옆을 걷는 게 너무 익숙해져 버렸어.'

이렇게 친해질 생각은 없었는데, 존댓말을 사용한 게 무색할 정도로 창현과 친해진 기분이었다.

그런 게 있다.

사람과 사람이 많이 친해지면 대화가 없어도 편안하게 느껴지는 거.

지금 슬희가 그랬다.

창현과 사이에 침묵이 흘러도, 이제는 그것이 불편하지 않다.

'얘도 그렇게 느낄까?'

궁금했지만 묻지 않았다.

우르르르 –

저 멀리에서 천둥 치는 소리가 들려왔다.

"으아, 천둥 치네. 나 천둥 치는 소리 진짜 무서워하는데."

뒤에서 지수가 재잘거리는 소리가 들려왔다.

복도를 걷는 건 창현과 슬희만이 아니었다. 지수와 자웅도 뒤를 따라 걷고 있었다. 같은 층이었기 때문이다.

요새는 이상하게 창현과 있으면 다른 사람들이 주위에 있다는 걸 잊게 된다.

슬희는 얼른 정신을 차렸다.

"오빠. 우리 같이 있으면 안 돼요? 천둥 치는 거 진짜 무서워서요."

지수가 창현에게 다가오며 물었다.

지수는 여전히 창현을 공략하는 중이었다.

첫날부터 지금까지 상대를 해 주지도 않는 창현에게 지치지도 않고 호감을 표시하는 지수가 슬희는 대단하게 느껴졌다.

그리고 지금까지 올곧게 지수를 무시하는 창현도 대단하다면 대단했다.

슬희는 지금 누군가와 대화를 나눌 기분이 아니었기에, 대충 인사를 하고 얼른 방으로 들어왔다.

커다란 창문으로 세차게 쏟아지는 비가 보였다.

푸르렀던 바다는 거센 파도를 일으키는 잿빛으로 변해 있었다.

'천둥, 또 치려나?'

슬희는 하늘을 올려다봤다.

천둥이 무섭다.

갑작스럽게 큰 소리가 나는 건 전부 다 무섭다.

어릴 때는 괜찮았는데 어느 날부터인가 공포증 비슷한 것이 생겼다.

의사인 연우는 슬희에게 '소노포비아'라는 진단을 내려 주었다.

'귀마개라도 가져올걸.'

천둥이 칠 때면 귀마개를 하고 있거나 헤드폰을 끼고 음악을 듣는다.

그러면 조금 나아지는데, 지금은 귀마개도 헤드폰도 없었다.

이렇게 무방비하게 천둥을 마주해야 하는 건 오랜만이었다.

'어떡하지? 천둥이 또 치기 전에 얼른 자 버릴까? 그래, 그게 좋겠어.'

슬희가 서둘러 욕실로 향할 때였다.

콰과과과과광—!

어디에 크게 떨어졌는지, 지축이 흔들릴 정도로 큰 천둥이 쳤다.

슬희는 다리에서 힘이 풀려 그대로 귀를 틀어막고 주저앉았다.

'괜찮아, 괜찮아, 괜찮아.'

그러다가 습관적으로 허밍을 했다.

개구리 소년의 멜로디가 흘러나왔다.

이 노래를 부른 건 오랜만이다.

어릴 때는 힘들고 무서울 때, 슬플 때 이 노래를 불렀었는데.

'그러고 보니…… 며칠 전에 창현이도 내 방 앞에서 이 노래를 불렀지. 왜 그랬을까?'

잊고 있었던 일이 떠올랐다.

'걔도 이 노래를 좋아하나? 설마…… 나와의 일을 기억…….'

콰과과광—!

또 천둥.

슬희의 몸이 오그라들었다.

슬희는 더 이상 생각이라는 걸 할 수가 없었다.

숨이 턱 막혀 왔다.

그때였다.

쿵— 쿵—

누군가 방문을 두드렸다.

천둥소리가 아닌 노크라는 걸 깨달을 때까지 잠시 시간이 걸렸다.

'누구지?'

누구라도 상관없었다.

이럴 때는 혼자 있고 싶지 않았다.

후들거리는 다리로 일어나 방문을 열었다.

문을 여는 중에도 몇 번이나 창문 쪽을 확인했다.

천둥이 또 치면 어쩌지? 어떡하지?

문 앞에는 창현이 서 있었다.

왜일까.

이 남자일 것만 같았다.

"왜 찾아오신 거죠?"

마음을 가다듬고 정중하게 물었다.

"저번에 먹었던 버터 구이 오징어, 남은 거 있어요?"

생각지도 못한 질문이 돌아오는 바람에, 슬희는 잠시 할 말을 잃고 그의 예쁘장한 입술을 응시했다.

"저기, 뭐라고요?"

"버터 구이 오징어, 남은 거 있느냐고."

"남았을 리가 없잖아요."

"그래요? 그럼 잘됐네요."

그가 손에 들고 있던 것을 슬희의 눈앞에 내밀었다.

버터 구이 오징어였다.

"이거나 같이……."

콰과과―!

천둥이 창현의 말을 끊었다.

그와 동시에 슬희는 두 귀를 틀어막고 주저앉았다.

창현은 문가에 서서 잠시 고민했다. 오들오들 떠는 슬희를 일으켜 줘야 할지 말아야 할지 알 수 없었다.

여자의 몸에 함부로 손을 대면 안 되지만, 이럴 때는 어쩔 수 없겠지.

창현은 조심스럽게 슬희의 팔을 잡아 일으켰다.

슬희는 덜덜 떨면서도 순순히 일어났다.

'어쩐지 낯빛이 안 좋더라니.'

아까 헤어지기 전, 천둥이 울릴 때부터 슬희의 얼굴이 파랗게 질린 게 마음에 걸렸다.

슬희가 어릴 때부터 천둥을 무서워하긴 했지만, 이 정도는 아니었다.

슬희는 당장이라도 숨이 넘어갈 것만 같았다.

'와 보길 잘했군.'

창현은 슬희와 함께 슬희의 방으로 들어갔다.

그 모습을, 태윤이 모니터로 지켜보고 있었다.

번개가 쳤다.

'하나. 둘.'

콰⋯⋯.

"오징어!"

창현이 천둥보다 큰 소리로 말했다.

슬희가 눈을 동그랗게 떴다.

"좋아해요?"

"아, 네. 좋아하죠. 저번에 말하지 않았나? 이거 없어서 못 먹어요, 진짜."

창현의 방문에, 슬희는 한결 마음이 놓였다.

둘은 침대 옆 바닥에 마주 앉았고, 둘의 사이에는 버터 구이 오징어 한 봉지가 단정하게 놓여 있었다.

우르르⋯⋯ 콰⋯⋯!

"그런데!"

창현이 또 목소리를 높였다.

천둥소리가 창현의 목소리에 묻혔다.

"어땠어요? 이번 면접."

"그냥 좀⋯⋯ 생각이랑은 많이 달랐어요. 사무적인 과제도 많을 줄 알았는데, 거의 몸 쓰거나 그런 일이라서. 그래도 꼭 게임 하는 것 같아서 재미있긴 하더라고요."

창현의 질문에 대답을 하면서 깨달았다.

창현이 천둥소리가 나려고 할 때마다 목소리를 높이고 있다는 걸.

　왜 갑자기 버터 구이 오징어를 들고 왔나 궁금했는데, 단지 그걸 먹기 위해 온 건 아닌가 보다.

　'뭐야, 민창현. 이러면 난 좀 감동한다고.'

　슬희는 버터 구이 오징어 봉지를 뜯었다.

　"이것 때문에 온 거 아니지?"

　"이것 때문에 왔는데요."

　"내가 천둥 무서워하는 거 같아서 온 거잖아."

　"……이젠 사무적으로 대하지 않는 건가?"

　"지금은 사적인 만남이니까."

　"그래."

　"고마워. 나, 정말로 무서웠거든."

　"왜 그렇게 천둥이 무서운데? 천둥이 너한테 몹쓸 짓을 하는 것도 아니잖아."

　"물론 아무 짓도 안 하지. 나도 알아. 아는데……."

　슬희는 말할지 말지 망설였지만, 곧 마음을 굳혔다.

　"집안 사정이 안 좋아."

　아무래도 창현은 자신에게 호감을 품은 것 같으니, 미리 이야기해서 호감을 접도록 하는 편이 좋을지도 모르겠다.

　그래, 진작 이렇게 할걸.

　"많이 안 좋아. 네가 상상하는 것 이상으로, 정말 이래도 될까 싶을 정도로 안 좋아."

"……."

"내가 버는 돈의 대부분이 빚 갚는 데로 나가. 날 위해 돈을 써 본 건, 저번에 말했지? 제주도 여행을 간 적 있다고. 그게 처음이자, 마지막이야."

슬희의 아버지는 좋게 말하면 호인, 나쁘게 말하면 호구였다.

아버지의 지인들은 사람 좋은 아버지에게 보증을 서 주기를 부탁했다.

어려운 사람은 도와야 한다는 생각을 가진 슬희의 아버지는 항상 거절하지 않고 보증을 서 주었다.

돈을 갚는 사람도 있었다.

하지만 도망치는 사람도 있었다.

그러면 그 빚은 고스란히 슬희 아버지의 몫이 되었다.

"아빠를 미워하지 않아. 아빠를 사랑해. 존경해. 하지만…… 아빠가 진 빚은 미워. 아빠는 신경 쓰지 말라고 하지만, 어떻게 그래? 내 가족의 일인데. 내가 평생 일한들, 그 돈을 다 갚을 수 있을지도 모르겠어."

창현은 어릴 때와 똑같이, 진지하게 슬희의 이야기를 경청했다.

"아, 지금 이런 얘기를 하려던 게 아니라. 아무튼, 어릴 때 말이야. 빚쟁이들이 찾아왔거든. 그런데……."

그때였다.

콰과광—!

천둥이 세게 울렸고.

소리가 먹먹해졌다.

슬희는 눈을 크게 떴다.

창현이 두 손으로 슬희의 양쪽 귀를 막고 있었다.

두 팔을 쭉 뻗어 자신의 양쪽 귀를 감싼 그의 얼굴을, 슬희는 멍하니 응시했다.

또다시 천둥소리가 이어졌지만 그보다는.

'우와.'

심장 소리가.

'깜짝이야.'

더 크게 들려왔다.

이 심장 소리는 슬희의 것이었다.

쿵— 쿵— 쿵—

빠른 속도로 강렬하게 박동하는 심장 때문에, 얼굴로 피가 쏠렸다.

얼굴이 화끈거리는 이유가 얼굴에 쏠린 피 때문인지, 그의 손이 뜨거워서인지 알 수 없었다.

코끝에 닿는 그의 숨결이 신경 쓰였다.

숨을 쉬면, 나의 숨도 그의 코끝에 닿으리란 생각에 숨을 쉴 수가 없었다.

슬희는 숨을 멈추고, 가까이에 있는 창현의 얼굴을 바라봤다.

짙은 눈썹 아래에 있는 까맣고 깊은 눈동자가, 걱정을 가득 담고 슬희를 응시하고 있었다.

까만 눈동자가 어찌나 맑은지, 슬희의 얼굴이 고스란히 담겨 있었다.

눈동자 안에 담긴 자신의 얼굴이 멍청해 보이는 것도 신경 쓰였다.

계속 눈을 마주치기 민망해서 시선을 아래로 내렸다.

그러자 더 민망한 광경이 눈에 들어왔다.

창현의 입술.

그의 입술은 유독 붉고 아랫입술이 도톰해서 섹시했다.

한입 베어 물면 달콤한 과즙이 흘러나올 것만 같은 입술이었다.

'보통 이런 생각은 남자가 하지 않나?'

슬희는 자신이 한 생각에 놀라, 저도 모르게 몸을 뒤로 뺐다.

그걸 오해했는지, 창현이 곧바로 사과했다.

"아, 미안."

"아니, 아니. 그런 게 아냐. 어, 그런 거 아냐."

"응? 그런 게 아니면 어떤 건데?"

"어? 아, 그게. 어. 아무튼. 어, 어떤 거면 뭐 어때?"

슬희는 고개를 숙이고 괜히 버터 구이 오징어를 만지작거렸다.

사귀지도 않는 남자의 입술에 입 맞추는 상상을 하다니.

'나, 왜 이러지?'

아무래도 분위기 때문인가 보다.

비가 내리는 밤, 제주도의 근사한 호텔 방, 그리고.

'버터 구이 오징어.'

여전히 고소한 냄새를 풍기는 오징어를 보니, 머릿속이 차분히 가라앉았다.

"그래서?"

창현이 물었다.

"응? 뭐가?"

"천둥이 왜 이렇게 무서운지 얘기하고 있었잖아."

"아, 맞다. 그렇지."

슬희는 살짝 미간을 모았다.

그때의 일이 떠올랐다.

어느새 일상이 되어 버린, 그때의 일.

"빚쟁이들이 찾아와. 돈 달라고 오는데, 그게 밤일 때도 있고, 낮일 때도 있었어. 아무 때고 갑자기 문을 쾅쾅쾅 세게 두드리면서 돈 내놓으라고 소리를 지르는 거야. 밤에 잠을 자다가 쾅쾅 문을 두드리는 소리에 놀라 깨는 거지."

무서웠다.

갑자기 들릴 문 두드리는 소리가, 빚쟁이들의 아우성이 무서워서 잠을 제대로 잘 수 없었다.

"그때부터였어. 갑작스럽게 들리는 큰 소리에 몸이 움츠러들기 시작한 게. 무섭더라고. 갑자기 쾅! 하는 소리가 들리면 어떻게 해야 좋을지 알 수 없어지는 거야. 이제는 괜찮다, 이제는 그들이 찾아오지 않는다, 그렇게 생각을 해도 어쩔 수가 없더라."

"그렇군. 이제는 그 사람들이 안 찾아와?"

"응, 나랑 동생도 돈을 벌기 시작하면서 꾸준히 갚고 있으니까."

"그래. 그건 다행이네."

"응, 다행이지."

자신이 정말로 다행이라고 생각하는지 알 수 없었다.

하지만 그렇게라도 생각하지 않으면, 이 숨 막히는 삶을 견딜 수가 없었다.

슬희는 애써 미소를 지었다.

"하여간 그런 사정이 있어. 이슬희의 인생극장, 끝!"

밝은 목소리로 말하는 슬희를, 창현은 가만히 응시했다.

슬희의 집안 사정이 안 좋다는 건 알고 있었다. 하지만 이 정도일 줄은 몰랐다.

이런 모든 것들을 알기에, 그때의 그는 너무 어렸다.

이제 그녀를 위해 나는 무엇을 해 줄 수 있을까?

답은 알고 있었다.

그리고 그것은 슬희가 눈치채지 못하도록 진행해야 하는 일이었다.

"자라. 내일 하루 더 힘내야지."

창현이 반쯤 몸을 일으켰다.

슬희가 저도 모르게 손을 뻗어 창현의 손목을 잡았다가, 얼른 도로 거뒀다.

창현이 왜 그러냐는 듯 슬희를 내려다보자, 슬희가 어색하게 웃었다.

"아니, 아무것도 아냐. 같이 있어 줘서 고마워."

창현은 창밖을 내다봤다.

여전히 굵은 비가 내리고 있었다.

이제 천둥 번개는 잦아든 것 같지만, 언제 또 울릴지 알 수 없었다.

"더 있어 줄까?"

"아냐, 아냐. 너도 자야지."

"괜찮아. 있어 줄게. 네가 잠들 때까지."

무슨 생각으로 "고마워."라고 대답했을까.

침대에 누워 이불을 목 아래까지 끌어올린 슬희는 눈을 감고 고민했다.

'나, 지금 뭘 하고 있는 거지?'

창현은 침대 아래에 앉아 있었다.

고개를 살짝 돌리면, 침대에 등을 기대고 앉아 있는 창현의 뒤통수가 보였다.

부드러워 보이는 그의 검은 머리카락을 쓰다듬고 싶었다.

머리카락을, 귀를, 그리고 목덜미를 살며시 만져 보고 싶었다.

그러면 창현은 어떤 표정을 지을까?

'나, 이 애한테 끌리고 있구나.'

그저 소꿉친구이기 때문이 아니었다.

그저 마음이 쓰였던 아이였기 때문이 아니었다.

그에게 유독 이런저런 이야기를 할 수 있었던 건, 그와 함께 하는 시간이 즐거웠던 건, 자꾸만 그에게로 시선이 향했던 건.

단지 그가 안쓰러웠던 '윤해성'이기 때문이 아니라…….

'나, 민창현이라는 남자에게 호감이 생겼구나.'

창현이라는 남자에게 호감을 느껴 버렸기 때문이었다.

윤해성이 아닌 민창현에게.

비행기가 무서워 긴장한 슬희에게 쉴 새 없이 말을 걸어 준.

밀폐된 공간에 남자와 단둘이 있으면 위험하다고 말해 준.

정말 예쁘다고 말해 준.

그리고 천둥 치는 밤 함께 있어 준.

창현에게 달콤하고 풋풋한 마음이 생겨 버렸다.

'안 돼.'

슬희는 눈을 감았다.

'안 돼, 이런 마음은.'

슬희에게 있어 창현은 창현이지만, 해성이기도 했다.

그가 얼마나 고된 삶을 지나왔는지 알기에, 나의 고된 삶까지 그에게 전염시킬 수는 없었다.

이 마음만큼은 며칠 전 다짐했을 때와 달라지지 않았다.

'하지만 난 좋아하는 마음을 감추지 못할 거야.'

사랑은 아무리 감추려고 노력해도 겉으로 드러난다.

조금 더 어렸다면 그게 가능하다고 믿었을지도 모르겠다.

하지만 이제는 안다.

사랑은 감추려고 하면 할수록 티가 난다는 걸.

눈은 어느새 그를 쫓고, 손은 어느새 그의 번호를 누르고, 입은 어느새 그를 향해 재잘댈 것이다.

그러니까 차라리.

"창현아."

"응?"

창현이 돌아보지 않고 대답했다.

슬희는 눈을 뜨고 그의 뒤통수를 응시하며 말했다.

"너랑 나랑 꽤 잘 맞는 것 같지 않아? 대화도 잘 통하고."

"그러게."

"나이가 들면 말 잘 통하는 친구 만나기 힘들다는데, 이런 곳에서 너랑 친해져서 다행이야."

"응."

"만약 우리가 같이 합격한다면, 동기로서, 친구로서 친하게 지내자."

"친구. 그래, 그거 좋지."

그래, 그게 좋다.

슬희는 다시 눈을 감았다.

친구. 친한 친구.

그런 이름표를 붙이면 이 눈이 그의 모습을 좇아도, 이 입이 그만 보면 미소를 띠게 되어도, 이 손가락이 그의 번호를 눌러도.

아무도 이상하게 생각하지 않을 것이다.

슬희가 무엇을 해도, 좋은 친구라고 생각해 주겠지.

타인도, 창현도.

*　　　*　　　*

창현은 조용히 일어났다.

슬희는 잠들어 있었다.

그녀의 얼굴을 잠시 내려다봤다.

끝이 동그스름한 작은 코와 도톰하고 작은 입술을 가만히 응시했다.

'친구.'

슬희가 먼저 그렇게 말해 주어서 다행이었다.

'그래, 친구. 좋지.'

우리는 그때와 같은 사이가 될 수 있을 것이다.

비록 지금 그녀의 입술에 입을 맞추고 싶고, 그녀를 꼭 끌어안고 잠들고 싶고, 그녀의 온몸을 소유하고 싶지만.

그 마음은 '친구'라는 명찰로 감출 수 있을 것이다.

내가 그녀에게 무엇을 해 주든, 또 그녀가 내게 무엇을 해 주든.

우리는 친구니까.

내 짐을 그녀까지 짊어지는 일은 생기지 않을 것이다.

그리하여 창현은 입 맞추고 싶은 마음을 간신히 억누르고 돌아서서 슬희의 방을 나왔다.

방을 나오자마자 맞은편 벽에 팔짱을 끼고 서 있는 태윤을 발견했다.

당황했지만 당혹감을 드러내지는 않았다.

"안 자?"

무심히 질문을 던지며, 조용히 방문을 닫았다.

"잠이 오겠니?"

태윤이 팔짱을 풀고 다가왔다.

"나랑 얘기 좀 해."

"그래."

둘은 나란히 복도를 걸었다.

"여기엔 CCTV가 있어. 너, 그걸 잊고 있었던 거니?"

"아니, 그런 걸 잊을 리가."

사실은 잊고 있었다.

슬희의 창백한 표정이 마음에 걸려서, 얼른 그녀의 방으로 가 확인을 해야 한다는 생각뿐이었다.

"그런데 왜…… 이슬희 씨 방에 들어간 거야? 이걸 보는 다른 직원들이 그걸 뭐라고 생각하겠어?"

"천둥 번개가 칠 때 무섭지 않게 옆에 있어 준, 좋은 친구라고 생각하겠지."

"친구?"

"그래, 친구."

"하? 그게 말이 된다고 생각해?"

"안 될 건 또 뭔데?"

"이슬희 씨가 네 친구는 아니잖아."

"친구 맞아."

"뭐?"

"친구 맞다고. 좋은 친구야, 우린."

"……무슨 소리를 하는 거야? 원래 이슬희 씨랑 알던 사이였어?"

"아니."

창현은 엘리베이터 앞에서 걸음을 멈췄다.

"이곳에 와서 이슬희 씨를 만났고, 괜찮은 사람인 것 같아서 친구가 되었지. 문제 있나?"

"아니, 문제가 있는 건 아닌데."

태윤은 창현이 눈치채지 못하게 살며시 주먹을 움켜쥐었다.

지금 창현은 말도 안 되는 소리를 하고 있었다.

창현은 친구를 만들지 않았다.

불신에 빠진 창현과 '친구'라는 이름의 사이가 되기까지 태윤은 참으로 오랜 시간과 노력이 필요했다.

그런데 만난 지 일주일도 안 된 사람과 친구가 되다니.

그런 일이 생길 리 없다.

하지만 그 생각을 드러내서는 안 된다는 것쯤은, 태윤도 알고 있었다.

창현이 누구와 친구가 되든, 태윤이 간섭할 수 있는 문제는 아니었다.

"그래, 마음이 잘 맞는 사람을 만났다니 다행이네."

"이슬희 씨는 합격 범위에 들어 있겠지?"

"응. 내일 큰 문제를 일으키지 않는 한 합격이야."

"연봉 협의 때, 연봉을 6천으로 조정하도록 해."

"미쳤어?"

태윤의 눈이 커졌다.

"지금 이슬희 씨가 두드림에서 받는 연봉이 4천이야. 2천을 올려 주자고? 다른 경력 있는 신입들 전부 5천에 맞추는데?"

"안 미쳤어. 그리고 그 정도 값어치는 할 거야."

"네가 이슬희 씨랑 친구가 됐고, 그 친구가 마음에 든다는 건 알 겠는데. 그렇다고 회사 일을 그렇게 사적으로 처리할 수는 없어."

"있어."

창현이 단호하게 말하며, 엘리베이터 올라가는 버튼을 눌렀다.

3층에 있던 엘리베이터의 문이 열렸다.

창현은 태윤에게 네 방으로 올라가라는 듯 엘리베이터를 가리키며 말했다.

"그러려고 사장이 된 거니까."

*　　　*　　　*

"오늘은 간단한 설문 조사만 한 뒤, 자유 시간을 드릴 겁니다. 설문 조사가 마지막 미션이며, 이후 들고 오신 휴대폰 등 소지품을 전부 돌려 드립니다. 이 안에서든, 밖으로 나가시든, 자유이니 마지막 날을 즐겨 주시면 됩니다."

아침을 먹으러 간 식당에서, 태윤이 말했다.

곧 설문지가 전달되었다.

A4용지에 적힌 질문은 딱 두 개였다.

[가장 뽑혔으면 하는 인물과 그 이유.]

[가장 뽑히면 안 될 인물과 그 이유.]

오래 고민할 필요도 없는 문제였다.

슬희는 거침없이 답을 적어 내리고, 종이를 착착 접었다.

모두들 5일간 동고동락하는 동안, 자신이 속한 팀 외에도 다른 팀의 사람들과도 친해졌다.

그래서 한 명을 골라서 쓰는 건 어려운 일인지, 다들 고민하고 있었다.

"빨리도 쓰는군."

창현이 옆에서 중얼거렸다.

"너도 마찬가지잖아."

창현도 이미 종이를 잘 접어 둔 후였다.

이윽고 도우미들이 설문지를 걷어 갔다.

태윤이 손바닥을 딱 쳤다.

"다들 정말 고생하셨습니다. 정말로 미션이 끝났으니, 우리 눈치 보지 마시고 이제부터 편하게 제주도를 즐겨 주세요. 내일 아홉 시에 호텔에서 공항으로 출발하니, 그 전까지만 모여 주시면 됩니다."

다들 갑자기 주어진 자유를 믿을 수 없는 듯 눈치만 보고 있었다.

그때, 우현이 벌떡 일어나더니 당당하게 슬희에게 다가왔다.

"이슬희 씨, 자유 시간에 뭐 할 거예요?"

아직 생각해 보지 못했다.

따가운 시선을 느껴서 돌아보니 다운이 무시무시한 눈으로 이쪽을 노려보고 있었다.

'아, 그러고 보니…… 이 사람이랑 저 언니랑 친해졌지. 그냥 친구처럼 친한 게 아니었나 보네.'

슬희는 바짝 긴장했다.

무엇보다 그녀는 남자 때문에 다른 여자와 얽히는 일은 질색이었다.

고작 하루 남은 인간관계라고 해도 마찬가지였다.

그때, 커다란 손이 슬희와 우현의 사이를 가로막았다.

창현은 우현이 슬희의 얼굴을 못 보게 하려는 듯 손으로 막은 채, 슬희 대신 대답했다.

"이슬희 씨는 나랑 같이 나갈 겁니다."

"둘이서요?"

우현이 재미있다는 듯 눈을 크게 떴다.

"네, 둘이서요. 그러니 이쪽은 신경 끄시지요."

"이야, 무서워라. 잡아먹히겠네."

우현이 양손을 살짝 들더니 자리로 돌아갔다.

그제야 창현이 슬희의 앞을 가리고 있던 손을 아래로 내렸는데, 슬희는 계속 창현이 얼굴 앞을 가려 주었으면 했다.

얼굴의 화끈거림으로 보아 엄청 빨개져 있을 것 같았다. 다른 사람들이 눈치챌 만큼.

사실 다들 밖에서 뭘 할지 고민하느라 이쪽의 일에는 큰 관심을 보이지 않고 있었다.

이쪽을 보고 있는 건 태윤과 자리로 돌아간 우현뿐이었다.

우현은 옆에서 다운이 뭐라 말하는데도 무시하고, 가만히 슬희를 응시했다.

창현의 가드가 견고한 데다가, 태윤까지 주시하고 있어서 이쪽에서의 공략은 포기했다.

어차피 같은 회사에 다니게 될 것이다. 아니, 슬희가 떨어져도 상관없었다.

슬희의 연락처는 어떻게든 알아낼 것이고, 서울에서도 만나 연을 이어 갈 수 있다.

그렇게 생각했다.

'그런데 난 왜 이렇게 저 여자한테 집착하는 거지?'

서울에 가면 더 많은 여자들이 있고, 슬희보다 예쁘고 늘씬한 여자들을 만날 기회도 많았다.

그런데 왜 서울에 가서까지 저 여자와 연락해야겠다고 각오를 하고 있는 걸까?

'창현이 형이 저 여자를 좋아하는 것 같은데.'

우현은 창현을 오랫동안 지켜봐 왔는데, 창현이 한 여자에게 저렇게 다정하게 구는 걸 처음 봤다.

처음에는 '음?' 하는 정도의 의아함이었지만, 이제는 확신으로 바뀌었다.

'그래, 창현이 형은 저 여자를 좋아하는 거야.'

그렇다면 서울에 가서 슬희에게 연락을 하는 것도 포기해야 한다.

창현의 것을 건드리고 싶진 않았다.

창현은 항상 무심한 듯 행동하지만, 화가 나면 무섭다는 걸 우현은 알고 있었다.

괜히 창현의 심기를 거슬릴 필요는 없었다.

'그래, 포기하자. 깔끔하게.'

하지만 슬희의 뒷모습에서 시선을 뗄 수가 없었다.

'창현이 형 걸 건드리면 안 되지.'

각오를 다지면서도 눈은 여전히 슬희의 뒷모습에 고정되어 있었다.

"응? 우현아."

다운이 우현의 팔을 잡고 채근했다.

우현은 다운이 거슬렸다.

그녀와는 아무 관계도 아닌데, 다운이 멋대로 우현과의 관계에 대한 헛소문을 퍼뜨렸다.

어차피 바람둥이네, 어쩌네 하는 소리를 듣는지라, 거기에 여자 한 명 더 포함되어도 상관없었다.

그래서 내버려 두었더니, 아주 자기가 여자친구인 것처럼 행동한다.

하지만 그것도 내일까지다.

'어차피 이 여자는 합격하지 못할 거야.'

똑똑하고 재빠르지만, 합격하지 못하리라.

'나랑 관계가 됐을 때부터 이 여자는 불합격이야. 두 번 다시는 볼일 없겠지.'

우현의 생각이 옳았다.

＊　　＊　　＊

모두가 식당을 나간 후, 태윤은 설문지를 읽기 시작했다.

창현과 슬희가 영 거슬렸지만, 그 문제로 머릿속을 복잡하게 만들고 싶진 않았다.

창현도 남자니까 예쁘장한 여자를 보면 흔들릴 수 있다.

그래, 그뿐이다.

창현이 이제껏 여자들에게 관심이 없었다고, 앞으로도 그러라는 법은 없었다.

오히려 창현이 여자에게 관심이 생긴 걸 기뻐해야 할지도 모른다.

그건 내게도 기회가 있다는 거니까.

태윤은 좋은 쪽으로 생각하기로 했다.

설문지의 답은 대부분 태윤이 예상한 대로 흘러갔다.

'뽑혔으면 하는 인물'은 보통 자기 자신. 혹은 인간관계가 좋고 서글서글한 사람.

자신이 뽑혔으면 하면서도 설문 조사 역시 미션 중 하나라고 생각해 잘 보여야 한다는 생각에 타인의 이름을 쓴 사람이 많았다.

그런 사람들은 대부분 '김자웅'의 이름을 썼다.

그럴 법도 한 것이, 자웅은 성격이 좋아서 모두의 호감을 사고 있었다.

미션을 진행하는 능력과는 별개로, 성격 좋은 사람이 이런 설문에서 1위로 뽑히게 된다.

'뽑히면 안 될 인물'로 압도적 표를 받은 인물은 단연 정지수였다.

'이 언니는 연기 하나는 진짜 잘한다니까.'

사실 지수는 두드림 엔터테인먼트 쪽 사람이었다.

나이는 서른세 살로, 드라마팀의 팀장이었다.

한때 연기를 했었지만, 작은 소극장 무대에만 서다가 전향하여 두드림 엔터테인먼트에 입사했다.

보통 면접 서바이벌 때 투입이 됐었는데, 창현이 투입되는 이번 면접에도 투입된 이유는 우현 때문이었다.

우현을 지켜보고, 우현과 관계된 여자들을 지켜보기 위해, 그리고 가능하면 우현을 꼬셔서 다른 여자들에게 손대는 일이 없도록 하기 위해.

하지만 우현을 꼬시는 일은 실패했다.

　— 최악이야. 난 그런 놈 제일 싫어!

둘째 날 밤, 지수는 태윤을 찾아와 격렬한 혐오감을 표시했다.

　— 대표님이랑 형제지간이라는 걸 믿을 수가 없네. 얼굴도 안 닮았고. 하여간 태윤아. 마지막 설문 조사 때, 설문지 잘 확인해. 가장 뽑히지 말아야 할 인물에 그놈 이름을 쓰는 사람이야말로, 우리 회사에서 필요로 하는 인재니까.

과연 우현의 이름을 쓸 사람이 있을까?

우현은 여자 문제만 제외하면 썩 괜찮은 남자였다.

잘생긴 외모에 건방을 떨지도 않고, 유머 감각도 있었다.

그런 사람을 싫어할 사람은.

'있네.'

누군가의 설문지에, 가장 뽑히면 안 될 인물란에 우현의 이름이 있었다.

이유는 '여자 문제를 일으킬 것 같아서.'.

정확하게 짚었다.

그리고 그 이름을 쓴 사람은.

'이슬희네.'

슬희였다.

거슬리지만 슬희가 두엔과 잘 맞을 것 같은 건 어쩔 수 없는 사실이었다.

태윤은 사적인 감정으로 슬희를 대하고 싶지 않았다.

'그래, 이슬희 씨는 괜찮은 여자야. 그러니까 철벽인 창현이 마음에도 들었지. 좋은 쪽으로 생각하자. 미워하면 안 돼. 앞으로 같이 일할 사람이니까.'

*　　*　　*

식당 앞에서 소지품을 돌려받았다.

호텔 앞에서 뭘 할지 대화를 나누는 사람들도 있고, 그냥 방으로 돌아가 쉬겠다는 사람들도 있었다.

슬희는 방에 돌아가서 쉬고 싶은 마음이 컸다.

제주도 시내를 돌아보고 싶기도 하지만, 돈이 많지도 않고 피곤하기도 했다.

"어디 갈까?"

하지만 창현이 묻는 통에 방에 돌아갈 거란 말을 할 수가 없었다.

"글쎄."

"가 보고 싶은 곳 없어?"

"한라산 정상?"

"그래, 그럼 거기 가자."

그냥 한번 던져 본 말인데, 정말로 가자고 할 줄은 몰랐다.

먼저 걸음을 옮긴 창현의 뒤를 따랐다.

창현은 큰길 쪽으로 걸어가며 휴대폰을 조작했다.

큰길에 도착하자 예약 등이 켜진 택시가 한 대 멈춰 서 있었다.

아마 앱으로 택시를 부른 모양이다.

"타자."

"난……."

택시는 슬희에게 너무 고급의 탈것이었다.

아무리 급한 일이 생겨도 택시 타는 건 자제해 왔다.

하지만 곧 그녀는 생각을 고쳤다.

'그래, 제주도. 앞으로 또 얼마나 올 수 있겠어?

이왕 온 거, 남은 돈 탈탈 털어서라도 놀다 가자. 어차피 쓸 돈, 너무 가슴 졸이지 말자.

슬희는 마음을 다잡고 택시에 올랐다.

택시에 탈 뿐인데도 큰 각오를 다지는 듯한 슬희의 모습에, 창현은 빙그레 웃었다.

언제 비가 왔냐는 듯 하늘은 새파랗고 공기는 맑았다.

살짝 내린 창문으로 들어오는 바람은 젖은 흙내음을 머금고 있었다.

"한라산으로 괜찮겠어?"

창현이 물었다.

"응, 저번에 왔을 때도 백록담을 못 보고 갔거든. 언제 한번 꼭 보고 싶었어."

"지금 가면 못 볼 텐데요."

택시 기사가 끼어들었다.

"아, 그래요?"

"열두 시 전에는 사라오름을 지나야 하거든요. 그 후에는 정상까지 통제가 돼서."

"그렇군요. 그럼 어쩔까?"

"영실 코스로 해서 윗세오름 올랐다가 오시면, 시간이 딱 저녁 먹을 시간에 맞출 겁니다."

택시 기사가 대신 대답해 주었다.

"그래도 되겠어?"

창현이 슬희에게 물었다.

"응, 뭐. 오늘만 날도 아니니까. 백록담은 나중에 보지, 뭐."

과연 언제 제주도에 다시 오게 될지는 알 수 없지만 포기하는 수밖에 없었다.

두 사람은 택시 기사가 세워 준 곳에서 내렸다.

비 온 뒤의 산에서는 갖가지 냄새가 났다.

슬희는 하늘을 올려다보며 크게 숨을 들이마셨다.

"공기, 진짜 좋다."

"그러게."

"여길 다시 오게 될 줄은 몰랐어. 넌 와 본 적 있어?"

"응. 백록담도 보고 왔지."

"좋겠다."

"넌 저번에 제주도 왔었다면서?"

"애들이 다 등산을 싫어해서. 나도 그렇고."

"너도 등산 싫어해?"

"싫어하지. 등산 좋아하는 사람이 이상한 거 아냐?"

"난 등산 싫어하면서 굳이 백록담을 보려는 네가 더 이상한데."

"백록담은 유명하니까 한번 가 보고 싶었거든. 제주도의 랜드마크 같은 곳이잖아."

둘은 소소한 대화를 나누며 천천히 산을 올랐다.

정상을 봐야겠단 생각으로 오르는 길이 아니라서 둘의 걸음은 더뎠다.

평소에는 힘든 산행일 테지만, 천천히 걸어서 그런지 견딜 만했다.

하지만 그것도 두 시간이 한계였다.

슬희는 자기가 먼저 산에 오자고 했으면서 두 시간 만에 쉬자고 말하기가 민망해 꾹꾹 참으며 걷는데, 창현이 길 가장자리를 가리켰다.

"좀 쉬다 갈까? 앉을 만한 곳은 없지만."

빈말로라도 괜찮아, 라고 말하기가 힘들었다.

슬희는 숨을 헐떡거리며 고개를 끄덕였다.

"응, 쉬자."

창현이 피식 웃었다.

놀리고 싶은 말이 많지만, 꾹 참는 눈치였다.

그래, 놀리려면 놀려라. 나는 쉬련다.

슬희는 등산로를 벗어나 앉을 만한 자리를 찾았다.

창현이 커다란 나무 아래 평평한 돌을 손으로 쓱 쓸었다.

"여기 앉아."

어차피 땅바닥이라서 흙투성이지만, 오래전 슬희가 옆에 앉을 때마다 손으로 쓱 쓸어 주던 소년의 습관이 떠올라 가슴이 따뜻해졌다.

슬희가 앉자, 창현도 옆에 앉았다.

나무 사이로 불어오는 선선한 바람이 둘의 사이를 스치고 지나갔다.

두 사람은 한동안 말없이 등산로를 걷는 등산객들만 지켜봤다.

대화가 없는데도 함께 앉아 있는 게 불편하지 않았다.

슬희는 조금씩 바람을 넘어 전해지는 그의 체온이 신경 쓰였다.

그에게 호감이 생겼기에 접촉을 하고 싶다는 욕망이 싹텄다.

조금만 손을 뻗으면 그의 손이 있고, 조금만 몸을 기울이면 그의 어깨가 있는데, 참아야 하는 게 곤욕이었다.

'이런 식으로 사람이 좋아지기도 하는구나.'

슬희는 새삼스레 생각했다.

'옛 친구를 다시 만나 신기하기도 하고, 장하기도 한 마음이, 이런 식으로 변하기도 하는구나.'

면접 서바이벌을 하는 짧은 기간 동안 누군가를 좋아하게 될 줄은 꿈에도 몰랐다.

'어쩌면 면접 서바이벌 중이라서 좋아진 걸지도 몰라.'

사회에서 만났다면 달랐을 것이다.

동고동락하며 아침부터 밤까지 얼굴을 보고, 많은 일들을 함께 해야 한다.

그러니까 그의 새로운 면모를 발견하게 되고, 그 새로움 중에 좋아할 만한 구석이 있어서, 심장이 핑크빛으로 물들어 가는 것이리라.

제주도를 벗어나 사회로 돌아가면, 아침과 밤에 얼굴을 보지 않게 되면, 천둥 치는 밤에 그가 달려오지 않게 되면.

이 핑크빛 감정도 서서히 흩어지리라.

결국은 윗세오름까지 오르지도 못했다.

한 번 쉬고, 두 번 쉬고, 그렇게 쉬엄쉬엄 올라가다가, "이제 슬슬 날이 저물 것 같은데. 그냥 내려갈까?"라는 창현의 질문에, 고민할 것 없이 그러자고 했다.

사실은 한 시간 전부터 내려가고 싶다는 생각을 하고 있던 터였다.

"난 평생 백록담 볼 일은 없을 것 같아."

차가 다니는 곳까지 내려왔을 때, 슬희가 숨을 몰아쉬며 말했다.

창현이 씩 웃었다.

"글쎄. 사람 일은 모르는 거니까."

슬희는 숨을 고르는 와중에도, 그의 미소가 무척 근사하다고 생각했다.

어릴 때는 웃는 방법을 모르는 듯 웃지 않더니, 지금은 이렇게나 근사한 미소를 짓는구나.

눈을 뗄 수가 없어서 멍하니 그의 얼굴을 보노라니, 창현의 커다란 손이 슬희의 눈 앞을 가렸다.

"뭘 그렇게 봐?"

"눈부셔서."

저도 모르게 본심을 말하고 말았다.

"뭐가?"

"어? 아니, 저기. 저 태양이."

창현이 미간을 좁히고, 거의 다 저문 해를 돌아봤다.

"아, 그래. 눈이 약하나 보네. 저 빛이 눈부시다니."

"응, 좀 그런가 봐."

슬희는 변명하며 얼른 창현에게서 시선을 뗐다.

조심하자. 조심하자.

아무리 이 마음을 친구라고 포장했더라도 표현의 범위는 정해져 있다.

보통은 친구의 미소를 보며 눈부시다는 생각을 하지 않는다.

"이제 호텔로 돌아가는 거야?"

슬희가 물었다.

"아니, 저녁 먹고 들어가자."

"그럴까? 어디 맛있는 곳 아는 데 있어?"

"응, 택시 타고 이동하자."

슬희는 머릿속으로 통장에 남은 돈을 계산했다.

돈을 탈탈 털어서라도 놀다 가겠다고 마음먹었지만, 돈 쓰기 전에 통장 잔고를 되새기는 습관은 어쩔 수가 없었다.

"아깐 네가 냈으니까 이번엔 내가 낼게."

슬희가 택시에 타며 말했다.

"아니, 일단 내가 다 쓰고 나중에 한 번에 정산하자. 그게 편하지 않을까?"

"그래, 그게 낫겠다."

창현이 정산할 생각이 조금도 없다는 걸 모르는 슬희는 순순히 동의했다.

택시에 타고 간 곳은 식당이 모여 있는 곳이었는데, 창현은 그중에서도 흑돼지를 파는 가게로 들어갔다.

유명한 곳인지 손님이 많았다.

간신히 구석에 자리를 잡고 앉았다.

흑돼지 2인분과 된장찌개, 공깃밥과 소주 한 병을 주문했다.

여기저기서 구워지고 있는 고기 냄새를 맡으니, 점심을 먹지 못했다는 게 떠올랐다.

배 속이 요동쳤다.

"으아, 진짜 배고프네. 여기 와 본 적 있어?"

"처음."

"어떻게 알고 온 거야?"

"검색해 봤거든. 제주도 흑돼지 맛집."

"언제 그런 걸 다 했대?"

"여기에 온 첫날."

"흐응. 꼼꼼하네."

슬희는 젓가락으로 밑반찬을 집어 먹다가 퍼뜩 떠오른 기억에 고개를 들었다.

"여기 온 첫날?"

"응."

"내가 흑돼지 맛있었다고 해서?"

창현은 대답 없이 빙그레 미소만 지었다.

심장이 쿵—!

'아, 어떡해.'

쿵—!

'이놈의 심장! 또 주책맞게 뛰네.'

슬희는 붉어진 얼굴을 그에게 들킬세라, 황급히 고개를 숙였다.

지나가는 말처럼 했던 거라 잊고 있었다.

  ― 제주도 흑돼지 먹고 싶다. 옛날에 친구들이랑 왔을 때 먹었었는데, 진짜 맛있었거든.

창현이 그 말을 귀담아들었을 줄은 꿈에도 생각 못 했다.

두근—

두근―

두근―

이 가게에 손님이 많고 시끄러워서 다행이었다.

조용했더라면 이 커다란 심장 소리가 창현의 귀에도 들렸을 테니까.

'아, 진짜 어떡하지? 얘는 왜 그런 걸 기억하고 야단인 거야? 설레게스리.'

누군가를 좋아하고 싶지 않다.

사랑에 빠지는 건 더더욱 싫다.

사랑의 크기가 큰 만큼, 그것이 깨졌을 때는 더욱 아프니까.

고통을 알기에, 두 번 다시는 남자에게 설레는 일, 사랑에 빠지는 일, 없을 거라고 생각했다.

그러겠노라고 다짐했다.

하지만 인간은 망각의 동물이다.

얼마나 고통스러웠는지, 얼마나 아팠었는지를 잊고, 또다시 잠깐뿐인 달콤함에 몸을 묻으려 한다.

'안 돼, 안 돼, 안 돼. 이슬희, 안 돼. 기억해, 창현이가 옛날에 얼마나 힘들었는지. 얘한테 내 짐까지 지게 해서는 안 돼. 창현이는. 윤해성은.'

슬희는 젓가락을 꽉 움켜쥐었다.

'좋은 여자를 만나야 돼. 집안도 좋고, 성격도 좋고, 온 힘을 다해 그 애를 사랑할 수 있는 여자. 민창현을 지켜 줄 수 있는 여자. 그런 여자를 만나야만 해. 나는 그런 여자가 아냐.'

슬희는 고기가 나오면 먹으려고 따라 놓기만 했던 소주 한 잔을 쭉 들이켰다.

"뭐야, 짠도 안 하고."

창현이 남의 속도 모르고 투덜거렸다.

슬희는 못 들은 척하고 또 소주를 따라 쭉 들이켰다.

술이 들어가자 마음이 조금 진정됐다.

곧 고기가 나오고 불판 위에 놓인 고기가 치지직 맛있는 소리를 내며 익어 갔다.

슬희는 고기가 익어 가는 걸, 세상에서 가장 신기한 일이라도 되는 것처럼 뚫어져라 쳐다봤다.

자꾸만 창현의 얼굴로 향하려는 시선을, 익어 가는 고기에 고정시켰다.

슬희의 마음을 모르는 창현은, '진짜 배가 많이 고팠구나.'라고 생각하며, 열심히 고기를 구웠다.

잘 익은 고기를 슬희의 접시 위에 한 점 올려놔 주었다.

"내가 알아서 가져다가 먹을게. 너도 네 거나 먹어."

"아, 그래. 미안."

창현이 담백하게 대답했다.

"아니, 미안할 것까진 없고."

슬희는 중얼거리며 노릇노릇하게 익은 고기를 젓갈에 찍어 먹었다.

오래전에 먹었던 그 맛이 입안에 가득 퍼졌다.

"아, 맛있다."

"그러게. 맛있네. 왜 또 먹고 싶다고 했는지 알겠다."

"응, 전에 셋이 왔었거든. 셋이서 7인분을 먹었었어."

그때 생각이 나서 환하게 웃으며 고개를 든 슬희는, 빙그레 미소 짓고 있는 창현의 얼굴을 보고 말았다.

또다시 두근―!

'아, 쟤는 왜 또 저런 아빠 미소를 짓고 날 보는 거야.'

슬희는 얼른 고개를 숙였다.

이거 위험하다.

창현 본인도 아는지 모르겠지만, 그는 마성의 남자였다.

그의 미소 짓는 얼굴은 상대를 허물어뜨리기에 충분했다.

아무리 각오를 다졌어도, 그의 미소를 보면 그 각오가 산산조각이 날 것만 같았다.

'저 얼굴, 그만 보자. 아무래도 오늘 밤은 위험해.'

슬희는 고개를 숙인 채, 술과 고기를 먹는 데에만 집중하기로 했다.

*　　*　　*

'정말 많이 고팠구나. 고기와 술이.'

고개를 숙이고 정신없이 먹고 마시는 슬희를 보며, 창현은 속으로 혀를 찼다.

흑돼지를 먹고 싶어 한다는 건 알았지만, 이 정도일 줄은 몰랐다.

슬희는 창현과의 대화조차 거부하며 고기와 술을 먹었고, 창현은 슬희의 마음을 존중해 그녀의 빈 술잔을 열심히 채워 주었다.

술 마시는 속도가 빠르다 싶긴 했는데, 이렇게 빨리 취할 줄은 몰랐다.

"으엥."

슬희가 갑자기 우는 소리를 내며 테이블에 엎드렸다.

깜짝 놀라 옆으로 자리를 옮긴 창현은 잠시 망설이다가 슬희의 어깨에 손을 얹었다.

"울어?"

그러자 슬희가 고개를 옆으로 돌렸다.

우는 줄 알았던 그녀의 눈에는 눈물이 묻어 있지 않았다.

슬희의 눈이 반달 모양으로 접혔는데, 그 순간 창현은 심장이 쿵 내려앉았다.

이 눈이다.

오래전, 창현이 참으로 좋아했던 눈.

슬희는 즐거워서 웃을 때면 눈이 반달 모양으로 접혔다.

"속았지? 에헤헤헤."

"너, 취했지?"

"아니, 아니. 안 취했거든."

슬희가 배시시 웃으며 몸을 바로 세웠다.

"난 안 취했어요, 민창현 씨. 하나도 안 취했어."

"취했네."

창현은 얼른 돌아가야겠단 생각에, 손을 살짝 들어 종업원을 불렀다.

"이걸로 계산 좀 부탁할게요. 친구가 많이 취해서."

종업원은 창현을 향해 호의적인 미소를 지어 주고는 카드를 들고 카운터로 향했다.

"나 안 취했다니까. 난 이 정도로 취하지 않아."

슬희가 단호하게 말하며 눈을 부릅뜨려고 노력하는 모습이 말도 못 하게 귀여웠다.

창현은 속으로 한숨을 삼켰다.

'그만둬, 이슬희. 이러지 않아도 충분히 귀여워서 심장이 멎을 것 같으니까.'

2장. 너 참 잘 자랐다

종업원이 카드와 영수증을 들고 돌아왔다.

창현은 영수증을 확인해 보지도 않고 주머니에 넣었다.

"감사합니다. 가자, 이슬희."

창현이 슬희의 팔뚝을 잡았다.

전에도 느꼈지만 슬희는 너무 말랐다.

팔뚝이 부스러질 것 같아서 힘을 줄 수가 없었다.

슬희는 비틀거리면서도 일어났다.

"나, 안 취했다니까. 나는 절대 취하지 않아."

슬희가 또 단호하게 말하려고 노력했다.

눈에 힘을 주는 슬희가 너무 귀여워서, 이 모습을 아무에게도 보여 주고 싶지 않았다.

"내가 취한 것 같아 보이지?"

가게를 나오며 슬희가 물었다.

"응."

"속았네. 나는 안 취했거든. 나는 취하지 않아. 왜냐하면! 나는 취하지 않으니까."

"그래, 그래."

창현은 슬희를 얼러 주며 큰길로 향했다.

"야, 민창현! 민창현, 민창현, 민창현!"

"왜?"

"나 안 취했다니까?"

슬희가 혀 꼬인 목소리로 다부지게 말했다.

"그래, 알겠다니까."

"아니야, 너는 몰라. 너는 하나도 몰라. 하지만! 난 알지."

잘 따라오던 슬희가 걸음을 멈추는 바람에, 창현도 멈춰 서 슬희를 돌아봤다.

슬희가 배시시 웃었고, 그녀의 눈이 반달 모양으로 접혔다.

비틀거리며 창현에게 바짝 다가온 슬희가, 두 손으로 창현의 볼을 감쌌다.

피해야 한다는 걸 아는데, 창현은 꼼짝도 할 수가 없었다.

그녀의 손에 힘이 들어간 것도 아닌데, 마법이라도 걸린 것처럼 움직일 수가 없었다.

슬희는 창현의 두 볼을 감싸 그의 얼굴을 자신에게 가까이 끌어당겼다.

코끝이 마주쳤다.

"너, 참 잘 자랐다."

슬희의 말에, 창현의 눈이 커졌다.

"너, 날 알아?"

"모르지! 하지만 알지. 네가 참 잘 자랐다는 걸. 민창현, 민창현. 그래, 민창현. 민창현, 너. 참 잘 자랐다. 아주 근사하게 자랐어!"

마치 옛날부터 알고 있다는 듯한 말투였다.

하지만 슬희가 창현을 알고 있다면, '민창현'이란 이름으로 부르지는 않을 것이다.

"네가 아주 잘 자라서 나는 참 기쁘다. 기뻐. 그럼, 기쁘고말고. 얼마나 기쁜지."

슬희의 눈가가 촉촉하게 젖었다.

"눈물이 다 나네."

슬희가 코를 훌쩍거렸다.

창현은 눈을 감았다.

슬희의 얼굴이 너무 가까운 곳에 있었다.

이대로 있다가는 그녀의 입술에 입을 맞추게 될지도 모르겠다.

떨어지자.

얼른 떼어 내야 돼.

사실은 이대로 입을 맞추고 싶지만, 사실은 이대로 그녀를 끌어안고 싶지만, 사실은 이대로 '나야, 나 윤해성이야.'라고 말하고 싶지만.

안 돼.

그녀를 내 어둠으로 끌어들여선 안 돼.

창현은 가까스로 정신을 차리고 슬희의 어깨를 잡아 뒤로 밀어냈다.

굽히고 있던 허리를 똑바로 편 창현은, 참았던 숨을 내쉬며 슬희를 내려다봤다.

슬희는 여전히 촉촉하게 젖은 눈으로 창현을 올려다보고 있었다.

왜 나를 그런 눈으로 보는 거야? 왜 나를 그렇게 애달프게 보는 거야?

창현은 묻고 싶지만, 묻지 않았다.

대답을 듣는 순간, 이 마음이, 이 육체가 걷잡을 수 없는 행동을 하게 될 것만 같았기 때문이다.

"취했어, 이슬희."

"안 취했어. 안 취했고. 너는 참 잘 자랐어. 그래서! 네가 꼭 두엔에 취직해서! 돈도 모으고! 좋은 여자도 만나고! 연애도 하고! 애기도 낳고! 그렇게 행복해졌으면 좋겠다…… 라고 이슬희는 두 주먹 쥐고 주장합니다!"

"왜 갑자기 웅변투로 변한 거야?"

창현은 그만 웃음을 터뜨리고 말았다.

창현의 웃는 모습을 보며 슬희도 환하게 웃었다.

"이야, 우리 창현이는 웃는 얼굴도 예쁘네. 아주 예뻐!"

슬희가 손바닥으로 창현의 볼을 톡톡 두드렸다.

창현은 슬희의 손목을 잡았다.

"그만해, 이슬희. 나 지금 간신히 참고 있어."

"뭘 참아?"

슬희의 웃는 얼굴이 순식간에 울상으로 변했다.

"날 때리고 싶은 걸 참는 거야? 날 때릴 거야?"

"때리긴 누가 널 때려?"

창현은 잠깐 머뭇거리다가 슬희의 머리를 부스스해지도록 쓰다
듬었다.

"난 널 안 때려. 아무도 널 안 때려. 그 누구도 널 상처 입히지 못
하게 할 거야. 걱정 마, 이슬희. 언젠가는 저 하늘에서 치는 천둥도
두렵지 않도록, 내가 지켜 줄게."

*   *   *

합격 연락을 받은 건, 서울에 돌아오고 3일이 지나서였다.

이튿날엔 두드림 본사에 사표를 냈다.

부장에게는 두드림 엔터테인먼트 면접에 대해 미리 말해 뒀기에,
회사를 그만두는 건 어렵지 않았다.

일주일간의 인수인계를 끝내고 회사를 나오는 길, 복잡한 기분
으로 두드림 본사 건물을 돌아봤다.

스물네 살, 대학을 졸업하자마자 취직해 6년간 꾸준히 다니던 곳
을 떠나게 되었다.

이직을 하는 건 처음이라 그런지, 정든 회사 사람들과 헤어지고
새로운 사람들을 만나게 된다는 게 신기했다.

어젯밤에는 팀원들이 송별식을 열어 주었고, 유독 친하게 지냈던

여직원 두 명은 눈물까지 흘렸다.

하지만 다음 주가 되면 그들도 슬희를 잊을 것이고, 다음 달이 되면 이슬희라는 사람이 있었다는 것조차도 잊게 될 것이다.

'이제 일주일은 쉬겠네.'

오늘부터 다음 주까지는 휴가다.

대학 때부터 지금까지 한 번도 쉬어 본 적이 없었다.

'아니, 고등학교 때부터지.'

고등학교 때부터 아르바이트를 해서 용돈을 벌고, 대학에 갈 학비를 모았다.

대학 때도 과외와 알바를 하느라 정신이 없었고, 회사를 다닐 때도 밤에는 투잡으로 번역 일을 하느라 바빴다.

말 그대로 숨 쉴 틈 없이 바쁜 나날을 보내왔다.

'요새는 번역 일도 없고…… 한가하네.'

갑자기 휴가가 주어지니 뭘 해야 좋을지 알 수 없었다.

다른 사람이라면 이럴 때 해외여행이라도 갈 텐데, 슬희의 자금 사정으로는 꿈도 꿀 수 없었다.

'연우랑 주희나 만날까?'

연우와 주희에게 오늘 뭐 하냐고 문자를 보냈다.

[집안일이 끝이 없다. 남편 퇴근하면 애 맡기고 나갈게.]

주희에게 먼저 답이 왔다.

[야, 안 그래도 백수 된 기분 물어보고 싶었는데. 영화나 한 편 보고 있
어. 오늘 예약이 좀 많아서 수술 다 끝나면 나갈게.]

연우의 메시지에는 영화표 교환권이 한 장 첨부되어 있었다.

이런 거 보내지 말라고 하면, "어차피 선물 받은 거야. 난 그런 거
볼 시간도 없다."라는 대답이 돌아오리라.

슬희는 고마운 마음으로 영화를 보기로 했다.

'어차피 저녁때까지는 할 일이 없겠네. 이럴 줄 알았으면 오늘도
그냥 근무나 끝내고 나올걸.'

마지막 날이라 오전에 출근해서 인사만 하고 나왔다.

'회사 근처에서 노는 건 좀 그렇고…… 두엔 쪽에나 가 볼까? 앞
으로는 그 동네에 익숙해져야 하니까 가서 좀 둘러보고, 영화도 보
고 그래야지.'

검색해 봤더니 두엔 근처에 영화관이 있었고, 맛집도 많았다.

영화를 예매한 후, 전철을 타고 이동하며 맛집을 검색했다.

튀김 덮밥이 맛있는 가게가 있어 그곳에서 점심을 먹기로 했다.

전철에서 내려 가게를 찾아갔을 때는 브레이크 타임이 되기 직전
이라 손님이 많지 않았다.

그리 넓지 않고 조명이 조금 어두웠다.

슬희는 안쪽으로 들어가 자리를 잡고 모듬덮밥 하나를 주문했
다.

휴대폰으로 이런저런 기사를 읽으며 밥이 나오기를 기다리는데,
가게 문이 열리는 소리가 들렸다.

"어이구, 사장님."

가게 주인이 반갑게 인사하는 소리에 고개를 든 슬희는, 안으로 들어오던 사람과 눈이 딱 마주쳤다.

이런 곳에서 볼 줄은 몰랐던 사람의 모습에, 슬희의 눈이 커졌다.

상대도 마찬가지인지, 문을 잡은 채로 얼어붙어 있었다.

심상찮은 분위기를 느낀 듯, 가게 주인이 두 사람을 번갈아 봤다.

이윽고 슬희가 한 손을 들었다.

"안녕, 창현아."

창현이었다.

잿빛 슈트를 입은 창현은 숨이 막히도록 멋있었다.

좁은 가게는 그가 들어오자 꽉 찬 듯 느껴졌다.

가게 안에 있던 몇 안 되는 손님들이 창현을 돌아봤지만, 창현은 그런 시선이 익숙한 듯 눈길도 주지 않고 슬희의 테이블로 걸어왔다.

"어, 안녕. 이런 데서 볼 줄은 몰랐는데."

"응, 나도. 그런데 뭘 그렇게까지 놀라? 난 네가 귀신이라도 본 줄 알았어."

창현이 자연스럽게 슬희의 맞은편 의자에 앉았다.

"귀신을 본 줄 알았지. 널 여기서 볼 줄은 몰랐으니까."

"그렇게까지 못 볼 사람은 아니잖아, 내가. 나도 여기 좀 올 수 있지. 여기 유명하다더라."

"응, 맛있어."

"너도 자주 와?"

"응."

"그러고 보니."

슬희가 허리를 낮추자, 창현도 허리를 굽혔다.

둘의 얼굴이 가까워졌다.

"여기 가게 사장님이 널 사장님이라고 부르던데…… 너, 사장님이야? 창업 같은 거 한 거야?"

창현의 눈동자가 흔들렸다.

"그냥 좀…… 작게."

"그런데 왜 두엔 면접 본 거야? 사업이 잘 안 돼서?"

"그냥 좀…….''

"아, 맞다. 너도 연락받았어? 합격, 한 거지?"

창현의 입가에 옅은 미소가 떠올랐다.

"응, 나도 두엔 다녀."

슬희가 허리를 펴고 크게 한숨을 내쉬었다.

"와, 진짜 다행이다. 나, 합격 연락받았을 때 제일 먼저 무슨 생각한 줄 알아? 네가 합격했을지가 제일 걱정되더라고. 진짜 잘 됐다. 축하해."

"그래, 너도."

창현의 눈이 더 가늘어졌다.

창현은 아주 재미있다는 표정으로 슬희를 보고 있었는데, 슬희는 창현이 왜 저런 표정을 짓는지 알 수 없었다.

'기뻐하는 표정인 건가?'

이윽고 종업원이 음식을 가지고 왔다.

창현이 자주 온다는 말은 정말인지, 창현이 주문을 하지 않았는데도 창현의 덮밥까지 있었다.

인터넷 사진으로 본 것처럼 커다란 튀김이 잔뜩 올라간 덮밥은 고소한 냄새를 풍기고 있었다.

"맛있겠다. 잘 먹겠습니다."

슬희는 습관처럼 인사를 하고 숟가락을 들었다.

창현은 숟가락으로 튀김을 잘라 입에 넣는 슬희를 가만히 응시했다.

이런 곳에서 슬희를 볼 줄은 몰랐다.

정말 깜짝 놀랐다.

그나마 가게 주인이 눈치가 있어서 다행이었다.

다른 때라면 음식을 직접 가지고 와서, 두엔 소속 여자 아이돌에 대해 한참 떠들었을 텐데, 오늘은 카운터 뒤에서 묵묵히 이쪽을 지켜보기만 했다.

창현도 숟가락을 들었지만, 눈은 여전히 슬희에게 고정되어 있었다.

— 이슬희 씨는 가장 뽑혀야 할 인물에 널 썼더라.

태윤과 했던 이야기가 떠올랐다.

―뽑히지 말아야 할 인물에 우현이를 썼고. 지수 언니를 뽑지 않은 사람은 이슬희 씨가 유일해.

면접 서바이벌은 각 부서의 부장과 팀장들이 지켜봤는데, 그들 사이에서 슬희에 대한 평가는 아주 좋았다.

다만 가장 뽑혀야 할 인물에 창현을 쓴 것만큼은 미스터리인 것 같았다.

―대체 왜 대표님을 쓴 걸까요? 대표님, 대체 무슨 짓을 하신 겁니까?

―대표님한테 반한 거 아닐까요?

―그럴 리가. 이슬희 씨는 상당히 제정신이 박힌 여자인 것 같은데⋯⋯.

―제정신이 박힌 여자가 나한테 반할 리 없다는 겁니까?

차갑게 되돌아온 창현의 질문에 다들 시선을 피한 것만 빼면, 슬희에 대한 평가가 좋아서 그의 기분도 좋아진 회의였다.

"넌 안 먹어?"

슬희의 말에 상념에서 벗어났다.

"먹어야지."

창현이 숟가락을 움직였다.

슬희는 창현의 숟가락이 튀김을 잘라 내는 걸 물끄러미 응시하다가 말했다.

"나, 오늘부터 회사 안 나가. 인수인계 끝났거든."

"그럼 일주일간 휴가겠네."

"응. 휴가는 휴가인데 막상 휴가가 생기니까 뭘 해야 할지 모르겠어."

"여행이라도 다니지그래?"

"여행도 돈이 있어야 다니지. 넌 출근 전까지 뭐 할 거야?"

"글쎄."

뭐하긴 뭐해, 일해야지.

창현은 최근에 정신없이 바빴다.

작은 엔터테인먼트 하나를 인수했는데, 거기 소속 연예인들과의 계약 이슈를 계속 보고받고 있었다.

"넌 뭐 하고 싶은 거 없고?"

창현이 되물었다.

"말했잖아. 뭘 해야 할지 모르겠다고. 24시간 잠만 자고 싶기도 한데…… 우리 집은 좀 24시간 잘 분위기는 아니라서. 카페에서 책이나 읽을까? 우아하게."

슬희가 씩 웃었다.

슬희는 자기가 바보 같은 소리를 했다고 생각하면, 희고 고른 이를 드러내며 멋쩍게 웃곤 했었다.

그 습관이 아직도 남아 있는지, 그때처럼 웃는 슬희의 모습에 심장이 두근거렸다.

그때도, 지금도 저 미소를 볼 때면 같은 생각을 한다.

'아, 귀여워.'

"오늘은 뭐 하는데?"

창현이 물었다.

"영화 보려고. 보고 싶은 영화 개봉했거든. 넌?"

"나? 글쎄."

회사에 들어가서 남은 보고서를 검토해야 했다.

"너랑 같이 영화나 볼까?"

하지만 이 가게에서 슬희를 만난 후부터 회사의 보고서 따위는 기억에서 사라진 지 오래였다.

"정말? 잘 됐다. 혼자 영화 보기 싫었는데. 밥은 혼자 먹어도, 영화는 친구랑 같이 보고 싶더라고. 그래야 다 보고 나왔을 때 같이 영화 얘기를 할 수 있잖아."

슬희가 정말로 기뻐서 좋았다.

그녀가 나를 기억하지 못해도 좋다.

지금 이렇게 날 보며 웃어 준다면.

함께 밥을 먹고, 영화를 보고, 영화 이야기를 할 수 있는 친구로 지낼 수 있다면.

"그럼 얼른 너도 예매해. 그거 인기 많은 영화라서 좌석 별로 안 남았더라."

"그래."

창현은 휴대폰을 꺼내 슬희가 말한 옆자리로 예매를 한 후, 태윤에게 메시지를 보냈다.

[좀 늦게 들어갈 거야.]

[안 돼. 너, 지금 할 일 많아.]

태윤에게서 곧바로 답장이 왔지만 무시했다.

할 일이 아무리 많아도 슬희와 함께 영화를 볼 기회를 놓칠 수는 없지.

*　　　*　　　*

영화는 처음부터 거침없이 진행되었다.

주인공들의 빠르고 유쾌한 움직임을 정신없이 쫓다가, 팔걸이에 팔이 스치는 느낌에 정신을 차렸다.

바로 옆에 창현이 있다는 걸 깜빡 잊고 있었다.

창현은 가만히 스크린을 응시하고 있었다.

스크린에서 쏟아져 나오는 빛이 창현의 얼굴에 깊은 굴곡을 만들었다.

어둠 속에서 보아도 참으로 근사한 얼굴이다.

어릴 때 같은 초등학교에 다니던 아이들이 이 얼굴을 보면 어떻게 생각할까?

이렇게 멋지게 자랄 줄 알았다면 아무도 창현을 괴롭히지 않았겠지. 적어도 여학생들은 창현의 편을 들어 줬겠지.

'하긴, 그때도 잘생기긴 잘생겼었는데. 앞머리가 길어서 티가 안 나서 그렇지.'

남자와 함께 영화를 보는 건 굉장히 오랜만이었다.

3년 전, 그와 이별한 후로는 처음이다.

이별 후 그 흔한 소개팅조차 하지 않았으니까.

그와 영화를 볼 때는 항상 손을 꼭 잡고 봤다. 5년이라는 시간 동안, 그것만큼은 변함이 없었다.

하지만 지금 슬희와 창현은 팔이 살짝 스치는 것조차 신경 쓰일 만큼 거리를 두고 앉아 있었다.

'우린 친구니까.'

슬희는 간신히 창현에게서 시선을 떼어 냈다.

'나는 지금 네 옆모습에 설레지만, 그래도 우린 친구니까. 그편이 네게도 좋으니까. 이 정도 거리가 맞는 거야.'

지금 창현의 머릿속엔 '손을 잡고 싶어. 하지만 참아야 돼!'라는 생각으로 가득한 걸 전혀 모르는 슬희는, 그리 생각하며 다시 영화에 집중했다.

*　　　*　　　*

"나 쩔지 않냐?"

병원 앞에서 만난 연우는 인사를 하기도 전에 자기 자랑을 시작했다. 허구한 날 있는 일이라 뭐라고 할 생각도 들지 않았다.

"또 뭐가?"

"수술 일찍 끝냈잖아. 그 정도 예약이면 다들 밤새워야 할걸."

"그 정도 예약이 어느 정도인지도 모르겠고, 수술을 꼼꼼히 했는지 아닌지도 모르겠고."

슬희는 건성으로 대꾸했다.

연우가 키득키득 웃으며 슬희의 팔에 팔짱을 끼었다.

연우는 가끔 자신을 이성으로 느껴지지 않나 싶을 만큼, 친근하게 굴었다.

하긴 슬희조차도 연우가 너무 편해서 가끔은 동성 친구처럼 느껴질 때가 있었다.

"오랜만에 셋이 만나네. 술? 만춰 고고?"

"응, 만춰 고고. 난 내일 출근도 안 하니까. 넌 내일 수술 없어?"

"나도 내일은 휴무. 만춰 가자. 만춰."

주희는 30분 정도 늦는다고 해서, 먼저 술집으로 향했다.

밥집으로 걸어가는 동안에도, 슬희의 머릿속은 창현으로 가득차 있었다.

영화를 보고 나서 커피숍에 마주 앉아 영화에 대해 이야기를 나눴다.

나는 이랬어. 그 부분은 저랬어.

그와 함께 있으며 대화를 하는 시간이 순식간에 흘러갔다.

친구들과의 약속 시간이 다가오는 게 아쉬울 정도였다.

커피숍에서 나와 창현과 마주 본 자세로 말했다.

― 그럼 우리 다다음 주에 회사에서 보자.

그러자 창현은 옅은 미소를 지으며 슬희의 이마에 흘러내린 머리를 옆으로 넘겨 주었다.

바로 그 부분이다.

머릿속에서 떠나지 않는 장면이.

창현의 길고 예쁜 손가락이 눈앞에서 거슬리던 머리카락을 살며시 옆으로 치워 내던 그 장면이 몇 번이고 반복되었다.

그리고 그의 미소.

봄바람처럼 따스한 그 미소.

"야, 너 무슨 생각해? 나랑 있을 때는 내 생각만 하랬지?"

어느 가게로 갈지 둘러보던 연우가 투덜거렸다.

"됐고. 메뉴나 골라."

슬희는 한 손을 휘저어 귀찮다는 표시를 했다.

"일단 가볍게 김치 삼겹살에 냉면으로 시작하자. 요새 더워서 냉면 당긴다."

"그래."

김치 삼겹살 가게로 들어가며, 연우는 창현, 아니, 윤해성을 기억하고 있을지 궁금해졌다.

연우와 해성이 같은 학교를 다닌 적은 없지만, 같은 동네이기는 했다.

연우도, 주희도 해성에 대한 소문을 알고 있었다.

―그런데 그게 걔 욕할 일은 아니지 않냐? 걔가 뭔 죄가 있다고?

중학교를 다닐 때, 어느 날.

왜인지 이제는 이 동네에 없는 해성에 대한 이야기가 나온 적이
있었다.

아마 살인 사건이 나서 전국적으로 떠들썩할 때, 누군가가 "아,
나 초등학교 다닐 때 살인자 자식이 다녔었는데."라는 말을 꺼내면
서 시작된 것 같다.

교실 안이 "아, 나도 걔 알아.", "걔네 엄마가 몸 팔아서 걔 키웠잖
아." 따위의 이야기로 가득 차는 건 순식간이었다.

해성을 알던 아이들은 그에 대해 잘 아는 것이 자신의 훈장이라
도 되는 양, 신이 나서 떠들어 댔다.

그렇게 해성에 대한 이야기가 무르익었을 때, 연우가 찬물을 끼
얹었다.

— 너희 진짜 심하다. 재미있는 얘기도 아닌데 왜들 그렇게 신
이 나서 얘기하는 거야?

아마 그때부터였을 것이다.

채연우라는 친구에 대해 다시 생각하게 된 것은.

만약 지금 해성의 이름을 꺼내면, 연우는 기억할까?

하지만 슬희는 그에 대한 이야기를 꺼내지 않기로 했다.

창현이 이름을 바꾼 이유는 과거를 잊고 싶기 때문이리라.

이름까지 버린 그의 각오를, 안줏거리로 무너뜨릴 수는 없었다.

나는 윤해성을 알고, 윤해성이 민창현이 되었다는 사실은 가슴
속에 꽁꽁 숨겨 무덤까지 가지고 가기로 했다.

연우가 영화는 잘 봤냐고 물어서, 오늘 본 영화에 대해 얘기하며 삼겹살을 굽고 있을 때 주희가 왔다.

애 엄마가 된 주희는 언제나처럼 화려한 차림이었다.

풍만한 가슴이 돋보이는 짧은 원피스로 휘감은 주희가 들어오자, 고깃집에 있던 사람들이 모두 그녀를 돌아봤다.

주희는 사람들의 시선을 즐기며 또각또각 걸어와 슬희와 연우가 있는 테이블에 합류했다.

"클럽 가냐?"

연우가 비아냥거리듯 물었다.

"너만 없으면 슬희 데리고 갈 텐데. 아쉽게 됐네."

"그렇게 입고 나오면 명성이가 뭐라고 안 해?"

명성은 주희의 남편이었다.

"남편은 내가 이렇게 입는 걸 좋아하거든. 이 모습에 반했다잖니. 아, 고기 맛있겠다. 안 그래도 삼겹살이 진짜 먹고 싶었는데. 난 술 못 먹어. 아직 수유 중이라서."

"그래라. 이모, 여기 사이다 한 병 주세요."

셋은 일단 배를 채웠다.

항상 그렇듯 배를 가득 채울 때까지는 대화가 많지 않았다.

2차로 간 호프집에서야 슬희의 면접 이야기가 나왔다.

슬희는 제주도에서의 일을 이야기했는데, 창현의 이야기가 나오지 않도록 하기 힘들었다.

'그러고 보니 제주도에서 거의 창현이랑만 붙어 다녔구나.'

그렇게 붙어 다니는데도 염문설이 나지 않은 게 다행이었다.

"그 친구 말이야."

연우가 심각한 표정으로 입을 열었다.

"그 친구? 누구?"

저도 모르게 창현을 언급했나 싶어 심장이 철렁했다.

"그, 민우현? 그 친구."

"아, 민우현."

"그 친구한테는 그 이후로 연락 없냐?"

"연락 없지. 연락처도 모르는데."

"그래도 조심해. 그 친구, 영 불안하다."

"아니, 조심하고 말고 할 것도 없이, 같은 회사에 다니게 될 것 같지도 않은데."

"아냐, 내가 봤을 때…… 그 친구는 그 회사에 다니게 될 거야. 90 퍼센트."

연우가 확신에 찬 어조로 말했다.

등골이 서늘해진 이유는, 연우가 이렇게 말했을 때 틀리는 경우가 거의 없기 때문이었다.

연우는 예지 능력이 있는 게 아닐까 싶을 정도로 정확한 예측을 하곤 했다.

연우는 그에 대해, "정확한 판단이 설 때만 말하니까 다 들어맞는 것처럼 보이는 거야."라고 했다.

"그 친구, 엄청 늦어서 혼자 제주도에 왔으면서도 당당했다며? 뭔가 믿는 구석이 있어서 그런 것 같은데. 게다가 네 방에 술 취해서 들어간 거 말이야."

"그거 연기야. 백 퍼센트."

주희가 거들었다.

"맞아. 주희 말대로 그거 누가 봐도 연기잖아. 너랑 한번 해 보려고 그런 거겠지. 그런데 네가 둔해 빠졌으니까 일단 그날은 물러난 거고. 그런데 있잖아. 그런 남자들은 자기 먹잇감을 절대 포기하지 않거든. 목적 달성할 때까지는 절대로 놓치지 않는단 말이야. 그런데도 그 이튿날부터 너한테 접근하지 않은 건……."

"믿는 구석이 있는 거지. 이 이후에도 언제든 공략할 수 있다는. 번호도 묻지 않은 건, 또 만날 가능성이 높다는 걸 안다는 거고."

연우와 주희가 번갈아 이야기하자, 슬희는 혼란스러워졌다.

우현의 그 행동을 연기라고 생각해 본 적은 없었다.

"하지만 그 사람이 믿는 구석이 있다고 해도, 나는 없잖아. 내가 회사에 붙을지 말지……."

그때, 테이블에 올려 둔 슬희의 휴대폰에 문자가 들어왔다.

문자를 확인한 슬희는, 휴대폰을 꽉 움켜쥐고 눈을 크게 떴다.

숨도 쉬지 못하고 휴대폰을 노려보는 슬희의 모습에, 연우가 이럴 줄 알았다는 듯이 물었다.

"그놈이야? 그놈이지?"

아니, 그놈이 아니다.

"이럴 줄 알았어. 어디서 이슬희 번호를 알아낼 수 있다는 확신도 있었던 거지. 뭐래? 만나재?"

연우가 혼자 떠들어 대는 말에 대답해 줄 수 없을 만큼, 슬희는 놀란 상태였다.

그놈이 아니었다.

'이건⋯⋯.'

창현이었다.

'웬일이야?'

게다가⋯⋯.

'이게 대체 뭐야?'

문자에 첨부된 파일은.

'이게 웬⋯⋯ 호텔 숙박권?'

평소에 꿈도 못 꾸는 고급 호텔 숙박 예약 번호였다.

[뭘 해야 할지 모를 휴가. 잠이나 푹 자.]

창현의 짧은 문자 메시지를 뭐라 설명해야 좋을지 알 수 없었다.

그래서 황망히 문자만 응시했다.

"왜 그러는데?"

연우가 휴대폰을 뺏어 갔다.

"이게 뭐여? W 호텔 숙박? 일주일? 너, 돈 많⋯⋯ 이거, 네가 예약한 거 아니네? 민창현? 이건 또 누구야?"

"왜? 뭔데, 뭔데?"

주희도 연우의 손목을 잡아끌어 같이 휴대폰을 확인했다.

"헐! 수영장이랑 다 이용할 수 있는 거네. 이거 되게 비쌀 텐데. 누구야? 민창현이 누군데?"

"왜 이 사람이 너한테 이런 호의를 베푸는 거지? 언제 어디서 무엇을 하다가 만난 뭐 하는 놈인지 말해 봐. 잘생겼는지 아닌지도."

친구들의 호들갑에도 정신을 차릴 수가 없었다.

'창현이가 왜 나한테 이런 걸 해 주는 거지? 아니, 나한테 반한 건 알겠는데…… 그래도 그렇지. 대체 왜? 설마…… 내가 돈 많은 사람이 좋다고 해서, 이 정도 해 줄 돈은 있다는 걸 보여 주려고 무리를 한 건가? 하지만 우리는 친구 하기로 합의했잖아. 물론 그런 게 합의를 한다고 되는 일은 아니지만…….'

슬희는 혼란에 빠졌다.

좋으면서도 순수하게 좋아할 수가 없었다.

아무래도 창업을 했다가 망해서 두엔에 입사하기로 한 것 같은데, 이런 호텔에 예약하느라 남은 돈을 다 쓴 건 아닐지 걱정이었다.

"잠깐 이리 내놔 봐."

슬희가 휴대폰을 뺏어 와 답장을 보냈다.

[이런 건 받을 수 없어.]

[응. 그럼 그냥 버려.]

[야!]

[어차피 난 거기 갈 시간도 없거든. 오늘부터 사용하는 거라 취소도 안 되고. 버려, 그냥.]

이렇게 나오면 버릴 수도 없다.

[감사한 마음으로 사용할게. 하지만 이 부분에 대해서는 진지하게 얘기 좀 해야겠어.]

[그래, 나중에 회사에서. 푹 쉬어.]

슬희는 문자를 보며 깊은 한숨을 내쉬었다.

아까 했던 말을 기억해서 이렇게 해 준 건 고마운데, 그래도 역시 부담스럽다.

'그러고 보니 제주도에서 쓴 돈도 반땅 못 했는데.'

흑돼지 먹었던 일을 까맣게 잊고 있었다.

사실은 그날 어떻게 숙소에 돌아왔는지도 기억나지 않았다.

정신을 차리고 보니 자신은 이미 숙소 침대 위에 누워 있었다.

'민창현이 편하긴 편한가 봐. 보통은 그렇게까지 안 취하는데.'

어려운 자리에서 마시면 잘 안 취하는데, 편한 친구들과 마시면 금방 취한다.

그날도 편해서 금방 취했던 것 같다.

'내가 취해서 쓸데없는 소리를 한 건 아니겠지? 그래, 아닐 거야. 내 자신을 믿자.'

아니, 사실 못 믿겠다.

"있잖아."

슬희는 믿음직스러운 자신의 친구들을 돌아봤다.

친구들은 '민창현'에 대한 해명을 기다리며 눈을 빛내고 있었다.

"너넨 날 믿어?"

느닷없는 질문에 연우가 웃음을 터뜨렸다.

"야, 이슬희! 넌 뭘 그런 질문을 하고 그러냐? 안 믿는 거 알면서."

"……아, 그러시겠지."

"왜 그러는데? 대체 그 남자 누군데? 빨리 말해 봐. 얼른 고해바쳐. 궁금해 죽겠다."

연우의 호들갑에 슬희는 어쩔 수 없이 말했다.

"이번에 면접 보러 가서 만난 사람이야. 동갑이라서 친해졌어. 같은 팀이기도 했고, 옆방이기도 했고."

"그냥 친해지기만 한 건 아닌 것 같은데."

주희가 말했다.

"아냐, 진짜야. 그냥 친해지기만 했어. 친구. 우린 그냥 딱 친구야. 친구."

친구라는 말을 너무 여러 번 반복했다 싶었는데, 아니나 다를까 연우의 눈이 가늘어졌다.

"흐음. 이슬희, 너. 우리한테 감추는 거 있지?"

"에이, 감추긴. 야, 잔 비었다. 얼른 술이나 따라 봐. 오먹죽 하기로 했잖아. 오늘 먹고 죽자!"

연우는 할 말이 많은 듯했지만, 다행히 더 이상은 캐묻지 않았다.

몇 시간이 지나자 연우는 완전히 취해 버렸다.

"야! 내가 너희들 얼마나 좋아하는지 알지? 응? 내가 진짜 너네 아낀다. 흐어어엉."

연우는 취하면 친구들에게 사랑을 고백하며 우는 습관이 있었다.

좋아한다, 아낀다, 수십 번 되뇌며 우는 연우를 택시에 태워 보내고, 슬희와 주희도 택시를 기다렸다.

금요일 밤이라 그런지 택시가 잘 잡히지 않았다.

"슬희야."

문득 주희가 슬희를 돌아봤다.

"난 네가 좋은 사람을 만났으면 좋겠어."

아까 창현에 대한 일을 마음에 품고 있었나 보다.

슬희는 애써 미소를 지었다.

"응, 언젠가는."

*　　*　　*

주희를 먼저 택시에 태워 보내고 나서, 슬희도 택시에 올랐다.

무심코 집 주소를 말했다가, 호텔 숙박권을 선물 받았다는 걸 떠올렸다.

"아, 기사님. W 호텔로 변경할게요. 그리로 가 주세요."

기사에게 요청을 한 후, 휴대폰을 꺼내 창현에게 온 문자를 확인했다.

'W 호텔이라니. 내가 5성급 호텔에 묵게 될 날이 오다니!'

꿈만 같았다.

'우와, 이걸 진짜 어떻게 갚지?'

창현이 멋대로 보낸 선물이기는 하지만, 그렇다고 받고 입을 싹 닦을 수는 없는 노릇이었다.

W 호텔은 말 그대로 럭셔리했다.

호화스러운 로비에 들어가자 슬희는 자신도 모르게 주눅이 들었다.

오늘 예쁘게 입고 오질 못했는데 이런 차림으로 들어가도 되나 싶었다.

늦은 시간이라 로비에는 사람이 많지 않았지만, 다들 근사하게 차려입고 있었다. 심지어 직원들조차도.

슬희는 두리번거리다가 카운터에 가서 직원에게 말했다.

"숙박권을 사용하려고 하는데요."

"네, 말씀해 주세요."

머리를 뒤로 말끔하게 묶은 여직원이 상냥하게 응대했다.

슬희가 문자를 보고 번호를 말하자, 여직원이 잠깐 눈을 크게 떴다.

"아, 민창현 님께서 예약을 하셨군요."

"네, 맞아요."

"잠시만 기다리세요."

직원은 아래에서 뭔가를 꺼냈다.

"여기 작성해 주시면 됩니다. 호텔 내의 식당과 수영장, 피트니스 센터 등 모든 곳을 무료로 이용하실 수 있고, 룸 안의 음식도 전부 무료로 이용하실 수 있습니다."

"네? 무료요?"

"네, 호텔 내의 어디든 무료 이용이 가능하신 숙박권이네요. 불편하신 점이 있으면 언제든 말씀해 주세요."

얼떨떨한 기분으로 카드키를 받아 들었다.

전부 무료라니.

아무리 호텔 이용을 해 보지 못했더라도, 호텔 내의 시설을 전부 무료로 이용하지 못한다는 것쯤은 알고 있었다.

'대체 여기에 돈을 얼마나 쓴 거야?'

1박도 아니고 6박이다.

'얘, 대출 같은 걸 받은 건 아니겠지?'

기쁜 마음보다는 창현의 자금 사정이 걱정되었다.

직원에게 안내를 받아, 앞으로 6일간 지내게 될 방에 들어간 슬희는 놀라 두 손으로 입을 막았다.

"웬일……!"

침대 하나 있는 좁은 방일 거라고 예상했다.

W 호텔은 그런 방조차도 비싸니까.

그런데 지금 슬희가 들어온 방은 예상외로 넓고 호화스러웠다.

벽 한 면을 차지한 큰 창문 너머로는 멋진 야경이 보였고, 그 앞엔 커다란 욕조가 있었다.

칸막이로 분리된 공간에는 4인용 소파와 큰 TV가, 다른 쪽 칸막이 뒤로는 퀸 사이즈 침대가 있었다.

대여섯 명이 와서 함께 묵어도 충분할 넓이의 방이었다.

"저기요!"

편히 쉬시라며 돌아가려는 직원을 붙잡았다.

"여기, 이거. 방 이름이 뭔가요?"

"스파 스위트룸입니다, 고객님."

"스위트…… 저, 여기는 1박에 얼만가요?"

"180만 원이십니다, 고객님."

"헉!"

슬희는 숨을 쉴 수가 없었다.

"그럼 편히 쉬십시오."

직원이 인사를 하고 나갔지만, 슬희는 얼어붙은 채 움직이지 못했다.

1박에 180만 원이라니.

2박이면 슬희의 한 달 월급보다 많다.

"미쳤어, 민창현?"

슬희가 버럭 외쳤다.

"미쳤어! 미쳤어! 미쳤어!"

방뿐만 아니라 식당이나 시설을 무료로 이용할 수 있게 해 줬으니, 아마 그 이상으로 돈을 썼을 것이다.

"미친 거야, 진짜? 아무리 나한테 홀딱 빠졌어도 그렇지, 누가 돈을 이렇게 써? 미친 거 아냐? 여자한테 홀려서 전 재산 말아먹을 놈일세! 아주 꽃뱀한테 단단히 물릴 놈이야!"

슬희는 이걸 어떻게 받아들여야 할지 알 수 없었다.

언젠가는 갚아야겠다고 생각하고 왔는데, 이래서야 갚을 엄두도 못 내겠다.

"아니, 진짜 무슨 짓을 한 거야? 사업 망한 거 아냐? 그래서 취업하려는 거 아니냐고? 그런데 돈을 이렇게 쓰면 어떻게 해? 어떡하냐고, 민창현!"

슬희는 앞에 있지도 않은 창현을 향해 부르짖다가, 침대에 가서 털썩 주저앉았다.

"하아. 진짜 미치겠네. 하루에 180만 원짜리 방에서 편하게 쉴 수나 있겠어? 그나저나 침대 엄청 포근하네."

슬희는 침대에 얼굴을 묻었다.

술을 어느 정도 마신 터라, 침대에 누웠더니 금세 술기운이 올라왔다.

"하, 진짜. 민창현. 넌 진짜 바보야. 나한테 너무 푹 빠지면 안 된다고. 너는 좋은 여자를 만나야지. 나처럼 집안 빚을 갚느라 끙끙 앓는 여자 말고."

중얼거리다가 잠이 들었던 것 같다.

눈이 부셔서 잠에서 깨어났다.

커다란 창문으로 햇살이 들어오고 있었다.

슬희는 눈을 비비며 방 안을 둘러보다가, 이곳이 180만 원짜리 방이라는 걸 깨달았다.

'아, 나 180만 원에서 잤지.'

슬희는 침대에 앉아 크게 한숨을 쉬며 휴대폰을 집어 들었다.

밤새 엄마에게서 열 통이 넘는 전화가 와 있었다.

'아, 맞다. 엄마한테 연락을 안 했네.'

슬희가 전화를 걸자마자 엄마가 전화를 받았다.

[죽을래, 딸?]

"미안, 엄마. 난 어제 신세계를 경험한 충격 때문에 기절했었어."

[또 무슨 바보 같은 소리야?]

"오늘부터 휴가잖아. 처음으로 쉬는 건데 푹 쉬려고 멀리 좀 나왔어. 다음 주 금요일에 집에 들어갈게."

처음으로 쉰다는 말이 엄마의 가슴을 콕 찔렀나 보다.

휴대폰 너머로 엄마가 한숨 쉬는 소리가 들려 아차 싶었다.

[우리 딸이 고생이 많네. 미안하다.]

"아냐, 엄마. 가족이잖아. 그냥 좀 쉬다가 갈게."

[그래, 딸. 푹 쉬고 돌아와서 얘기해 줘. 간간이 연락하고.]

"응."

슬희는 전화를 끊고 나서 이번에는 창현의 번호를 찾아 통화 버튼을 눌렀다.

창현은 드라마팀 팀장인 지수에게 보고를 받고 있었다.

이번에 두엔에서 크게 준비한 드라마의 주연급 조연 배우가 과거 일진이었다는 소문이 돌고 있어서, 배우 교체를 해야 할 것 같다는 보고였다.

"미친놈이 착하게 좀 살 것이지, 왜 이 지랄을 하면서 살았던 건지 모르겠네요, 진짜. 민폐예요."

지수는 대표인 창현의 앞에서도 거침이 없었다.

"일단 PD랑 작가랑 의논을 해서 교체할 만한 배우를 좀 추려 봤어요."

지수가 명단을 읊으려 할 때, 책상 위에 올려 둔 창현의 휴대폰이 울렸다.

[개구리 소녀]

"개구리 소녀는 누구예요?"

가까이 앉아 있어서 휴대폰 액정을 본 지수가 물었다.

창현은 얼른 휴대폰을 들고 회의실을 나왔다.

"응."

[넌 미쳤어! 야, 너 진짜 미쳤다고!]

슬희는 창현이 전화를 받자마자 창현의 정신 상태에 대한 진단을 내렸다.

창현은 슬며시 웃었다.

"왜?"

[야, 너 지금 어디야? 장기라도 팔고 있는 거 아냐? 그럼 안 돼. 몸에서 필요 없는 장기는 없다고. 하나라도 없으면 나중에 고생해!]

"슬희야."

[왜!]

"나 지금 좀 바쁘거든."

[왜? 장기 파느라? 수술 중이야? 그런 거야?]

"그런 거 아냐. 어디 한 구석도 안 팔 거니까 걱정 말고. 이왕 쉬는 거 나한테도 연락하지 말고 푹 쉬어. 연락해도 안 받을 거야. 다음 주에 보자."

[야, 민창······!]

슬희는 하고 싶은 말이 많은 듯했고, 창현도 슬희와 통화를 계속하고 싶었지만 전화를 끊었다.

피식 웃으며 회의실로 돌아가자, 지수가 못마땅한 표정으로 앉아 있었다.

"대표님. 전 지금 주말에도 출근을 해야 해서 몹시 기분이 안 좋거든요? 집중 좀 해 주시겠어요? 개굴개굴 울기 싫으시면."

무서운 여자 같으니.

창현은 이 여자가 제주도에서 창현에게 콧소리를 내며 들러붙던 그 여자와 동일인물이 맞는지 의심이 됐다.

연기는 배우가 아니라 지수가 해야겠다.

지수는 교체할 배우의 명단을 읊었고, 창현은 건성으로 들으며 호텔에서 어리둥절해할 슬희를 떠올렸다.

그 현장을 직접 보지 못한 게 아쉬웠다.

*　　*　　*

꿈 같은 일주일을 보냈다.

처음에는 어색했지만 호텔의 모든 시설을 이용하는 것도 어느새 익숙해졌다.

크고 넓은 수영장에서 수영도 하고, 성찬이 가득한 뷔페에서 저녁도 먹고, 고급스러운 바에 가서 와인도 한잔 기울이며, 럭셔리한 시간을 보냈다.

'두 번 다시는 경험하지 못할, 상류층의 생활이여. 이제는 안녕.'

체크아웃을 하는 날, 슬희는 호텔을 향해 영원한 이별의 인사를 건넨 후 집으로 향했다.

허름한 빌라 입구에 멈춘 슬희는 크게 숨을 들이마셨다.

4인 가족이 생활하는 24평의 오래된 빌라.

이게 현실이다.

'오늘 아침까지는 좋은 꿈을 꾼 거야. 이게 현실이고, 이걸 불편해하거나 슬퍼해선 안 돼. 지금까지처럼 씩씩하게 받아들여야 돼.'

슬희는 집으로 들어갔다.

다들 일하러 나가 있는 시간이라 집에는 아무도 없었다.

방으로 들어가자, 비좁은 공간이 확 덮쳐 오는 것처럼 느껴졌다.

지금까지는 신경 쓰지 않았던 곰팡이 핀 벽지가 유독 눈에 밟혔다.

슬희는 좁은 방을 둘러보며 쓴 미소를 지었다.

'그래, 이게 내 현실이야.'

*   *   *

단지 열흘 남짓한 휴가였는데도 늦잠에 익숙해진 몸을 일으키는 게 힘들었다.

간신히 침대를 벗어나 씻고 공들여 화장을 했다.

출근 첫날인데 후줄근한 모습으로 갈 수는 없었다.

새로운 근무지에 대한 긴장감과 기대, 그리고 창현에 대한 생각으로 머릿속이 복잡했다.

앞으로 창현을 어떻게 대해야 할까?

그저 호감 표시라고 하기에는 너무 큰 걸 받아버렸다.

'으으. 얘는 왜 그런 걸 줘 가지고 신경을 쓰게 만들지? 물론 감사하게 잘 지내다가 오긴 했지만.'

집에서 나와 전철을 탈 때까지 창현을 어떻게 해야 할지 고민했다.

'계속 고민한다고 답이 나오는 것도 아니고. 일단 흘러가는 대로 놔두자. 내가 예쁘고 좋아서 제멋대로 준 건데, 내가 계속 고민할 필요는 없잖아! 민창현이 꽃뱀한테 걸리든 말든 내가 신경 써야 할 문제도 아니고!'

슬희는 사람 많은 전철에 끼어 타며 깊은 한숨을 내쉬었다.

이렇게 다짐을 해도 또다시 신경 쓰게 될 것을 알기 때문이었다.

불편한 자세로 휴대폰을 꺼내 최신 뉴스를 읽었다.

북한이 어쩌고, 무슨 무슨 당이 어쩌고, 어느 과자에서 뭐가 검출돼서 어쩌고.

사회면을 읽다가 연예계 소식으로 넘어갔더니, 1위 기사가 배우 A씨의 일진설이었다.

'요새 이런 거 많이 뜨네.'

어릴 때는 남을 괴롭히면서 자신의 우월함을 증명하고 싶어 하는 아이들이 많다.

창현이 유독 괴롭힘을 당한 이유도 그래서일 것이다.

'창현이는 중학교랑 고등학교 때 괜찮았을까?'

그런 생각을 하며 기사를 클릭한 슬희는, 아래에 달린 댓글을 확인하고 인상을 찌푸렸다.

베스트 댓글이 배우 A씨의 실명이었고, 배우 A씨는 두엔 소속 연예인이었다.

'헐. 이거 큰일 난 거 아냐? 회사가 시끄럽겠네. 오늘이 첫 출근인데.'

슬희는 엔터테인먼트가 어떤 식으로 돌아가는지 전혀 알지 못했기에, 덜컥 걱정이 됐다.

'그러고 보니, 난 어느 부서에 발령을 받게 될까? 역시 회계팀으로 가려나?'

슬희가 본사에서 했던 일은 회계였다.

돈이 없어서 꿈을 포기한 후, 취업이 잘 될 것 같은 경영학을 선택했고, 본사에서는 회계팀 소속이 되었다.

항상 비슷한 일의 반복이라 지루했지만, 어느 일이든 마찬가지일 거란 생각으로 일을 해 왔다.

이번에는 좀 다른 일도 해 보고 싶지만, 연예계에도 관심이 없는 마당에 할 수 있는 일은 많지 않을 것 같았다.

슬희가 전철에서 내려 두엔을 향해 걸어가고 있을 때였다.

빵 ― !

자신의 옆에 멈춘 검은색 외제 차가 경적 소리를 내더니, 조수석 창문이 내려갔다.

슬희는 걸음을 멈추고 허리를 굽혀 안쪽을 확인했다.

우현이 운전석에 앉아 이쪽을 보며 환하게 미소를 지었다.

"이야, 여기서 또 보네요. 누나가 합격할 줄 알았어요."

우현을 다시 보게 될 줄은 몰랐는데, 우현은 슬희를 다시 볼 줄 알았다는 듯 자연스럽게 행동했다.

차를 세워도 되는 곳이 아닌 것 같은데, 우현이 차에서 내려 슬희에게 다가왔다.

"우현 씨도 합격한 거예요?"

"그럼요. 딱 봐도 합격할 것 같았잖아요."

"아뇨, 전혀요. 당연히 불합격일 거라고 생각했는데."

슬희의 냉정한 대답에, 우현이 놀란 듯 눈을 크게 떴다가 씩 웃었다.

"누나, 되게 가차 없네요."

"이슬희 씨겠지요."

"네?"

"제주도에서 우현 씨가 말했던 것 같은데요. 사적인 만남도 아닌 자리인데, 오빠, 동생 하지 말자고. 누나, 동생도 마찬가지 아닐까요?"

"아……."

처음으로 우현의 얼굴에서 미소가 사라졌다.

우현은 신기한 것을 보는 듯한 표정으로 슬희를 빤히 응시했다.

왜 이렇게 보는 거지?

슬희는 살짝 기분이 나빠졌지만 시선을 피하지 않았다.

이윽고 우현이 다시 미소를 띠었다.

"알겠어요, 슬희 씨. 내가 실수했네요."

"네, 그럼."

슬희가 다시 걸음을 옮기려 하자, 우현이 그녀의 손목을 잡았다.

슬희가 깜짝 놀라 손을 뿌리치자, 우현이 두 손을 살짝 위로 들었다.

"아, 미안해요. 차 타고 같이 갈까 싶어서."

슬희는 우현의 뒤로 보이는 고급스러운 외제 차를 흘끗 쳐다봤다.

"아뇨, 괜찮아요. 회사에서 봐요."

슬희는 휙 돌아서서 걷기 시작했고, 우현은 더 이상 슬희를 붙잡지 않았다.

슬희의 모습이 완전히 안 보이게 될 때까지, 우현은 그 자리에 가만히 서서 그녀의 뒷모습을 지켜보았다.

*　　　*　　　*

로비를 지키는 경비원이 무슨 일로 찾아왔느냐고 물었다.

오늘 첫 출근이라고 했더니, 3층에 있는 회의실로 가면 된다며 카드키로 엘리베이터를 작동시켜 주었다.

3층에 올라가 긴 복도를 걸어갔다.

양쪽으로 보이는 사무실 문에는 드라마 사업본부, 영화 사업본부, 음반 사업본부 등 본사에서는 볼 수 없었던 부서 이름이 붙어 있었다.

신기한 기분으로 구경을 하며 회의실에 도착했을 때, 회의실에는 이미 우현이 와 있었다.

"그러게 같이 차 타고 왔으면 좋았잖아요."

우현이 슬희를 맞이하며 말했다.

"됐어요. 아직 아무도 안 온 거예요?"

"우리가 제일 빨리 왔나 봐요. 다들 왜 이렇게 게으른지 몰라."

"글쎄요. 아직 약속 시간 전이고, 면접 때 늦은 사람이 할 말은 아닌 것 같은데요."

"우와, 그런 사소한 걸 기억해 주시다니. 기분 좋은데요."

"나한텐 그게 그렇게 사소한 일이 아니라서요. 내 인생에 지각은 없거든요."

슬희는 우현과 단둘이 있는 상황이 영 불편했다.

노골적으로 자신에게 호의를 표시하는 남자는 부담스럽다.

슬희는 우현에게서 멀리 떨어진 곳에 앉아 시선을 옆으로 돌렸다.

"누나, 아니, 슬희 씨. 원래는 무슨 일 했었어요? 본사 근무하다가 왔다는 소문이 있던데, 정말이에요?"

슬희가 대화하고 싶지 않다는 표시를 명확하게 했지만, 우현은 모르는 척 말을 걸었다.

"네, 정말이에요."

"본사는 어땠어요? 거기 일, 재미없죠?"

"일을 재미있어서 하는 건 아니잖아요."

"그래요? 난 여기 일, 되게 기대되는데. 연예인도 많이 만날 수 있고."

우현은 즐거워 보였다.

참 곱게 자란 도련님인 것 같다.

그러니까 뭐든 저렇게 즐거운 거겠지.

약속 시간이 다가오자 합격자들이 한 명, 두 명 도착했다.

김자웅, 최슬혜, 강영옥.

일주일 동안 동고동락했던 얼굴을 다시 보게 되니 반가웠다.

　인사를 나누고, 그동안의 근황에 대해 떠들고 있을 때, 문이 열리고 태윤이 들어왔다.

　"다들 오셨군요. 다시 한 번 인사드리겠습니다. 대표님의 비서인 정태윤입니다. 반갑습니다."

　"안녕하세요."

　합격자들이 입을 모아 인사를 했지만 슬희는 인사를 하는 대신 손을 들었다.

　"네, 말씀하세요."

　"저기, 합격자가 한 명 더 있는 걸로 아는데요."

　"네?"

　"저, 창현이, 아니, 민창현 씨도 합격을 했다고 들었는데."

　태윤은 한동안 대답하지 않고 슬희를 빤히 응시했다.

　심장이 덜컥 내려앉았다.

　설마 합격하지 못한 걸까? 자존심 때문에 합격한 척한 걸까?

　"합격자는 여러분이 전부입니다."

　태윤이 말했다.

　슬희는 주먹을 꽉 쥐었다.

　'창현아, 왜 그런 거짓말을 한 거야?'

　불합격한 줄도 모르고 새로운 회사 생활에 대해 신나게 떠들어 댔다.

　그런 나를 보는 창현의 마음이 어땠을지 생각하니, 가슴이 아팠다.

아침에 즐거웠던 기분이 순식간에 축 처졌다.

슬희는 가만히 고개를 숙였다.

"이제 대표님께서 들어오실 겁니다. 잠시만 기다려 주세요."

문이 열리는 소리가 들렸지만, 슬희는 대표님의 얼굴을 볼 기분이 아니었다.

'창현이가 붙었어야 했는데.'

"안녕하세요."

처참한 감정을 뚫고, 귀에 익은 목소리가 들려왔다.

'내가 창현이 생각을 많이 하긴 하나 보다. 이럴 때 창현이 목소리가 들리다니.'

그런 생각을 하며 고개를 든 슬희는……

"헉!"

테이블 맞은편에 서 있는 남자의 모습에, 바보 같은 소리를 내고 말았다.

청회색 정장을 입은 창현이 근사한 모습으로 맞은편에 서 있었다.

슬희는 얼어붙었다.

이게 무슨 상황이지?

창현의 눈동자가 합격자들을 한 명, 한 명 돌아본 후 마지막에 슬희에게서 멈췄다.

슬희에게 아는 체를 하듯, 그의 눈매가 살짝 가늘어졌다가 원래대로 돌아왔다.

슬희에게서 시선을 뗀 창현이 다시 입을 열었다.

"두드림 엔터테인먼트의 대표, 민창현입니다."

"거짓말……."

회의실이 조용해서, 슬희의 작은 중얼거림이 크게 울렸다.

하지만 다른 합격자들도 비슷한 생각을 하고 있었는지, 아무도 슬희에게 비난의 시선을 보내지 않았다.

면접 서바이벌에 회사 사람 한두 명이 잠입해 있을지도 모른다는 생각은 다들 하고 있었을 것이다.

하지만 대표가 그런 일을 할 거라고 예상한 사람은 아무도 없었다.

거기다가.

"두엔의 대표님은 민애리 대표님 아닌가요?"

자웅이 슬희가 묻고 싶었던 걸 물었다.

그랬다.

두드림 엔터테인먼트의 홈페이지에 들어가면, 대표가 '민애리'로 나온다.

대표 소개란에는 어디를 봐도 창현과는 다른 분위기의 30대 중후반 여성의 사진도 붙어 있었다.

"그랬던 적도 있었지요. 지금은 제가 맡고 있습니다."

"하지만…… 홈페이지에는 민애리 대표님 사진이던데."

"아직 홈페이지 업데이트를 안 했나 봅니다."

"혹시 지금도 면접 서바이벌 중인가요? 아니면 신입 환영용 몰래 카메라?"

다들 의심을 거두지 못하는 게 당연했다.

창현은 이렇게 흘러가는 분위기를 이해한다는 듯 너그럽게 신입들을 지켜보고 있었다.

"자, 의심은 여기까지 하시고요. 이제 여러분께서 일하실 부서 배정을 하도록 하겠습니다."

태윤의 사무적인 목소리가 분위기를 전환시켰다.

"각자 소망했던 부서에 발령하는 방향으로 했습니다. 김자웅 씨는 개발부, 최슬혜 씨는……."

태윤이 말하는 동안에도 슬희는 창현에게서 눈을 뗄 수가 없었다.

창현이 두드림 엔터테인먼트의 대표였다.

지금은 면접 서바이벌 중도 아니고, 몰래카메라를 찍는 건 더더욱 아니다.

20여 년 전 모두에게 구박을 받던 내 친구가, 몇 주 전 면접 서바이벌에서 동고동락을 했던 내 친구가, 그리고 불과 며칠 전 새로운 회사에 대해 대화를 나눴던 내 친구가.

사실은 앞으로 내가 다닐 회사의 대표다.

'민창현. 민애리. 민호성 회장.'

슬희는 주식회사 두드림의 회장이 민 씨라는 걸 떠올렸다.

'설마…… 민호성 회장에게 입양이 된 걸까? 왜지? 민호성 회장에게는 이미 자식들이 있는데…….'

아니, 이런 게 중요한 건 아니다.

어찌 되었든 저쪽 세계에 있는 사람들의 일이기도 하고, 남의 가정사이기도 한 부분이니 슬희가 신경 쓸 일은 아니었다.

중요한 건.

'나는 진심으로 네가 이 회사에 합격하길 바랐어. 다시 만나서 좋았고, 잘 자란 것 같아서 다행이라고 생각했어. 그런데 넌⋯⋯.'

아무것도 모르고 새 회사와 돈의 중요성에 대해 떠들던 내 모습이 그에게는 어떻게 비쳤을지 생각하니, 왈칵 화가 치밀었다.

'넌 재미있었니? 아무것도 모르는 내 모습을 보면서, 너는 즐거웠어?'

창현이 잘 자라서 다행이었다.

속사정은 모르지만, 부잣집에 입양되어서 번듯한 회사 하나를 맡게 된 것도 다행이었다.

하지만 그것과는 별개로 자신은 창피하고 민망하고 원망스러웠다.

'돈 자랑 좀 한 거니?'

이제야 그가 비싼 호텔의 스위트룸을 예약해 줄 수 있는 재력이 있다는 걸 알게 되었다.

'돈 타령하는 나한테 넌 그렇게 돈이 많다, 자랑 좀 한 거야?'

다른 의도도 분명 있겠지만, 이제야 창현의 진짜 모습을 알게 된 슬희는 그의 마음을 왜곡해서 받아들일 수밖에 없었다.

슬희는 고개를 숙이고 아랫입술을 살며시 깨물었다.

"우리 같은 부서네요."

정신을 차렸을 때, 회의실에는 슬희와 우현만 남아 있었다.

이미 부서 배정이 끝났고, 다른 사람들은 각자 맡은 부서로 이동한 후였다.

"우리, 어느 부서인데요?"

슬희의 질문에 우현이 재미있다는 듯 웃었다.

전부터 생각한 거지만 참 웃음이 헤픈 사람이다.

"드라마 사업본부요. 같은 부서라서 좋은데, 팀이 달라서 아쉽네요."

"우리, 무슨 팀인데요?"

"난 제작팀, 슬희 씨는 기획홍보팀이요."

기획홍보팀이라니.

그런 쪽 일은 전혀 해 보지 않았다.

다른 때라면 생각지도 못한 부서 발령에 당황했을 테지만, 지금은 그보다 더 큰 당황이 슬희의 머릿속을 차지하고 있었다.

마치 꿈속에 있는 것 같았다.

아니면 지금 진짜로 꿈을 꾸고 있는 거 아닐까?

"슬희 씨, 괜찮아요? 넋이 나간 것 같은데."

우현이 물었다.

"아뇨, 좀. 안 괜찮은 것 같아요."

"무슨 일인데요? 민창현 씨가 알고 보니 민창현 대표님인 게 그렇게까지 충격인 거예요?"

"네, 맞아요. 엄청요."

슬희의 솔직한 대답에 우현이 씩 웃었다.

"잘됐네요. 슬희 씨는 돈 많은 남자 좋다면서요? 면접 서바이벌 때 친구 먹은 민창현 씨가 알고 보니 부자라면, 앞으로 핑크빛 무드를 기대할 수 있는 거 아니겠어요?"

"아니겠어요."

"그럼요. 아니겠…… 네? 아니라고요?"

"네, 아니겠어요. 나랑 민창현 씨, 아니, 민 대표님 사이에는 그 어떤 색깔의 무드도 조성되지 않을 거예요."

"왜요? 민 대표님이 슬희 씨를 마음에 들어 하지 않을 것 같아서?"

"그런 문제가 아니라……."

나는 창현을 알고 있다.

두드림 엔터테인먼트라는, 이름만 대도 아는 회사의 대표인 그의 이름이 사실은 윤해성이라는 것을 알고 있다.

그는 그런 걸 하는 사람의 존재를 달가워하지 않을 것이다.

앞으로는 더더욱 '난 네 정체를 알아.'란 사실을 감춰야 할 것이고, 감추는 게 있는 사이에 '무드'라는 게 피어날 리 없다.

그의 마음이 어떠하든, 또 나의 마음이 어떠하든, 우리의 사이는 딱 여기까지다.

한때 속였던 남자와 속았던 여자. 그리고 이제는 속여야 하는 여자와 속아야 하는 남자.

"말했잖아요. 돈만 많아서 될 일이 아니라고. 내가 원하는……."

"수천 가지의 조건을 다 채워야 한다고요?"

"그래요."

"이야, 이슬희 씨는 진짜 칼 같네요."

"네, 그러니까 방금 내 어깨에 올리려던 손. 다시 내리세요. 이 칼로 잘라 버리기 전에."

슬희의 지적에 우현이 민망해하지도 않고 미소 지으며 손을 내렸다.

"어이쿠. 무서워라."

우현과 함께 회의실을 나오다가, 회의실 복도 맞은편에 서 있던 창현과 눈이 마주쳤다.

슬희가 나오기를 기다린 듯, 창현이 벽에 기대고 있던 등을 떼었다.

하지만 슬희는 시선을 휙 돌리고 아까 봤던 드라마 사업본부 쪽으로 걸음을 옮겼다.

슬희의 뒤를 따라가던 우현이 슬쩍 창현 쪽으로 시선을 돌렸다.

눈이 마주친 창현이 미간을 좁혔고, 우현은 '내 탓이 아냐.'라는 의미로 어깨를 으쓱해 보였다.

놀랄 일은 거기서 끝이 아니었다.

드라마 사업본부의 본부장이 각 팀의 팀장을 소개하겠다며 데리고 왔는데.

"정지수 씨?"

지수가 있었다.

남자들에게 콧소리를 내며 '오빠, 오빠.'거리던 여자.

슬희의 놀란 표정이 만족스러운 듯 지수가 생긋 웃었다.

"그래요. 그 정지수 씨랍니다. 되게 재수 없는 여자랑 다시 만나게 됐구나, 싶죠?"

"아뇨, 그냥…… 당연히 떨어지겠구나 싶었는데, 이런 곳에서 다시 보게 되니까 정말 놀랍네요."

"슬희 씨는 솔직하네. 난 솔직한 사람 좋아해요. 잘 부탁해요."

슬희는 얼떨떨한 기분으로 지수가 내민 손을 잡았다.

제주도에서와 달리 지수는 콧소리를 내지 않았다.

"우리 팀 사람들, 다들 괜찮아요. 팀원들 때문에 스트레스를 받는 일은 없을 거예요. 일이 힘들어서 그렇지."

지수가 팀으로 돌아가 팀원들에게 슬희를 소개시켜 주었다.

반갑게 맞이하는 팀원들과 인사를 한 후, 지수는 슬희를 데리고 사무실 밖으로 나왔다.

"일단 회사 구경 좀 시켜 줄게요. 겸사겸사 나도 땡땡이 좀 쳐야지. 골치 아픈 일이 있어서."

"일진설의 A씨요?"

"슬희 씨도 봤구나? 촬영 초읽기였는데 갑자기 터지는 바람에 우리도 곤란하게 됐어요. 아, 말 편하게 해도 돼요? 동고동락한 사이인데."

"네, 편하게 하세요. 그런데…… 아니, 아니에요."

나이를 묻고 싶은데 실례일 거라 생각해 입을 다물었다.

슬희의 마음을 읽은 듯 지수가 말했다.

"내 나이? 나 서른세 살이야."

"헐. 진짜 그렇게 안 보이세요. 20대 초중반 정도로 보였는데."

"맞아, 난 동안이지. 덕분에 연하들만 잔뜩 꼬여. 하여간 이쪽 일에 대해서 아는 건 있어? 본사에서는 회계팀이라고 들었는데."

"네, 맞아요. 왜 갑자기 이쪽으로 배정을 받은 건지 모르겠어요."

"그러게. 이쪽 일이 좀 힘들어서 어지간하면 회계팀으로 들어가는 게 편했을 텐데. 대표님이 굳이 이쪽으로 자기를 넣으라고 하더라고."

"대표님이요?"

"응. 이 팀에서 일해야 성취감을 느낄 수 있을 거라나 뭐라나. 무슨 청춘 드라마를 찍는 것도 아니고, 성취감은 개뿔."

창현의 결정에 대한 지수의 평가는 가차 없었다.

그러나 슬희는 창현의 따스한 배려를 느꼈다.

똑같이 흘러가는 회계팀 업무 대신 새로운 일을 하며 돈 버는 거 이상의 즐거움을 얻기를 기대한 배정일 것이다.

하지만.

'안 돼, 안 돼. 벌써 마음이 풀어지면 안 돼. 걔는 나를 속이고 그 모습을 보면서 즐거워했다고!'

슬희는 조금 더 삐친 기분을 유지하기로 마음을 다잡았다.

"어머, 호랑이도 제 말 하면 나타난다더니. 대표님이 왜 이런 시간에 여기서 어슬렁거리고 있지?"

지수의 말에 고개를 돌리자, 맞은편에서 걸어오는 창현이 보였다.

창현은 성큼성큼 걸어와 슬희와 지수의 앞에 섰다.

시선을 피하는 슬희와 다르게 지수가 고개를 빳빳이 들고 창현을 응시하며 물었다.

"왜요?"

"정 팀장한테는 볼일 없어. 이슬희 씨."

창현이 슬희에게 시선을 고정시킨 채 말했다.

"잠깐 나랑 얘기 좀 하지."

슬희는 뚱한 표정으로 창현의 뒤를 따랐다.

창현이 어디로 향하는지도 모른 채, 그의 발뒤꿈치만 보면서 걸었다.

이윽고 걸음을 멈춘 창현이 슬희를 돌아봤을 때, 슬희도 얼른 표정을 갈무리하고 창현을 올려다봤다.

"어떤 얘기를 하시려는 건가요? 사.장.님."

슬희가 '사장님'이라는 단어에 묘한 악센트를 주며 물었다.

슬희의 만면에 띤 생글생글 미소를 본 창현이 살짝 눈살을 찌푸렸다.

"화났어?"

"네? 제가요? 그럴 리가요. 저는 하.나.도. 화가 나지 않았어요, 사장님."

"슬희야."

"제 주제에 무슨 화를 내겠어요? 대단하신 두드림 엔터테인먼트의 사장님이신데. 설사 저를 속였다고 해도, 그런 일로 화를 낼 수는 없죠. 저는 전혀 화나지 않았어요, 사.장.님."

"……화가 많이 났군."

"에이, 그럴 리가요. 전혀 화나지 않았다니까요?"

"그럼 그런 식으로 웃지 마."

"이런 식이요? 아, 제 미소가 마음에 안 드시는구나. 그렇구나. 그럼 이 미소를 바꾸도록 힘껏 노력하겠습니다. 일개 사원일 뿐인데 당연히 사장님 말씀을 따라야지요."

"슬희야."

"그런데요, 사장님. 제 이름 좀 그만 불러 주실래요? 사장님은 사장님이고, 저는 사원일 뿐이잖아요. 하늘 같으신 사장님께 이름 불리는 영광을 자꾸만 내려받게 되면, 황송해서 숨을 쉴 수가 없어져요. 그러다가 저 죽으면 책임지실 거예요? 아, 물론 책임질 수 있으시겠죠. 사.장.님.이시니까."

창현은 웃는 가면을 뒤집어쓴 것 같은 슬희를 빤히 응시했다.

이 여자, 비아냥거리는 솜씨만큼은 일품이다.

이쪽을 정말로 하늘 같으신 사장님이라고 생각했다면, 이런 식으로 행동하지는 않을 텐데.

'정지수 팀장이랑 죽이 잘 맞겠군.'

창현은 속으로 한숨을 삼켰다.

정체를 밝혔을 때, 슬희가 화낼 것쯤은 예상하고 있었다.

자신의 친구가 알고 보니 대기업 사장이었다고 해서 두 팔 벌려 환영할 성격은 아니니까.

하지만 이 정도로 화를 낼 줄은 몰랐다.

아니, 이 정도로 화를 낼 뿐인데 이렇게나 난감한 기분이 들 줄은 몰랐다.

내 소중한 사람이 크게 화를 낼 때는 어떻게 행동해야 하는 걸까?

"어렵다."

저도 모르게 본심을 흘리고 말았다.

"뭐가요?"

다행히 아주 무시할 생각은 없는지, 슬희가 물었다.

"널 상대하는 거."

"아, 그러세요? 그러시겠죠. 원래 사장과 직원만큼 멀고 먼 관계가 없거든요. 그런데 그거 아세요, 사장님? 사장님이 직원을 대할 때보다 직원이 사장님을 대할 때가 더 어렵다는 거."

"속이려던 건 아니었어."

"아니긴요. 아주 작정하고 속이셨더만. 창업을 했는데 망하셨다고요? 어이쿠, 그럼 전 그 망해 버린 회사에 들어오려고 고군분투를 했던 거네요."

"이슬희 씨. 정지수 팀장한테도 이렇게 화냈어?"

슬희가 입을 꼭 다물었다가 잠깐 후에 대답했다.

"아뇨."

"그런데 나한테는 왜 이렇게 화를 내? 속인 건 정 팀장도 마찬가지잖아."

"그건!"

슬희가 고개를 번쩍 들었다.

잠시 그녀의 얼굴에서 미소가 사라졌다.

강아지처럼 동그란 눈 안에 여러 가지 감정이 아로새겨졌다가 사라졌다.

"우린."

슬희의 입술이 달싹거렸다.

"우린 따로 만났잖아."

"……."

"우리 서바이벌 후에도 따로 만났잖아. 그때라도 진실을 털어놓을 수는 없었던 거야? 그때, 사실은 내가 사장이다, 그렇게 말하면 안 됐던 거야? 서바이벌도 끝났는데?"

"말하려고 했어."

"그런데? 내가 널 똑같은 구직자로 오해하는 걸 보니까 재미있었니? 돈 때문에 전전긍긍하는 모습을 보여 주니까 즐거웠어?"

"내가 즐거운 부분은 그게 아냐. 난 그냥 너랑 대화하고, 너랑 같이 있는 게 즐거워."

창현의 솔직한 말에, 슬희는 숨을 멈췄다.

이렇게 돌리지 않고 직선적으로 던져 오는 진심이 당혹스러운 한편 가슴 부근을 간지럽게 만들었다.

이런 와중에도 설레는 자신이 바보 같아서, 슬희는 주먹을 꽉 쥐었다.

"사장이라는 걸 얘기하면 계속 그렇게 있을 수 없을 것 같았어."

"아, 그래? 그거참 똑똑하네."

슬희는 마음을 다잡았다.

창현은 두드림 엔터테인먼트의 사장이다. 그뿐 아니라 어째서인지 민호연 회장의 아들이 되었다.

그렇다면 더더욱 그의 과거가 알려져서는 안 된다.

그의 과거를 아는 내가 그와 가까워져서 좋을 건 없었다.

"사장님 말씀대로예요. 우린 계속 이렇게 지낼 수 없어요. 면접 서바이벌에서 만난 사장님의 신분은 가짜. 그렇다면 제게 있어서 민창현이란 사람과의 만남 역시 가짜예요. 가짜 인맥을 유지할 생각은 없어요, 사장님."

"이슬희 씨."

"화나지 않았어요. 좀 전엔 화가 났지만, 제가 만났던 민창현이란 사람은 가짜니까, 이제 화도 안 나요. 전 그냥 오늘 처음으로 사장님을 만났다고 생각하려고요. 그러니까 사장님. 오늘 처음 만난 직원 나부랭이의 감정을 신경 쓰실 거 없어요."

창현의 표정이 어두워졌다.

그의 표정이 어두워지는 게 싫었다. 위로해 주고 싶지만 그건 이제 내 몫이 아니다.

그는 더 이상 혼자서 오도카니 앉아 하늘만 보던 소년이 아니다.

"그럼 앞으로 잘 부탁드려요. 그만 가 보겠습니다."

"아니."

창현이 돌아서려는 슬희의 손목을 잡았다.

"이슬희 씨에게는 그럴지도 모르겠어. 이슬희 씨가 날 처음 만난 사장님으로 생각하겠다면, 그래. 그걸로 좋아. 하지만 난 아냐. 나에게 있어선 그때의 나도, 지금의 나도 진짜야. 그러니까 약속은 지켜 줘야겠어."

"약속?"

어리둥절한 표정의 슬희를 보며 창현이 씩 웃었다.

"커피 사 주기로 했잖아. 매일. 내가 됐다고 할 때까지."

　　　　　*　　　*　　　*

　대표이사실 문을 열려던 태윤은 문고리를 잡은 채로 멈췄다.

　안에서 희미하게 말소리가 새어 나오고 있었다.

　"우린 따로 만났잖아."

　귀에 익은 목소리.

　슬희의 목소리라는 걸 곧바로 알아챘다.

　'무슨 얘기들을 하는 거지?'

　남이 하는 얘기를 훔쳐 듣는 취미는 없다.

　이쯤에서 문고리를 놓고 돌아서야 한다는 걸 아는데 꼼짝도 할 수가 없었다.

　안에서 도란도란 흘러나오는 대화가 태윤의 귀에 콱콱 박혔다.

　슬희의 말은 아무래도 좋았다.

　중요한 건 창현의 말투였다.

　'왜 저렇게 애원을 하는 거야? 저런 말도 안 되는 이유까지 붙여서.'

　다른 사람은 눈치 못 챌지도 모른다.

　창현의 음성은 낮고 단조로우니까.

　하지만 창현을 오랫동안 옆에서 봐 온 태윤은 알 수 있었다.

　그가 슬희의 마음을 풀어 주기 위해, 슬희의 마음을 얻기 위해 안달복달하고 있음을.

　대화를 들으면 들을수록 심장이 싸늘하게 식어 갔다.

　차게 식은 심장에서 시작된 혈액이 손가락 끝까지 얼어붙게 만들었다.

'쟤가 왜 저러는 거야?'

이해할 수가 없었다.

이해하고 싶지도 않았다.

오랫동안 곁에 있어 준, 손발이 되어 움직여 준 내가 아닌 다른 여자에게 애원하는 창현의 행동, 그걸 어떻게 이해할 수 있겠는가.

"커피 사 주기로 했잖아. 매일. 내가 됐다고 할 때까지."

"그거 진심이었어요?"

"난 항상 진심이야."

"그런 것치고 거짓말은 잘도 하던데."

"매일 오후 한 시. 나는 커피를 마실 거야. 커피는 샷 둘……."

"샷 둘, 물은 반 잔만. 시럽 두 번. 생크림 가득. 맞죠?"

"기억하고 있었군."

"이래 봬도 머리가 대단히 나쁘지는 않거든요."

"1층 커피숍에서 나한테 줄 거라고 말하면 알아서 타 줄 거야. 오후 한 시. 늦지 말고 여기로 와."

"돈도 많으신 분이 벼룩의 간을 빼 드시려고 작정을 하셨군요."

"직원 할인되잖아. 내 허벅지를 쓴 값은 제대로 지불해야지. 이슬희 씨는 나랑 인맥 유지할 생각 없다면서. 친구가 아니라면 그만큼 제대로 값을 치러야 하는 거 아냐?"

"그걸 또 그렇게 받아치시네. 알겠어요, 대단하신 사.장.님. 제 목줄을 쥐고 계시는데, 감히 거부할 수 없겠죠. 제 간, 아주 실컷 빼 드시지요. 배탈 나실 겁니다."

"걱정 마. 건강 체질이거든."

궁금했다.

저 안에서 창현이 어떤 표정을 짓고 있을지.

저렇게 즐거워하는 듯한 창현의 말투는 처음 들었다.

나는 한 번도 본 적 없는, 나는 한 번도 이끌어 낼 수 없었던 창현의 얼굴을 보는 슬희는 어떤 표정을 짓고 있을까.

그녀는 알기나 할까?

창현은 잘 웃지 않는다는 걸.

저렇게 장난치는 일도 없다는 걸.

언제나 차갑고 두꺼운 갑옷으로 주위를 견고하게 막아 내고 있다는 걸.

슬희는 알고나 있을까.

내가 그 갑옷 안을 엿보기 위해 얼마나 노력했는지.

그 노력이 얼마나 길고 길었는지.

그럼에도 볼 수 있는 것이 얼마나 없었는지.

달칵—

문이 열렸다.

밖에 아무도 없을 줄 알았던 슬희가, 태윤을 보고 화들짝 놀랐다.

눈을 동그랗게 뜬 슬희는 강아지 같았다.

귀엽고 사랑스러운 강아지. 어느 누구라도 예뻐할 수밖에 없는 강아지.

"아, 비서님. 안녕하세요."

꾸벅 인사를 하는 슬희를 보며, 태윤은 생각했다.

'나, 이 여자가 싫어.'

끔찍이도.

*　　*　　*

예감하고 있었는지도 모르겠다.

창현이 이슬희라는 이름에 반응을 보였을 때부터, 그녀를 싫어하게 될 거라는 걸 마음 깊은 곳에서는 알고 있었는지도 모른다.

문을 열자 대표실로 들어가는 창현의 뒷모습이 보였다.

"창현아."

태윤은 작은 목소리로 그의 이름을 불렀다.

창현이 걸음을 멈추고 태윤을 돌아봤다.

그는 알까.

나의 이 부름에 그가 응답해 주는 것이, 내게는 커다란 기쁨이라는 걸. 이런 마음을 아주 오랫동안 가슴속에 품고 살아왔다는 걸.

'모르겠지.'

태윤은 창현에게 다가갔다.

"이슬희 씨가 나가던데."

"아아, 그래."

"여기엔 왜 왔던 거야?"

"그냥 할 이야기가 좀 있어서."

"그래?"

무슨 얘기?

묻고 싶었다.

이슬희 씨랑 무슨 얘기 했어?

그러면 창현은 솔직하게 말할까, 아니면 거짓말을 할까?

궁금했다.

하지만 여기까지만 물어야 한다는 걸, 태윤은 알고 있었다.

창현이 말해 줄 생각이 있었다면 이미 자신에게 말해 줬을 것이다.

그가 스스로 말하지 않은 것을 깊이 알려고 하면, 간신히 다가선 그와의 거리가 순식간에 멀어지리라는 걸, 태윤은 알고 있었다.

이렇게나 조심스러운 사람이었다.

이렇게나 애틋한 관계였다.

그런데 슬희는 태윤이 10년에 걸쳐 좁힌 창현과의 거리를 단숨에 좁혔다.

그래서 싫다.

하지만.

'미워하면 안 돼. 이 마음을 창현이한테 들키면 안 돼. 창현이 곁에 있으려면, 창현이가 좋아하는 사람을 나도 좋아해야만 돼.'

"뭐였어?"

사무실로 들어가자마자 지수가 덮치듯 다가와서 물었다.

드라마 기획홍보팀의 다른 팀원들도 눈을 번쩍번쩍 빛내며 슬희를 보고 있었다.

"네? 뭐가요?"

"방금 전에 말이야. 대표님. 대체 뭐였어? 왜 슬희 대리를 납치한 거야?"

"아뇨, 납치는 아니었는데. 그냥 못 끝낸 이야기가 있어서 이야기를 좀 했어요."

"못 끝낸 이야기? 슬희 대리랑 대표님은 못 끝낸 이야기가 있을, 그런 관계인 거야?"

"면접 서바이벌 때 좀…… 하여간 별 얘기는 안 했어요."

"흐음."

지수가 눈을 가늘게 떴다.

슬희의 말을 못 믿는 눈치였지만 더는 캐묻지 않았다.

"그래, 뭐. 슬희 대리가 그렇다면 그런 거겠지. 대표님과 슬희 대리의 사적인 관계에 대해서 계속 물어보면 안 될 것 같기도 하고."

"아뇨, 사적인 관계 같은 건 전혀 없는데요."

"글쎄. 아무튼, 일 좀 배우자. 이쪽 일은 처음이라고 했지?"

"네, 앞으로 잘 부탁드립니다."

첫날은 일을 배우느라 정신없이 지나갔다.

드라마 기획홍보는 슬희에게는 전혀 알지 못하는 세계, 알려고 한 적도 없었던 세계였다.

새로운 세계에 대해 배우는 건 어렵지만 즐거운 일이었다.

"첫날이니까 신입 환영 파티 해 줘야지. 슬희 대리, 시간 있지?"

퇴근 시간이 되자 지수가 물었다.

"네, 있어요."

"뭐 좋아해? 모처럼 들어온 신입이니까 맛있는 거 먹자."

"전 고기면 좋아요."

"고기, 좋지. 재현 대리, 저번에 우리 갔던 그 집 있잖아. 거기 예약 안 해도 갈 수 있나?"

"그냥 제가 예약할게요. 몇 명 할까요?"

"제작팀에도 신입 들어왔으니까 겸사겸사 같이하면…… 서른 명 정도면 되지 않을까?"

"네, 그럼 서른 명 예약합니다."

두드림 엔터테인먼트는 본사보다 연봉이 높아서 일이 더 힘들고 경직된 분위기일 줄 알았다.

하지만 직원들의 분위기도, 일하는 분위기도 본사보다 자유롭고 유쾌했다.

슬희는 본사에서 대리 직급이었던 것을 인정받아 두엔에서도 대리로 근무하게 됐다.

드라마 사업본부 기획홍보팀은 열네 명으로, 팀장인 지수와 부팀장인 윤배가 이끄는 팀이었다.

윤배는 안경을 쓴 깐깐한 인상의 서른다섯 살 남자로, 슬희의 교육을 담당했는데 외모와 다르게 친절하고 꼼꼼하게 잘 가르쳤다.

"난 오늘 패스."

"왜요, 부팀장님."

"와이프 생일이라서."

"아, 그럼 어쩔 수 없죠. 언니한테 생일 축하한다고 전해 주세요."

"응, 먼저 퇴근할게."

윤배는 지수보다 직급은 아래였지만 입사 선배라고 했다.

나이도 많고 입사 선배인 윤배를 두고 팀장이 된 지수는 보기와 다르게 능력이 있나 보다고, 슬희는 막연히 생각했다.

여섯 시가 조금 지나 기획홍보팀은 예약해 둔 고깃집으로 이동했다.

고깃집은 3층짜리 건물을 통째로 사용하는 넓고 유명한 가게였다.

3층으로 통째로 빌렸는지, 벌써 손님이 많은 1, 2층과 다르게 3층은 비어 있었다.

자리를 잡고 주문을 한 지 얼마 지나지 않아, 제작팀 사람들도 도착했다.

거기엔 우현도 있었는데, 우현은 슬희의 옆자리가 빈 걸 확인하고는 슬그머니 슬희의 옆에 가서 앉았다.

고기를 굽느라 정신이 없었던 슬희는, 밥그릇 위에 올려진 고기를 본 후에야 옆에 우현이 앉아 있다는 걸 깨달았다.

"언제 왔어요?"

"좀 전에요. 먹으면서 해요."

"이런 거 챙겨 줄 정신 있으면."

슬희는 들고 있던 집게를 우현에게 건넸다.

우현이 의아하다는 눈으로 집게를 쳐다봤다.

"고기나 구우시죠?"

"난 고기 구워 본 적 없는데."

"아, 그러세요? 되게 귀하게 자라셨나 보네."

"네, 좀. 그래 보이지 않아요?"

"글쎄요. 그래 볼 만큼 우현 씨를 진지하게 본 적이 없어서요. 내 눈엔 그저 고기 하나 못 굽는, 쓸모없는 남자로만 보이네요."

"에이, 그건 너무 가차 없는 평가다. 고기 굽는 게 남자의 필수 조건은 아니잖아요."

"적어도 나한테는 필수 조건이에요."

"아, 그 수천 가지의 조건 중 하나?"

"네."

"그럼."

우현이 다시 고기를 굽기 시작한 슬희의 손 위에 자신의 손을 살며시 겹쳤다.

슬희가 화들짝 놀라 손을 거두고 우현을 노려봤다.

우현은 아이돌 같은 얼굴에 상큼한 미소를 지으며 손을 내밀었다.

"집게 줘요. 고기, 잘 구워 볼게요."

*　　*　　*

"어디 가?"

대표실에서 비서실로 나오는 창현에게 물었다.

창현은 슬쩍 시선을 돌려 벽면에 붙은 시계를 확인하며 말했다.

"회식이 있다더군."

"회식?"

"신입 환영 회식."

태윤은 창현을 빤히 응시했다.

조금 전 드라마 사업본부의 본부장이 일 때문에 들렀다가 갔다.

그때 이야기를 들었나 보다.

"드라마 본부 회식이야?"

"응."

"원래 그런 데 안 가잖아."

"가 봐야지."

"그럼 김자웅 씨나 최슬혜 씨 쪽 환영 회식도 가야겠네. 개발팀은 내일 신입 환영 회식한다던데. 바쁘겠다."

창현이 태윤을 돌아봤다.

"무슨 말을 하고 싶은 거지?"

하고 싶은 말은 많았다.

너, 원래는 신입 환영 같은 데에 관심 없잖아.

부서 회식 때 불러도 안 가잖아.

이슬희 때문에 가려는 거지?

그 여자, 대체 너의 뭔데? 왜 갑자기 그 여자에게 그렇게 꽂힌 건데?

넌 누구에게도 관심 없었잖아.

수많은 여자들이 접근해도 전부 다 밀어냈잖아.

민 회장님이 소개시켜 준 좋은 집안 여자들까지도 거절해서, 민 회장님과 싸우기도 했잖아.

그런데 왜 이슬희야? 그 여자의 어떤 점에 그렇게 끌리는 거야?

목 안에서 맴도는 수많은 말을 꿀꺽 삼켰다.

마음을 차분히 가라앉히고 표정을 갈무리했다.

평소처럼 느긋한 미소로 입가를 마무리하며, 창현을 똑바로 응시했다.

"무슨 말일 것 같아?"

"글쎄. 몰라서 묻는 건데."

"드라마 본부장님이 왜 찾아오셨지? 신입 환영 회식 소식을 알려주러 찾아오셨던 거야?"

창현이 입을 꾹 다물었다.

볼우물이 파일 정도로 입술을 굳게 다문 저 표정은, 창현이 심통 났을 때 짓는 표정이었다.

태윤은 창현의 심통 난 표정이 참으로 좋았다.

"인터넷은 아직도 A씨의 일진설 때문에 떠들썩해. 드라마 본부도, 매니지먼트 쪽에서도, 경영 총괄 본부도 해결 방안을 모색해서 기획서를 올렸잖아. 그거, 다 읽긴 한 거야?"

창현은 대답하지 않았다.

"정신 좀 차려, 민창현. 이 회사, 아직 네 거 아냐. 애리 언니 사진, 이제 슬슬 네 사진으로 바꿀 때도 됐잖아. 요새 왜 그렇게 팔랑거리면서 돌아다니는 건지 모르겠는데, 그러다가 애리 언니 그물망에 잡혀서 다시 갇히고 싶어?"

태윤의 매서운 질책에 창현의 눈빛이 달라졌다.

"아니, 그럴 순 없지."

"그럼."

태윤이 대표실 문을 가리켰다.

"얼른 보고서들 읽고 결재해 줘."

창현이 순순히 대표실로 들어가는 모습을 보며, 태윤은 안도했다.

창현이 지금 슬희를 어떻게 생각하든 문제없다.

슬희는 창현을 모른다.

그의 과거도, 그가 짊어진 짐도, 그의 상황도, 슬희는 전혀 모르고 있다.

슬희가 아무리 예쁘고 사랑스러워도, 창현에게 필요한 건.

'나야.'

지금 당장은 창현이 슬희에게 끌리고 있을지도 모르지만, 결국 창현의 신뢰를 받고 창현을 이끌어 줄 수 있는 사람은.

'나밖에 없어.'

그러니까.

'창현이는 내 거야.'

*   *   *

불판 위의 고기를 응시하는 사람들의 입술은 굳게 다물려 있었다.

'저건 뭘까?'

다들 같은 생각을 하고 있었다.

'대체 어떻게 해야 저런 게 되지?'

불판 위에는 한때 고기였던 무언가가 새까맣게 타들어 가고 있었다.

한때 고기였던 무언가의 정체를 알아내기 위해 가만히 살펴보던 이들의 시선이, 집게를 들고 있는 우현에게로 향했다.

우현은 언제나 그렇듯 상큼한 미소를 지었다.

"왜들 그렇게 보세요?"

"그걸 몰라서 물어요, 민우현 씨?"

맞은편에 앉아 있던 지수가 무척이나 심기 불편한 표정으로 되물었다.

"아주 모르는 건 아니고, 약간은 알 것도 같은데요. 사실 결과보다는 과정이 중요한 거 아니겠어요? 전 노력했습니다."

비싼 한우 1인분을 어디에도 못 쓰게 만들어 버린 우현은 당당했다.

"저 화상한테 고기 맡긴 멍청이는 누구야?"

지수의 투덜거림에 슬희는 움찔했다.

'그 멍청이는 나랍니다.'

슬희는 슬그머니 손을 뻗어 우현이 꼭 쥐고 있는 집게를 빼앗아 왔다.

"이제 제가 구울게요."

"됐어, 슬희 대리. 하진 씨가 고기를 기가 막히게 구워. 하진 씨한테 맡겨."

"네, 제가 구울게요."

옆 테이블에 앉아 있던 하진이 선뜻 자리를 옮겼다.

지수의 말대로 하진은 고기를 기가 막히게 구웠다.

"역시 자기는 고기 하나는 끝내주게 굽는다니까. 어쩜 이렇게 육즙이 가득하지?"

"이게 다 팀장님의 사랑 덕분이죠."

"하여간, 말은 잘해."

지수와 하진이 서로를 마주 보며 키득키득 웃었다.

이 두 사람은 그저 회사 상사와 부하 사이 같지 않게 친근해 보였다.

고기를 먹고 술잔을 기울이며 분위기가 무르익었다.

처음에는 신입인 슬희와 우현이 주제였는데, 시간이 지나자 친한 사람들끼리 자기들만 아는 대화를 하기 시작했다.

누군가는 연인 이야기를, 누군가는 회사 이야기를, 누군가는 TV 프로그램 이야기를, 시끌벅적하게 나누는 동안 슬희는 묵묵히 고기만 먹었다.

다른 사람들은 슬희의 단호하고 명쾌한 행동을 보며 슬희가 붙임성 좋을 거라고 생각하지만, 사실 슬희는 낯가림을 하는 편이었다.

친해지면 스스럼없이 끼어들어 대화를 나눌 수 있는데, 그렇지 않을 때는 대화에 끼어들기가 어려웠다.

슬희와 다르게 우현은 이 대화에도 끼고, 저 대화에도 끼면서 잘 놀고 있었다.

하지만 슬희가 말없이 고기만 먹는 걸 보더니, 슬희에게 말을 걸기 시작했다.

"슬희 씨. 일은 좀 어때요?"

"슬희 씨, 이런 프로그램 본 적 있어요?"

"아, 슬희 씨. 그거 알아요?"

우현은 슬희가 즐겁게 대답할 수 있을 만한 주제로 대화를 이끌어 갔다.

자신을 부러 챙겨 주는 우현을 보며 슬희는 그에 대한 평가를 너무 빠르게 내렸던 것이 아닌가 싶었다.

우현의 여자관계가 어떻든, 성격 자체가 나쁘지는 않은 것 같았다.

"우현 오빠."

세련된 원피스를 입은, 앳된 얼굴의 여자가 우현의 어깨를 두드리며 말을 걸어온 건, 슬희가 막 우현에 대한 평가를 바꾸려던 참이었다.

그 시끄러운 분위기 와중에도, 낯선 여자의 등장과 '우현 오빠'라는 호칭, 그리고 여자의 묘한 표정은 모두의 시선을 잡아끌기에 충분했다.

다들 말을 멈추고 이쪽을 돌아봤는데, 우현의 바로 옆자리에 앉아 있던 슬희는 자신에게 시선이 꽂히는 것만 같아서 마음이 불편했다.

정작 시선을 받고 있는 우현은 그렇지도 않은지, 느긋하게 몸을 돌려 뒤에 서 있는 여자를 올려다봤다.

여자의 얼굴을 찬찬히 살피던 우현의 입가에 옅은 미소가 번졌다.

"누구지?"

"농담이지? 나, 미현이야. 김미현!"

"아, 미현이. 알지."

우현이 일어났다.

"어쩐 일이야, 여긴?"

"친구들이랑 놀러 왔어."

미현이 뒤쪽을 가리켰다.

다른 테이블에 앉아 있던 여자들 세 명이 이쪽을 보다가, 우현과 눈이 마주치자 살짝 고개를 숙였다.

"그래. 잘 지냈어? 더 예뻐졌네."

"예뻐지긴. 무슨."

우현의 자연스러운 칭찬에 미현의 얼굴에 홍조가 떠올랐다.

안 좋은 분위기로 다가온 미현을 말 한마디로 누그러지게 만든 우현이 대단했다.

"아냐, 정말 더 예뻐졌어. 그 원피스, 진짜 잘 어울린다. 어디서 산 거야?"

"이거, 오빠가 사 준 거잖아."

"아, 맞다. 그랬지. 명동 백화점에서 샀던가?"

미현이 눈살을 찌푸렸다.

"오빠, 나 기억 못 하는 거지?"

"아냐, 기억 못 하다니."

"못 하는 거잖아. 나랑 언제 어디서 만났는지, 기억해? 내 나이가 몇 살인지, 어느 대학에 다니는지, 알고 있어?"

미현이 다다다 쏘아붙이듯 묻자, 우현의 얼굴에서 미소가 잠깐 사라졌다가 다시 떠올랐다.

"미안. 사실은 기억 못 해."

"어떻게? 오빠가 어떻게 그래? 갑자기 연락을 끊은 것도……!"

"쉿."

우현이 검지로 미현의 입술을 꾹 눌렀다.

미현이 눈을 크게 뜨고 우현을 올려다봤다.

"거기까지만 하자. 여기에 내 애인이 있어서. 나 지금 내 애인한 테 푹 빠져서 내 애인이 기분 상하는 모습을 보고 싶지 않거든. 내 과거 이야기, 알게 하고 싶지 않아."

"말도 안 돼!"

미현이 우현의 손을 뿌리쳤다.

"오빠가 애인한테 푹 빠졌다고? 무슨 말도 안 되는 소리야? 오빠 는 한 여자만 못 만난다며? 나, 그것도 이해했어. 오빠가 나 말고 다 른 여자들 만나도……!"

"쉿. 거기까지만 하자니까."

우현이 다시 검지로 미현의 입술을 눌렀고, 미현은 아까처럼 우 현의 손을 뿌리쳤다.

"누군데? 오빠의 그 잘난 애인."

"말해 주지 않을 거야. 해코지할 거잖아."

"해코지 안 해. 사람이 이렇게 많은데 해코지는 무슨 해코지야?"

"사람이 이렇게 많은데 시끄럽게 굴고 있잖아. 지금 이것도 해코 지인데?"

"난 오빠의 그런 면이 정말 싫어. 오빠는 모든 게 다 장난 같지?"

"그럼 잘됐네. 너도 내가 싫고, 나도 네가 싫고."

미현이 아랫입술을 세게 깨물었다.

"누군데? 말해 봐. 나보다 예뻐?"

"응, 예뻐."

"나보다 학벌도 좋고?"

"응, 좋아. 나랑 같은 회사 사람인 거 보면 모르겠어?"

"아, 회사…… 회식 중이었어?"

"응, 보다시피."

"죄송합니다. 소란 피워서요."

미현이 회사 사람들을 돌아보며 꾸벅 사과했다.

이런 와중에도 사과를 잊지 않는 미현의 모습이, 슬희의 눈에는 귀여워 보였다.

"아무튼 그래서 누군데? 설마……."

회사 사람들을 쭉 둘러보던 미현의 눈이 슬희에게서 멈췄다.

"이 여자야?"

미현이 슬희를 가리키며 물었다.

슬희는 움찔했지만 미현의 시선을 피하지는 않았다.

우현의 애인이 아니니까 피할 이유가 없었다.

"응, 이분이야. 내 애인."

하지만 우현은 슬희의 예상에서 벗어난 답변을 내놓았다.

"예쁘지?"

우현의 손이 슬그머니 슬희의 어깨 위로 올라왔다.

보통은 이런 순간 슬희의 입장에 빠진 여자들은 당황해서 굳어 버리거나, 우현을 돕기 위해 말을 맞춰 준다.

회사 사람들은 슬희 역시 그럴 거라고 생각했다.

하지만 슬희가 보인 행동은 모두의 예상을 벗어났다.

슬희는 어깨에 놓인 우현의 손을 가만히 떼어 내고 일어나 미현을 마주 보고 섰다.

"이 사람은 내 애인이 아니에요, 김미현 씨. 기분 나쁜 오해는 안 하셨으면 좋겠어요."

"네?"

"전 남자 보는 눈이 굉장히 높거든요. 민우현 씨 같은 남자, 돈 주고 사귀라고 해도 안 사귈 거예요."

"저기요, 저 지금 여기 있거든요."

가차 없는 평가를 당한 우현이 손을 흔들었지만, 슬희의 시선은 미현에게 고정되어 있었다.

미현도 홀린 듯 슬희를 응시했다.

"여자관계 복잡한 남자는 최악이에요. 모든 일에 장난인 남자도 최악이고요. 이런 상황을 모면하려고 거짓말을 하고 상관없는 타인을 끌어들이는 남자도 최악이에요. 삼세 번이라는 말이 있죠? 최악인 점이 세 번이면 두 번 볼 것도 없어요. 이런 남자 사귀기에는 인생이 너무 아깝지 않겠어요?"

회사 사람들이 있는 자리인데도 슬희는 적당히 끝내지 않았다.

"김미현 씨, 젊고 예쁘고 듣자 하니 대학도 좋은 곳 다니고. 여러 가지로 사랑스러운 인생인데, 최악인 남자 만나서 속 끓이고 힘들어할 필요 없잖아요. 이런 남자보다 괜찮은 남자, 세상에 넘치고 넘칠 텐데. 남자 보는 눈이 좀 낮은 편인 것 같은데, 갈고닦아서 최악을 찾아볼 수 없는 남자를 만나는 게 어때요?"

"……."

"제 잔소리는 끝. 저한테 뭐 할 말 있어요?"

"되게 별꼴이시네요. 애인 아니면 아닌 거지, 무슨 잔소리가 그렇게 길어요? 됐어요. 갈래요."

미현이 휙 돌아서서 친구들에게로 돌아갔다.

슬희도 회사 사람들을 향해 돌아섰다.

모두가 숨을 죽이고 슬희를 보고 있었다.

우현이 민호연 회장의 막내아들이라는 사실은 공공연하게 알려진 일이었다.

상대가 누구든 거침없는 지수를 제외하면 다들 우현을 조심스럽게 대하고 있었다.

그런데 지금 지수 이상으로 우현을 거침없이 대하는 사람이 생겼다.

대단한 민호연 회장의 막내아들 면전에서 최악, 최악, 최악을 세 번이나 주장한 인물.

슬희는 아까처럼 다소곳하게 자리에 앉더니, 맞은편의 지수에게 조심스럽게 물었다.

"저, 물냉면 하나 주문해도 될까요?"

*　　　*　　　*

서둘러 일을 끝내고 시간을 확인했다.

밤 열 시.

이제 슬슬 회식도 마무리를 할 시간이다.

마음이 급해지는 이유는 슬희의 술버릇과 우현 때문이었다.

술에 취한 슬희는 너무 귀엽고, 우현은 손이 빨랐다.

우현이 귀엽고 사랑스러운 슬희에게 몹쓸 짓이라도 할까 봐, 걱정이 되었다.

서류를 정리하고 일어나서 비서실로 나왔더니 태윤이 책상 앞에 앉아 있었다.

태윤은 창현이 야근을 해야 할 때면 항상 함께 야근을 했다.

평소에는 그런 태윤에게 고마웠지만 오늘은 아니다.

"일은 끝난 거야?"

"응."

"고생했어."

"너도. 그만 들어가지."

"그러려고 했는데 오늘 밤에는 상의를 좀 해야 할 것 같아."

"상의?"

"애리 언니랑 회사 대표 자리 문제로."

그 문제를 하필이면 지금 상의하려고 하는 태윤 때문에 가슴이 답답해졌다.

하지만 애리의 문제를 나중으로 미루자고 할 수도 없었다.

창현은 의자를 끌어와 책상 맞은편에 앉았다.

"그래, 해 봐."

"여기서?"

"그럼 어디서?"

"우리, 이런 문제는 회사 밖에서 해 왔잖아. 날씨도 좋은데 한강에서 치맥. 어때?"

태윤의 말대로 집안사람들과 관련된 이야기는 회사가 아닌 곳에서 해 왔다.

혹시라도 타인의 귀에 들어갈까 염려가 되었기 때문이다.

지금껏 그래 온 것을 오늘만 안 그러겠다고 할 수는 없었다.

태윤은 눈치가 빠르다.

태윤에게 슬희를 향한 이 감정을 들킬 수는 없었다.

스캔들이 걱정되는 게 아니었다.

어린 시절부터 품어온 이 애틋하고 소중한 감정을, 어느 누구에게도 내보이고 싶지 않을 뿐이다.

태윤은 물론이거니와 슬희에게도.

내 어두웠던 삶을 밝혀 준 단 하나의 빛이, 스캔들 따위로 변질되는 걸 원치 않았다.

"그래, 한강에서 치맥."

창현은 태윤과 함께 일어났다.

주차장에 세워 둔 차를 타고 한강으로 향하는 동안, 창현의 머릿속에는 슬희뿐이었다.

'민우현이 슬희한테 안 좋은 짓을 하면 안 될 텐데.'

*   *   *

열한 시쯤 되자 회식 자리가 마무리되었다.

먼저 간 사람들도 있어서, 2차 장소인 호프집에서 나왔을 때 인원은 처음보다 3분의 2 정도로 줄어 있었다.

"3차 갑시다, 3차!"

누군가가 외쳤다.

"자기는 어쩔 거야? 3차 갈 거야?"

아까보다 친해진 지수가 슬희에게 작은 목소리로 물었다.

"아뇨, 3차까지는 힘들 것 같아요. 팀장님은요?"

"3차는 아마 노래방 갈걸. 난 노래방 좋아하거든. 굳이 3차까지 갈 필요 없으니까 조용히 빠져나가. 인사하고 가면 붙들리니까."

"네, 그럼 먼저 가 볼게요."

"응, 내일 봐."

지수에게만 인사를 하고 3차 장소로 이동 중에 슬며시 빠져나왔다.

전철이 운행 중인 시간이었기에 전철역으로 걸어갔다.

회사가 많은 곳이라 그런지, 늦은 시간이 되자 거리를 오가는 사람들이 많이 줄었다.

'하, 취한다.'

술이 센 편은 아니라서 조심하며 한 병도 안 마셨는데 조금 어지러웠다.

핸드백 끈을 단단히 잡으면서 정신을 추스르고 걸어가는데, 누군가 어깨를 톡 쳤다.

화들짝 놀라 뒤를 돌아봤다.

우현이었다.

"깜짝 놀랐어요."

슬희가 말했다.

"아, 미안해요. 놀라게 할 생각은 없었는데. 데려다줄게요."

"됐어요. 전철 끊긴 시간도 아니고. 혼자 갈 수 있어요. 내일 봐요."

슬희는 매몰차게 말하고 휙 돌아서서 다시 걸어갔다.

우현은 차가운 거절에 잠시 멈칫했지만, 곧 슬희의 뒤를 따라갔다.

이 여자를 어떻게 한번 해 봐야겠다는 생각은 조금도 없었다.

밤길을 혼자 걸어가는 슬희가 신경 쓰여서 그냥 보낼 수가 없었고, 이런 생각이 드는 건 처음이었다.

왜 이런 생각이 드는 걸까?

"왜 자꾸 따라와요?"

슬희가 걸음을 멈추고 불쾌한 듯 물었다.

우현이 여자에게 거부당한 적이 한 번도 없었던 건 아니다.

간혹 우현을 밀어내는 여자들도 있었다.

그러나 그녀들의 거부 기저에는 우현을 향한 관심이 포함되어 있었다.

나는 네가 마음에 들지만 비싼 여자니까 한 번은 거절할 거야, 라는 심리의 거부였던 것이다.

하지만 지금 우현은 생전 처음으로 순수한 거부감을 마주했다.

우현을 노려보는 슬희의 눈동자에는, 우현을 향한 호기심이나 호감이 조금도 들어 있지 않았다.

슬희는 정말로 우현 때문에 짜증이 난 것 같았다.

그런 슬희를 마주하니 심장 부근이 따끔 아팠다.

이 여자는 거부가 왜 이토록 나를 초조하게 만드는 걸까?

"말했잖아요. 데려다준다고."

"말했잖아요. 필요 없다고. 길 못 찾는 애도 아니고."

"길을 못 찾을 것 같아서 데려다주려는 게 아니라는 거, 슬희 씨도 알잖아요."

"그 의미를 알면서도 모르는 척 거부한다는 거, 우현 씨도 알잖아요."

"만약 내가 아니라 다른 사람이 데려다준다고 했으면 받아들였을 거예요?"

"왜 그런 가정이 필요한 거죠? 난 지금 이 순간, 우현 씨가 데려다주는 게 필요 없다고 말하고 있는 거예요."

"왜 그렇게 날 싫어해요?"

"왜냐고요? 정말 몰라서 물어요?"

"짐작은 해요. 아마 내 여자관계 때문이겠죠. 하지만 그런 이유로 이렇게까지 싫어할 건 없잖아요. 난 그냥 회사 동료로서 슬희 씨가 걱정이 돼서……."

"왜 싫어할 게 없다고 생각하죠?"

슬희가 고개를 들어 우현을 똑바로 노려봤다.

그녀의 강렬한 눈동자를 보는 순간, 심장이 쿵 내려앉는 기분이 들었다.

"민우현 씨는 왜 그런 행동이 혐오스럽지 않을 거라고 생각하는 거죠? 본인의 외모가 빼어나서? 본인의 성격이 매력적이라서? 그런 걸 넘어설 정도로 민우현 씨 행동이 별로일 거란 생각은 안 해 봤어요?"

슬희의 음성은 결코 크지 않았지만, 한 마디 한 마디가 심장에 콕콕 박혔다.

"민우현 씨를 원하는 여자들의 마음이 어떤지는 모르겠어요. 하지만 그중 몇 명은 민우현 씨를 진심으로 생각하겠죠. 민우현 씨가 그들의 마음을 가지고 장난쳤을 때, 그들의 마음이 어떤 식으로 무너질지 생각은 해 봤어요?"

"……."

"믿었던 사람에게 배신당하는 고통이. 사랑하는 사람에게 버림받는 고통이. 내 마음과 그의 마음이 같지 않다는 고통이. 사랑이 끝나는 순간의 고통이. 그 아픔이. 인생을 얼마나 참혹하게 만드는지. 지옥처럼 만드는지. 한 번이라도 생각해 본 적 있어요?"

"……."

"없겠죠. 없으니까 그렇게 사람 마음 장난으로 가지고 노는 거겠죠. 민우현 씨는 그 잘난 얼굴과 그 잘난 말발 덕에 매 순간 숨을 쉴 때마다 가슴이 아파서, 숨도 쉬지 못하고 끅끅 울어 본 적이 없겠죠. 그래서 그렇게 쉽게 여자를 만나고 여자를 버리는 거겠죠."

우현은 한마디도 할 수가 없었다.

그저 흔들리는 눈으로 슬희를 응시했다.

"나는 민우현 씨한테 진정한 사랑을 해라, 마라 할 생각 없어요. 그럴 자격도 없고요. 하지만 사람 마음을 장난으로 대하는 민우현 씨를 싫어할 수는 있어요. 그래서 난."

슬희가 잠깐 말을 멈추고 우현을 노려보다가 입을 열었다.

"민우현 씨가 싫어요."

*　　*　　*

말을 끝내고 돌아서서 걷는 슬희를 잡을 수가 없었다.

그녀의 모습이 사라진 후에도, 우현은 한참 동안 멍하니 그녀가 걸어간 길을 지켜봤다.

대리 기사가 운전을 하는 차 뒷좌석에서, 우현은 눈을 감았다.

우현과 똑바로 눈을 맞추고 따박따박 이야기하던 슬희의 모습이 강렬하게 남아 있었다.

　— 민우현 씨가 싫어요.

그 단호한 말에는 파고들 여지가 없었다.

우현은 눈을 뜨고 자신의 손바닥을 내려다봤다.

아까 정신을 차린 후, 손바닥이 땀에 젖어 있다는 걸 깨달았다.

우현은 그 어떤 일에도 긴장하는 법이 없었다.

아버지가 화를 내도, 형과 다툴 때도, 누군가에게 비난을 들어도 긴장하지 않았다.

그런데 슬희가 쏘아붙일 때는 너무 긴장해서 숨도 제대로 쉴 수가 없었다.

아까는 몰랐다. 왜 이런 기분이 드는지.

하지만 이제는 안다. 왜 이런 기분이 드는 건지.

최악이다.

우현은 한숨을 길게 뱉어 내고 대리 기사에게 말했다.

"기사님, 죄송한데 목적지 변경하겠습니다. 다른 곳으로 가 주세요."

최악이지만 그렇다고 멈춰 있을 수는 없었다.

난생처음이다.

그리고 앞으로도 이런 감정은 느끼지 못할 것이다.

'나는.'

대리 기사에게 목적지 주소를 알려 준 우현은 차창 밖으로 시선을 돌렸다.

창문에 슬퍼 보이는 자신의 얼굴이 비쳤다.

'나는 이슬희 씨를 좋아하게 됐구나.'

*　　　*　　　*

태윤과 앞으로의 일에 대해 의견을 나누고 헤어졌을 때는 밤 열두 시가 지난 시간이었다.

회식은 보통 열한 시쯤엔 마무리가 된다.

다들 집에 돌아갔을 것이다.

슬희가 잘 들어갔는지 확인해 보고 싶었지만 이런 시간에 연락을 하는 것도 실례인 것 같아서 관뒀다.

집에 돌아와서 씻을 준비를 하려는데, 초인종이 울렸다.

이런 시간에 찾아올 만한 사람은 우현밖에 없었다.

"누구세요?"

"나야, 형."

짐작대로 우현이었다.

하지만 문을 열었을 때 보인 우현의 표정은 짐작과 달랐다.

언제나 싱글싱글 웃고 다니는 우현인데, 지금 눈앞의 우현은 미소를 짓고 있지 않았다.

우현의 심각한 표정은 아주 오랜만에 본다.

― 형, 괜찮아?

처음으로 우현이 얼굴에서 미소를 거둔 건, 창현이 고등학생 때였다.

민호연 회장의 첫째 아들인 명현에게 모진 소리를 듣다가 주먹으로 맞기까지 했던 날.

옆에서 그 광경을 지켜보던 우현은 명현이 떠나자마자 창현에게 다가와 물었다.

― 아프지? 어떡하지?

그때 우현의 눈동자에는 진심 어린 걱정이 담겨 있었다.

그래서일까.

창현은 명현이나 애리를 상대할 때보다는 사적으로 우현을 대했다.

"무슨 일이야?"

"묻고 싶은 게 있어, 형."

"뭔데?"

"형 말이야."

우현이 그답지 않게 말을 쉽게 잇지 못했다.

다른 때라면 집안에 들여 주지도 않는 거냐고 싱글싱글 웃으며 밀고 들어올 우현이, 현관문 앞에 서서 미간을 모으고 있었다.

평소와 다른 우현의 행동에 불길한 예감이 들었다.

"형."

우현이 결심한 듯 창현과 눈을 맞췄다.

"이슬희 씨 말이야."

심장이 쿵 내려앉았다.

창현은 우현이 눈치채지 못하도록 주먹을 쥐었다.

"형, 그 누나 좋아하지?"

왜 이런 질문을 하는 걸까?

길게 생각할 틈이 없었다.

"아니."

이 마음을 드러내서는 안 된다.

슬희에게 품은 이 지독한 애정은 그녀의 인생을 무겁게 만들 뿐이다.

"왜 내가 이슬희 씨를 좋아한다고 생각하지?"

"형이 그 누나를 대할 때의 태도가 다르니까."

"안 달라."

"달라."

"그렇다면 동갑이라서 그렇겠지."

말도 안 되는 변명을 하는 창현을, 우현은 빤히 응시했다.

"그게 이 시간에 찾아와서 물어볼 만한 일인가?"

"나, 그 누나가 좋아졌어."

"뭐?"

심장이 또다시 쿵 내려앉았다.

이번에는 아까보다 크고 세게.

"형, 나 이슬희 씨가 좋아졌어."

"너는 항상……."

"진심이야."

진심일 것이다.

우현은 지금껏 단 한 번도 특정한 여자를 좋아한다고 말한 적이
없었다.

그리고 여자에 대한 이야기를 하며 이렇게 진지한 눈빛을 한 적
도 없었다.

같은 남자이기에 안다.

이 눈빛에 진심이 담겼다는 걸.

"처음이야. 진심인 거. 나, 그 누나가 좋아. 그래, 좋아."

"……."

"제주도에서 봤을 때부터 뭔가 다른 기분이 들었어. 그래도 형이

그 누나에게 호감이 있다고 생각해서 이 이상은 접근하지 않으려고 했어. 그런데…… 이제 아냐. 형, 이제 그 누나를 향한 감정은 그냥 '뭔가 다른 기분'이 아냐."

절박하게 말하는 우현의 모습에, 손가락 끝이 차게 식었다.

"그 누나가 좋아. 그래도 형. 나는 형이 그 누나를 좋아한다면 포기하려고 했거든. 나는 형이랑 싸우고 싶지 않으니까. 하지만 형이 그 누나에게 아무 감정 없다면…… 나, 그 누나 좋아할게. 계속 좋아할게. 그래도 되는 거지?"

심장이 콱 죄여 왔다.

되느냐고?

안 된다. 싫다.

하지만.

'난 자격 없어.'

내 삶에 묻은 어둠과 고통을, 그녀에게 전염시키고 싶지 않았다.

우현이라면 슬희 입장에서는 좋은 남자일지도 모른다.

잘생기고 유쾌하고 무엇보다 돈이 많다.

우현의 인생에는 어둠이 없었다.

짊어질 것이 없는, 부잣집 막내.

할 수 있다면 대답을 피하고 싶었다.

하지만 우현은 진지하게 창현의 대답을 기다리고 있었다.

창현은 결심을 굳히고 입을 열었다.

"안 돼."

생각과는 다른 대답이 입 밖으로 튀어나왔다.

자신의 대답에 자신이 더 놀랐다.

"네 복잡한 여자관계 때문에 이슬희 씨가 고통받다가 회사 관두는 걸 두고 볼 수는 없어."

"여자들, 정리할 거야."

"우리 회사는 사내 연애 금지야."

"대체 언제부터?"

"오늘부터."

"……형. 역시 이슬희 씨한테 관심 있는 거지?"

"관심은 있어. 재미있는 사람인 것 같고, 일도 잘할 것 같아서. 면접 서바이벌 때 여러모로 재미있는 반응을 보여 줬거든. 그래서 이슬희 씨가 너 때문에 회사 관두는 걸 보고 싶지 않은 거야."

변명의 말이 술술 잘도 나왔다.

우현은 전혀 믿는 눈치가 아니었다.

하지만 창현은 꼿꼿하게 우현의 시선을 받아 냈다.

"됐어. 형 허락받으려고 온 거 아냐. 난 그저 이슬희 씨에 대한 형의 마음을 알고 싶었고, 형이 이슬희 씨를 좋아하는 게 아니라면 다른 건 다 아무래도 좋아. 사내 연애 금지라면, 내가 회사를 그만두지, 뭐."

"민우현."

"형이 걱정하는 그런 일 없어. 나는 아무래도 그동안 이슬희 씨 같은 여자를 기다려 온 것 같아."

"……."

"아, 방금 이 말은 좀 오글거렸다. 그래도 내가 하니까 멋있지?"

우현이 미소를 되찾았다.

마음을 정했기 때문이리라.

잘 자라는 말을 남기고 떠나는 우현의 뒷모습을 보며, 창현은 이를 악물었다.

이런 상황에서 우현을 더 말릴 수 없는 자신의 상황이 참으로 싫었다.

*　　*　　*

슬희가 집에 도착했을 때, 거실 불은 꺼져 있었다.

하지만 닫힌 안방 문 사이로 시끄러운 소리가 새어 나왔다.

"이런 것도 한두 번이지. 내가 당신이랑 결혼하고 돈 걱정을 안해 본 적이 한 번도 없어, 한 번도. 다른 사람이 그렇게 중요해? 그렇게 소중해? 당신 때문에 우리 애들이 얼마나 많은 걸 포기했는지 몰라?"

울분에 찬 엄마의 목소리에 가슴이 답답해졌다.

사람 좋은 아빠는 남의 부탁을 잘 거절하지 못했다.

보증을 서 달라는 친구의 부탁을 들어준 적이 몇 번 있었다.

친구에게 보증을 서 달라고 하는 사람치고 제대로 된 사람은 많지 않았다.

꾸준히 성실하게 돈을 갚은 사람보다 갚지 않고 도망치거나 모르쇠로 나오는 사람이 더 많았다.

게다가 두 번인가는 사기도 당했다.

중학교 때 친구라는 사람이 찾아와 사업을 하는데 이러이러하니 돈 좀 빌려 달라는 말을, 아빠는 믿었다.

아빠는 나쁜 사람이 아니었다.

항상 성실히 일하고 항상 유쾌하고 항상 좋은 쪽으로 세상을 바라봤다.

문제는 다른 사람들은 아빠와 다르다는 점이었다.

세상은 그리 밝지 않고, 그리 정직하지 않다는 걸, 소년 같은 아빠는 아직도 잘 모르는 것 같다.

어릴 때는 아빠가 원망스럽기도 했다.

하고 싶었던 피아노를 관뒀을 때.

밤에 빚쟁이들이 찾아와서 시끄럽게 했을 때.

엄마가 울면서 슬희와 정우의 손을 잡고 외가댁으로 가야 했을 때.

간신히 돈을 다 갚았다 싶었는데 또다시 빚이 생겼을 때.

그리고 몇 년 전, 사랑이 끝났을 때.

하지만 그 미움 속엔 항상 슬희와 정우를 보며 해사하게 웃는 아빠가 존재했다.

슬희와 정우를 보는 아빠는 항상 웃고, 항상 미안해했다.

'아빠 잘못이 아냐. 아빠한테 사기를 친 그 사람들이 잘못이지. 사람을 믿는 게 뭐가 나빠? 속이는 쪽이 잘못이지.'

끼익—

정우의 방문이 열리며 방 안의 빛이 거실로 쏟아져 나왔다.

"누나, 왔어?"

정우가 작은 목소리로 물었다.

"응, 안 잤어?"

"뭘 벌써 자. 늦었네."

"응, 오늘 신입 환영 회식을 해서."

"회사는 괜찮았어? 연예인도 봤어?"

"연예인이 항상 회사를 드나드는 건 아니거든. 엔터테인먼트 사업부는 다른 건물이기도 하고."

"아, 그런 시스템이야? 재미없네. 연예인, 실컷 볼 수 있을 줄 알았는데."

"엄마랑 아빠는 왜 또 싸우시는 거야?"

"그냥 엄마가 속 터져서 그러시지, 뭐."

엄마는 아빠가 벌인 모든 일들을 감내하려고 노력했지만, 때때로 발작적으로 울분을 토해 냈다.

하지만 이튿날이면 평소처럼 웃으며 아빠를 대할 것이다.

항상 그래 왔다.

"얼른 들어가서 자, 나도 자야겠다."

"응, 잘 자."

정우가 방으로 돌아가는 걸 보고 슬희도 방으로 향했다.

슬희가 일하기 시작하고, 정우도 일을 하면서 3년 전에 대출을 끼어 구입한 작은 빌라.

평수는 넓지 않지만, 방 세 개에 화장실이 하나 있는 빌라였다.

그전까지는 슬희는 엄마와, 정우는 아빠와 잠을 잤다.

이 빌라를 샀을 때 가족들끼리 손을 꼭 잡고, 우리 앞으로 열심히 살자고 다짐했던 일이 떠올랐다.

좁은 방은 침대 하나와 책상 하나, 옷장 하나가 간신히 들어가는 크기였다.

책상의 작은 책장 위에는 누렇게 색이 변한 피아노 악보집이 꽂혀 있었다.

악보집 위에는 먼지가 소복하게 쌓였다.

'저걸 마지막으로 펴 본 게 언제지? 아, 여기로 이사하면서 짐 정리할 때구나.'

그때도 지금과 비슷한 감상에 빠졌었다.

'이제 저것도 버려야지. 취미로 피아노를 칠 시간도 없는데.'

슬희는 책상 위에 가방을 내려놨다.

　— 사랑이 끝나는 순간의 고통이. 그 아픔이. 인생을 얼마나 참혹하게 만드는지. 지옥처럼 만드는지. 한 번이라도 생각해 본 적 있어요?

우현에게 했던 이야기 때문에, 그리 기억하고 싶지 않은 일이 떠올라 버렸다.

한 사람을 사랑했다.

영화에 나오는 것처럼 화르르 타오르거나 끈적거리는 모양새는 아니었지만, 사랑이었다.

아주 가끔은 제 상황도 잊고 그와의 미래를 꿈꾸기도 했다.

—슬희야, 우리 슬슬 결혼 생각해 볼래?

하지만 그가 결혼 이야기를 꺼냈을 때, 슬희는 현실로 돌아왔다.

—오빠. 나 오빠한테 고백할 게 있어.

며칠을 고민한 후, 그를 다시 만났을 때.
슬희는 담담히 고백하던 자신의 음성이 생생하게 떠올랐다.
굳어지던 그의 표정도, 달라지던 그의 눈빛도, 그리고.
'아, 싫다.'
그와 이별 후에 느낀 그 고통도.
'아, 진짜 싫어. 그만 생각하자, 그만 생각해.'
몇 년에 걸쳐 간신히 잊은 아픔이 다시 떠올라 버렸다.
그때처럼 아프지는 않지만 조금은 아릿하다.

—미안해, 슬희야.

며칠 후 수척해진 얼굴로 이별을 고하는 그를 원망할 수는 없었
다.
그에게는 문제가 없었으니까.
이것은 오롯이 나의 문제니까.
어느 누구라도 이런 상황을 감내할 필요는 없다. 그럴 이유도 없
다.

단지 사랑하는 연인이라는 이유만으로, 나의 짐을 받아 주길 바라서는 안 된다.

이건 내가, 그리고 나의 가족이 가지고 가야 하는 문제다.

어느 누구에게도 떠넘기지 않을 것이다.

＊　　　＊　　　＊

점심시간이 끝날 무렵, 점심을 먹고 들어온 슬희는 팀 사람들의 눈치를 살피다가 조용히 사무실을 나와 1층으로 향했다.

1층의 커피숍에서 창현이 말한 대로 주문을 했더니, "아, 대표님이 드실 건가 봐요."라는 대답이 돌아왔다.

창현의 커피 스타일은 유명한 모양이다.

'드럽게 까다롭네. 이제 있는 집 자식이라, 그건가?'

이쪽을 아주 잘도 속인 주제에 커피는 얻어먹으려고 하는 남자에 대한 평가가 좋을 리 없다.

어릴 때 친구였고 애틋한 마음이 있다는 건 다른 문제다.

내 돈을 빼먹으려는 놈은 용서가 안 된다.

'돈도 많은 놈이. 벼룩의 간이나 빼 드실 것이지.'

슬희는 속으로 투덜거리며 커피를 들고 대표이사실로 향했다.

똑똑―

노크를 하자.

"네. 들어오세요."

태윤의 목소리가 들려왔다.

슬희는 문을 열고 들어갔다.

대표실로 들어가기 전에 있는 비서실은, '내 방이었으면 좋겠다.' 싶을 만큼 넓고 단정하고 좋은 냄새가 났다.

'이 좋은 냄새는 비서님한테서 나는 거겠지?'

태윤은 누가 봐도 '난 좋은 집안에서 제대로 교육을 받으면서 자란 여자야.'라는 분위기를 풍겼다.

브랜드를 잘 모르는 슬희의 눈에도, 태윤이 입은 회색 줄무늬 원피스는 고급스러워 보였다.

다른 사람이 입으면 수녀복 같아 보였을 원피스가, 태윤의 몸매와 분위기 덕분에 단정하면서도 섹시해 보였다.

"안녕하세요, 비서님. 말씀 들으셨는지 모르겠는데……."

"하루에 커피 한 잔이요?"

태윤이 빙그레 미소를 지으며 말했다.

아, 우아하다.

태윤의 미소에 슬희는 '크흑! 예쁘다!'라는 생각을 하며 말했다.

"네, 그거요."

"대표님도 참 쓸데없는 일을 하신다니까. 하루에 커피 한 잔, 아무리 할인받아도 부담되는데."

"비서님께서 제 마음을 알아주시는군요. 대표님도 제 마음 좀 알아주셨으면 좋겠네요."

태윤이 후후 웃었다.

"다음부터는 그냥 오세요. 제가 커피 타 드릴게요. 대표님은 제가 타 드린 커피를 좋아하거든요."

태윤이 슬희의 뒤쪽을 가리켰다.

돌아봤더니 거기에는 커피를 만드는 각종 도구들이 있었다.

"그럼 진짜 감사하죠. 염치 불고하고 내일은 여기로 곧바로 오겠습니다."

이런 좋은 제안을 앞에 두고 자존심을 세울 이유는 없었다.

태윤은 슬희가 거절할 줄 알았는지 조금 놀란 표정을 지었지만, 곧 부드러운 미소를 지었다.

"그럼 들어가 보세요. 대표님, 아마 소파에 길게 뻗어 계실 거예요."

태윤의 말대로 창현은 소파에 길게 누워 있었다.

'비서를 한 지 오래됐나? 되게 잘 아네.'

그런 생각을 하며 문을 닫았다.

"대표님, 커피 배달입니다. 어디에 놓고 갈까요?"

"놓고 가긴 어딜 가? 마실 때까지 같이 있어 줘야지."

창현이 몸을 일으키며 말했다.

팔다리가 길쭉길쭉해서인지 움직이는 모습이 백조처럼 우아했다.

"아, 그런 시스템이었나요? 되게 복잡한 시스템이네요."

"커피를 혼자 마시는 취미는 없거든."

"저도 남이 커피 마시는 걸 지켜보는 취미 없어요."

"그럼 슬희 씨 것도 하나 사 오든가."

"그럴 돈 없거든요."

"그럼 슬희 씨 건 내가 살게."

"됐어요. 하늘 같으신 대표님한테 커피 얻어 마시는 취미도 없으니까."

슬희가 투덜거리며 맞은편 소파에 앉는 모습을, 창현은 다정한 미소를 띤 얼굴로 지켜봤다.

'쟤는 왜 저렇게 쳐다보는 거야? 설레게.'

설레는 마음을 감추기 위해, 커피를 테이블 위에 탁 소리가 나게 내려놓았다.

"드시지요."

"잘 마실게."

창현의 긴 손가락이 컵을 감쌌다.

'손가락도 참 예쁘네.'

창현은 말없이 커피를 마셨다.

앞에 사람이 있는 걸 잊은 건지, 말도 하지 않고 천천히 커피 맛을 감상했다.

조용한 공간에 함께 있다 보니 여러 가지 생각이 머릿속에 찾아왔다.

'얘는 잘 지냈을까? 어떻게 민호연 회장한테 입양이 된 거지? 입양된 건 맞겠지? 민호연 회장한테 자식이 몇 명 있다고 들었는데, 그 사람들도 다들 입양된 건가? 민호연 회장이 사람 입양하는 취미가 있나? 아니면 얘만 입양이 된 건가? 설마 그 집 자식들한테 괴롭힘을 당하거나 하는 건 아니겠지? 에이, 설마. 얘가 괴롭힘을 당하겠어? 애도 아니고. 오히려 이제는 괴롭히는 쪽에 선 것 같구먼.'

"뭘 그렇게 봐?"

슬희의 뜨거운 시선을 느낀 듯 창현이 입을 열었다.

"보다시피 대표님의 용안을 감상하고 있습니다."

"내 얼굴이 슬희 씨 스타일인가?"

"아뇨. 어떻게 해야 이렇게 벼룩의 간을 빼 드시는 성인 남성으로 자랄 수 있는지 신기해서요."

창현이 옅은 미소를 지었다.

"아직도 비아냥 중이야?"

"이게 원래 제 말투인데요?"

"그래? 그런 줄은 몰랐는데."

"저기요, 대표님. 원래 그렇게 누구한테나 반말을 쓰세요?"

"써도 될 것 같은 사람한테만. 상대가 싫어하지 않으면."

"전 써도 될 것 같은 사람이 아닌데요. 전 반말 싫어요. 정중하게 존댓말로 상대해 주세요."

"그래요, 그럼."

창현이 순순히 대답했다.

슬희는 이렇게 곧장 존댓말을 사용해 줄지는 몰랐기에 당황했다.

"왜 그렇게 놀란 표정 지어요, 이슬희 씨. 사실은 반말을 듣고 싶었어요?"

"그럴 리가요. 지금 이거, 아주 좋네요. 딱 제가 원하던 분위기예요."

"그렇다니 다행이군요. 그럼 다시 커피를 마셔도 될까요?"

"실컷 드십쇼, 대표님."

컵을 드는 창현을 보며, 슬희는 다시 입을 다물었다.

계속 창현의 커피 마시는 모습을 지켜보는 것도 이상한 것 같아서 창문 쪽을 시선을 돌렸다.

커다란 창문으로는 여름의 햇살이 쨍쨍하게 빛나고 있었다.

하늘은 시리도록 푸르렀다.

새파란 하늘을 보노라니 창현과 처음 이야기를 했던 날이 떠올랐다.

그때는 이렇게 더운 여름은 아니었지만, 같은 색의 하늘이 펼쳐져 있었다.

생리라는 걸 시작했다.

이번이 세 번째이지만 이 기분은 도무지 익숙해지지 않는다.

올해 열 살, 초등학교 4학년이 된 슬희는 다른 아이들보다 조금 이른 초경을 치렀다.

'배 아파.'

처음으로 초등학교 담임을 맡게 되었다는 슬희의 반 담임은 눈치가 빠른 여자 선생님이었다.

하루 종일 불편해하는 슬희를 눈치챈 담임은 점심시간이 되자 슬희를 조용히 불러내 먼저 집에 가 보라고 했다.

슬희는 감사한 마음으로 가방을 둘러메고 학교 건물을 나와서 집과 더 가까운 뒷문으로 향하다가, 보았다.

학교 건물 뒤쪽으로 난 계단에 오도카니 앉아 있는 소년을.

'저 애는…….'

해성에 대한 거라면 잘 알고 있었다.

해성에 대해서는 여러 가지 소문들이 오갔다.

아직 어린아이들인데도 부모에게, 이웃집 아주머니에게, 문방구 주인에게, 해성에 대한 이야기를 듣고 와서 숙덕거렸다.

4학년이 되어 해성과 같은 반이 되었을 때, 몇몇 아이들은 울면서 "저 애랑 같은 반 싫어요.", "다른 반 해 주세요."라고 말했다.

참으로 잔인하다고, 슬희는 어린 나이인데도 그리 생각했다.

슬희는 열려 있는 뒷문을 흘긋 확인한 후, 조용히 해성의 옆으로 가서 앉았다.

멍하니 하늘을 보던 해성이 화들짝 놀라 슬희를 돌아봤다.

으레 따라와야 하는 "뭐야?"라든가, "무슨 일이야?" 따위의 질문은 없었다.

해성은 슬희를 가만히 응시하다가 다시 하늘을 올려다봤다.

슬희도 따라서 하늘을 올려다봤다.

아까까지는 몰랐는데 하늘은 눈이 시리도록 파랬다.

"항상 점심시간에 안 보이더니, 이런 데 있었네. 점심 안 먹어?"

슬희가 묻자, 해성은 놀란 눈으로 슬희를 돌아봤다.

한참 슬희의 얼굴을 살펴보던 해성이 입을 열었다.

"너, 나에 대한 얘기 못 들었어?"

"들었어."

"그런데 왜 나한테 말 걸어?"

"말 걸면, 안 돼?"

"아니, 안 되는 건 아니지만……."

해성이 다시 하늘을 올려다봤다.

"난 집에 가는 길이야."

"······."

"왜 일찍 집에 가느냐고 안 물어봐?"

"왜 일찍 집에 가는데?"

"아파서. 몸이 좀 안 좋거든."

"······."

"어디가 안 좋으냐고 안 물어봐?"

"어디가 안 좋은데?"

"그냥 배가 좀······ 별로야. 아파."

"······."

"괜찮으냐고 걱정 안 해 줘?"

"괜찮아?"

"그런 질문할 때는."

슬희는 일어나서 한 계단 내려가 해성의 앞에 섰다.

하늘을 보고 있던 해성의 눈앞을 슬희가 가리자, 해성의 눈이 커졌다.

슬희는 두 손으로 해성의 양쪽 뺨을 감싸고 눈을 맞췄다.

"내 얼굴을 똑바로 보면서 묻는 거야."

"아······."

"야, 그런데 너. 되게 잘생겼다. 앞머리 좀 자르는 게 어때?"

"······."

해성은 타인과 대화하는 법을 잘 모르는 것 같았다.

그럴 만도 했다.

누구도 해성과 대화를 하려고 하지 않았으니까.

친구들도, 어른들도, 심지어 교사들까지도.

어느 누구도 해성에게 말을 걸지 않았다.

"매일 점심시간에는 여기에 있는 거야?"

"응."

"알겠어. 난 아파서 이제 집에 가야겠어. 내일 봐."

"응."

해성의 얼굴을 놔두고 휙 돌아서서 뒷문을 향해 달려갔다.

당장 집에 가야 할 만큼 아픈 건 아니었지만, 괜히 가슴이 들썩거려서 계속 해성의 얼굴을 볼 수가 없었다.

교문을 나가기 전에 슬쩍 뒤를 돌아봤더니, 해성은 다시 하늘을 올려다보고 있었다.

어째서인지 그런 해성의 모습을 보는 게 가슴 아팠다.

'그때는 말이 참 없었는데.'

슬희는 다시 창현에게로 시선을 돌렸다.

'그때도 참 잘생겼었지.'

흠잡을 곳 하나 없는 얼굴이었다.

'내 말대로 앞머리를 자르고 다녔으면, 적어도 여자애들은 괴롭히지 않았을걸! 바보!'

윤해성이라는 친구를 다시 만나면 하고 싶은 말이 많았다.

하지만 눈앞의 남자는 이제 윤해성이 아니라 민창현이다.

그러니 하고 싶은 말들을 속으로 삼키는 수밖에 없었다.

"일은 좀 어때요?"

창현이 물었다.

"아직은 모르겠어요. 열심히 배우는 중이에요."

"그래요. 익숙해지면 재미있는 일이에요. 잘 되는 만큼 성취감도 있고."

"네, 기대하고 있어요."

"아, 다음 주 주말에 뭐해요?"

"왜요? 데이트 신청하시게요?"

"이번에 시작하는 드라마 관련해서 보여 주고 싶은 게 있어요. 커피값 대신으로 보여 줄게요."

"그럴 거면 그냥 커피 사 오는 걸 그만두게 해 주시죠?"

"그럴 순 없죠. 아직은 슬희 씨한테 커피 얻어 마시고 싶으니까."

슬희는 콧등을 찡그렸다.

빤히 보이는 수작이었다.

옛날에는 남을 걱정하는 법도 몰랐던 창현이 이런 수작도 부릴 줄 알게 되었다는 사실이 감개무량했다.

그래서 이번에는 넘어가 주기로 했다.

"알겠어요. 토요일 말씀하시는 거죠? 시간 빼놓을게요."

"그래요."

"비싼 시간이에요. 원래 하는 일이 있거든요. 그러니까 감사히 여기세요."

"그래요."

"시간 내줘서 고맙다는 말 안 해요?"

슬희의 말에 창현이 눈을 동그랗게 떴다.

어딘지 묘한 표정으로 슬희를 가만히 응시하던 창현이 곧 빙그레 미소를 지었다.

다정하고 애틋한 미소였다.

심장이 쿵, 내려앉을 만큼.

"시간 내줘서 고마워요."

슬희가 나간 후, 창현은 빈 컵을 응시했다.

— 시간 내줘서 고맙다는 말 안 해요?

그 말을 듣는 순간, 어릴 때의 기억이 떠올랐다.

슬희와 처음 대화를 나눴을 때의 기억. 조금도 색이 바래지 않은 선명한 기억.

슬희는 모를 것이다.

그녀와의 일을 하나, 하나, 전부. 아주 선명하게 기억하고 있다는 걸.

'넌 날 잊었겠지만. 그 일도 잊었겠지만. 나는 기억해.'

그날은 날씨가 좋았다.

햇빛은 그 어떤 것에도 방해받지 않고 눈부시게 빛났다.

하지만 그때 하늘을 올려다보던 어린 소년은, 갑자기 눈 앞을 가린 어린 소녀가 더욱 눈부시게 보였다.

그래서 소중했다.

그저 첫사랑이라고만 말할 수는 없는, 아주 소중하고도 귀한 감정이었다.

*　　*　　*

태윤이 대표실로 들어갔을 때, 창현은 창문 앞에서 밖을 내다보고 있었다.

최근에 유독 저런 모습을 자주 보는 것 같다.

생각할 거리가 있는 걸까?

그렇다면 무슨 생각일까?

회사에 대한 생각?

아니면…….

'이슬희에 대한 생각은 아니겠지? 아니었으면 좋겠어.'

태윤은 천천히 걸어가 창현의 옆에 섰다.

"무슨 일이야?"

"다음 주 토요일 오후 한 시로 약속을 잡았어. 항상 가는 일식집. 회장님이랑 애리 언니가 나올 거야."

"그래. 분위기는?"

"회장님은 항상 그렇듯 무슨 생각을 하시는지 알 수가 없지. 애리 언니는…… 알잖아, 어떤 사람인지."

"그래."

창현은 쓴웃음조차 짓지 않았다.

"내가 같이 안 가도 괜찮겠어?"

"응, 괜찮아."

"그럼 얘기 끝나면 나랑 같이 저녁 먹을까?"

"저녁에는 선약이 있어서."

"선약?"

지금껏 창현이 태윤을 통하지 않고 약속을 잡은 적은 한 번도 없었다.

"응, 그날 저녁에 피아노 연주회를 보러 갈 거거든."

"아, 그래."

누구랑 가는지, 창현은 말하지 않았다.

하지만 창현의 대답을 듣지 않고도 슬희와의 약속이라는 걸 짐작할 수 있었다.

태윤은 대표실에서 나와 책상 앞에 앉았다.

'피아노 연주회.'

창현은 종종 피아노 연주회를 보러 가곤 했다.

피아노뿐 아니라 오케스트라 공연도 자주 보러 다녔다.

클래식을 좋아하냐는 질문에, 창현은 항상 "그냥."이라는 대답만 할 뿐이었다.

그런 창현이 피아노 연주회를 보러 가는 건 이상한 일이 아니었지만.

'항상 나랑 같이 갔었잖아.'

태윤은 요새 공연 중인 피아노 연주회를 검색했다.

창현이 갈 만한 연주회가 딱 하나 있었다.

　　　　　　　　　　*　　　*　　　*

"넌 꼭 수요일만 되면 술 마시자고 하더라."

슬희가 볼멘소리로 말했다.

"목요일, 금요일은 수술이 많아서 너랑 놀아 줄 시간이 없거든."

연우가 언제나처럼 사람 좋은 미소를 지으며 말했다.

"안 놀아 줘도 된다니까? 나 바쁘다고."

"이슬희, 이슬희."

연우는 헛소리를 하기 전에 항상 그렇듯 슬희의 이름을 두 번 불렀다.

"그렇게 자존심 세울 거 없어. 친구 좋다는 게 뭐냐? 네가 외로울 때에 함께 있어 줄 수 있다는 게, 친구의 좋은 점이잖아."

"그러니까, 안 외롭다고."

연우가 호출 벨을 누르자 종업원이 왔다.

"허니 양꼬치에 꿔바로우, 맥주 한 병이요."

곧 숯불과 양꼬치가 나왔다.

에어컨을 세게 틀어 놨는데도 앞에 숯불이 놓이니 더웠다.

"여름에 양꼬치는 좀 아닌 것 같아."

"아닌 것 같아도 참아. 오늘은 내가 양꼬치를 먹고 싶었으니까."

"채연우, 넌 진짜 밉상이야."

"하지만 오늘 내가 저녁을 쏜다면 나에 대한 평가가 달라질걸."

"맞아, 난 항상 널 최고의 친구라고 생각했어."

"주희보다?"

"엇비슷?"

"에이, 그럼 뭘 더 쏴야 주희보다 최고의 친구가 되려나?"

연우는 실없는 소리를 하며 양꼬치를 구웠다.

"회사는 어때? 재미있어?"

두엔에 다닌 지도 일주일하고 사흘이 더 지났다.

어떤 일을 하는지도 대충은 알게 되었고 팀원들과도 친해졌다.

"평범해. 아직은."

"그동안 있었던 일 좀 낱낱이 고해 봐."

그래서 슬희는 양꼬치에 술을 기울이며 그동안 있었던 일을 낱낱이 고했다.

연우의 장점은 이야기를 잘 들어 준다는 점이었다.

꽤 긴 이야기를 묵묵히 들은 연우가 다 먹은 꼬치로 슬희를 가리키며 말했다.

"대표님은 널 좋아해."

"역시 그런 것 같지?"

짐작했던 바였다.

"그리고 비서님은 널 싫어해."

"응? 비서님이?"

이건 짐작 못 했다.

슬희의 이야기 속에서 태윤은 아주 잠깐만 등장했기 때문에, 연우가 태윤을 지적할 줄은 몰랐다.

"비서님이 날 왜 싫어해?"

"비서님은 대표님을 좋아하니까."

좋아한다고?

그럴 수도 있겠다는 생각을, 왜 이제야 하게 됐는지 모르겠다.

잘생긴 남자와 예쁜 여자가 한 공간(물론 문 하나를 사이에 두긴 했지만)에서 함께 일을 하는데, 정이 싹트는 건 당연했다.

"비서님이 대표님을 좋아할 수는 있지만, 그렇다고 날 싫어할 이유는 없잖아."

"없긴 왜 없어? 대표님이 너한테 관심이 있는데."

"비서님이 그걸 눈치챘을까?"

"눈치채지, 보통은. 자기가 좋아하는 사람이 있으면, 그 사람을 더 열심히 관찰하게 되잖아. 거기다가 비서님이라며. 대표님 일정이며 행동을 꿰고 있을 텐데, 눈치채지 않겠어?"

"그러려나?"

"게다가 하루에 한 번씩 커피를 가져오라고 시켰다며? 비서님은 그걸 매일 보고 있을 텐데, 둘 사이를 모르는 게 더 이상하지."

"둘 사이라니. 대표님 마음이 어떻든, 나랑 대표님 사이는 그냥 회사 사장과 직원 사이야."

"아하, 그러서?"

"뭐야, 그 말투는?"

연우가 이번에는 양고기가 끼워져 있는 꼬치를 들어 슬희를 가리켰다.

"너도 대표님을 좋아해."

심장이 덜컥 내려앉았다.

물론 나는 창현을 좋아한다.

하지만 그 마음을 누구에게도 들키지 않겠다고, 조용히 품고 있다가 흘려보내겠다고 결심했다.

"아니거든."

"아니긴. 내가 널 모르냐?"

"모르지. 아직 너한테는 내 매력의 반의반도 안 보여 줬으니까."

"응, 그런 건 보고 싶지도 않으시고. 너 지금 회사 얘기해 달라고 했더니, 대표님 얘기만 주야장천 했거든?"

"그거야 대표님이랑 이벤트가 많았으니까."

"그 이벤트, 별 관심이 없었다면 한껏 줄여서 얘기할 수도 있었던 거야. 막말로 민우현이란 사람. 그 사람과의 이벤트야말로 강렬한데, 그 사람 얘기는 그냥 지나가는 일처럼 말했잖아."

"그건 그 사람한테 관심이 없으니까."

연우의 입가에 떠오른 미소를 보고 아차 싶었다.

"아니, 그러니까 내 말은……."

"거봐. 그 사람한테는 관심이 없으니까 한 문장으로 요약할 수 있지만, 대표님한테는 관심이 있으니까 이야기가 길어지는 거 아니겠어? 게다가 너, 대표님 외모 설명만 거의 10분을 했거든?"

"그렇게 길게는 안 했다, 뭐."

슬희가 투덜거렸다.

하지만 연우의 말대로 창현에 대해 너무 자세하게 설명한 건 인정하고 있었다.

사람 마음이라는 게 이렇게나 감출 수가 없다.

아무리 노력해도 은연중에 드러나는 것이 마음이다.

"문제가 뭔데?"

"무슨 문제?"

"돈도 많고 잘생긴 남자가 널 좋아하잖아. 너도 그 남자한테 관심이 있고. 그렇다면 한번 사귀어 봐도 괜찮지 않아?"

"않아. 난 사내 연애는 안 하고 싶어. 만약 사귀다가 헤어지면 좋은 직장 놓치게 되잖아."

"헤어지면 대표님이 널 자를 것 같아?"

"아니. 그럴 것 같은 사람은 아냐. 내가 힘들겠지. 그 사람 얼굴 보는 게."

"그럼 안 헤어지면 되지."

"결혼 전날에도 헤어지는 마당에 사랑처럼 불확실한 게 어디 있다고. 간신히 얻은 좋은 직장, 한순간의 기분 때문에 놓치고 싶지 않아."

"흐음."

연우가 눈을 가늘게 떴다.

"너, 아직도 민석이 형 일 때문에 누군가와 사귀는 게 무서운 거야?"

아주 오랜만에 듣는 이름에 심장이 철렁했다.

5년이라는 긴 시간을 사귄 남자.

당연히 슬희의 친구인 연우, 주희와도 자주 만나며 친하게 지냈다.

하지만 슬희와 그가 이별한 이후, 연우와 주희는 약속한 듯 그의 이름을 꺼내지 않았다.

"솔직히 말하자면. 응, 무서워. 하지만 그건 상대의 마음을 못 믿어서 무서운 게 아니라, 내 상황이 무서운 거야. 알잖아, 우리 집 상황."

"그래. 그럴 수 있지. 하지만 때로는 그 모든 걸 감당할 수 있다고 말하는 남자도 존재해. 거기다가 대표님은 돈 많을 거 아냐."

"미쳤어? 난 내가 사랑하는 사람한테 내 짐을 넘겨주고 싶지 않아. 게다가……."

창현은 더더욱 안 된다.

그는 행복해져야 한다.

과거에 고통스러웠던 만큼, 이제는 한 치의 어둠도 없이 반짝반짝 빛나는 삶을 살아야만 한다.

그런데 내가 그의 오점이, 그의 어둠이 되고 싶지 않았다.

"아무튼 그런 문제가 아냐. 내 집안 사정은 내가 알아서 해결할 거야. 이게 나아진 후에 연애를 하든, 뭘 하든 해야지."

"뭐, 네가 그렇다면야."

연우의 좋은 점 또 하나는 끝까지 물고 늘어지지 않는다는 점이었다.

연우는 슬희의 기분을 생각한 듯 서둘러 다른 주제로 넘어갔지만, 슬희는 머릿속에서 '민석'이란 이름을 떨쳐 낼 수가 없었다.

— 미안해. 정말로.

참담한 표정으로 사과하던 그의 모습을, 쉬이 털어 낼 수가 없었다.

*   *   *

우현의 친구인 성재후와 장하다는 오늘 밤 혜성이 떨어진다는 소리를 들은 표정으로 우현을 쳐다봤다.

정작 폭탄 발언을 날린 우현은 왜 그러냐는 듯 싱글싱글 웃고 있었다.

"나 방금 좀 뭔가 뭐랄까 음…… 아, 그래. 잘못 들은 것 같아. 술이나 한 병 더 시키자."

하다가 잘못 들은 거라고 일축했고, 재후도 동의하듯 고개를 끄덕였다.

친구들이 잘못 들은 척 술을 시키고 따르고 마시는 모습을 지켜보던 우현은, 다시 한 번 분명한 목소리로 말했다.

"나, 사랑에 빠졌어."

두 번째로 듣는 말인데도, 재후와 하다는 10분 후 혜성이 떨어진다는 소리를 들은 표정으로 우현을 쳐다봤다.

"왜들 그렇게 봐? 나, 사랑에 빠졌다니까?"

"굳이 오늘 같은 날 만나서 그런 헛소리를 하는 이유가 뭐냐? 한가하냐?"

재후가 진지하게 물었다.

"나보다 한 살 연상이야. 우리 회사 사람인데, 정말 예뻐. 제주도에 면접 서바이벌 갔다가 첫눈에 반했어."

"아하, 그러서?"

"처음에는 그냥 예쁘다, 하는 생각만 했는데 볼수록 매력 있어.

날 똑바로 보면서 너 같은 남자 진짜 최악이라고, 제일 싫다고 하더라니까."

"거야 뻔하지. 난 다른 여자들과 달라, 너의 매력에 안 빠져, 그런 시늉하는 거 아니냐?"

"아냐, 그런 거. 그 누나는 날 정말로 싫어해."

싱글싱글 웃으며 자신을 싫어하는 여자에 대해 말하는 우현을, 두 친구는 기가 막힌다는 표정으로 지켜봤다.

"진심이야?"

하다가 조심스럽게 물었다.

"응, 진심. 나, 그 누나랑 결혼하려고."

결혼 이야기가 나오자, 재후와 하다의 표정이 심각해졌다.

우현은 지금껏 수많은 여자들을 만나 왔지만, 단 한 번도 결혼이나 그 비슷한 어감의 이야기를 입에 담은 적이 없었다.

명문가의 자식이니 아무래도 혼담이 자주 들어오고, 어떤 여자와 결혼할지 궁금해하는 이들이 많았다.

나이가 들어가며 결혼에 대한 질문을 들을 때마다 우현은, "아버지가 알아서 하시겠지."라는 대답만 했었다.

—우리 형님도, 누님도 아버지 뜻대로 결혼했어. 나한테 결혼은 딱 그 정도의 일이야. 우리 집안에 도움이 되느냐, 안 되느냐.

그랬던 우현이 그 누나랑 결혼을 하겠다니, 친구들이 놀랄 수밖에 없었다.

"어떤 여잔데? 어느 집안 여자야?"

"글쎄. 이씨니까, 이씨 집안이겠지?"

"······설마 민간인이야?"

하다의 질문에 우현이 웃음을 터뜨렸다.

"야, 우리도 민간인이거든. 이 무식이, 단어 선택 좀 봐라."

"그런 뜻이 아니라······! 그러니까······! 에이씨, 내가 무슨 말 하려는지 알잖아."

"재벌가 사람이 아니구나."

재후가 눈치 빠르게 물었다.

"응, 아니야."

"넌 아버지 뜻대로 하겠다고 하지 않았어?"

"그러려고 했는데 생각이 바뀌었어. 그 누나 아니면 안 될 것 같아."

"야, 성재후. 이 자식, 이거. 진심인 것 같은데?"

"그러게."

"미친. 야, 그 누나가 불쌍하지도 않냐? 괜히 평범한 여자 건드리지 마. 네놈 바람기 이해해 줄 여자, 세상에 없어. 그냥 마음 편하게 정략결혼이나 하고, 지금처럼 살아! 괜한 여자 끌어들여서······!"

"다 정리했어."

"어?"

"여자들, 다 정리했다고. 내 휴대폰에 여자 번호, 하나도 없어. 아니, 여자들 용으로 가지고 다니는 휴대폰 자체를 해지했어."

재후와 하다의 눈이 튀어나올 정도로 커졌다.

"그 누나가 좋아. 나, 그 누나랑 결혼할 거야."

"미친놈. 하필이면 반하는 포인트가 자길 혐오한다는 부분이라니."

그동안 슬희와 있었던 이야기를 쭉 들은 재후가 중얼거렸다.

"야, 야. 지금껏 내 말 못 들었냐? 그 포인트에서 반한 게 아니라니까?"

"아, 그래. 그 누나 매력 터지는 건 알겠어. 알겠는데, 어쨌든 그 누나는 네가 싫다고 정확하게 말했잖아. 사람 첫인상이라는 게, 네가 생각하는 것 이상으로 오래 가. 네가 아무리 여자 정리하고 그랬어도, 그 누나가 널 좋아해 주겠냐?"

"너무 팩트로 때리지 마라. 아프다."

"괜히 그 누나 귀찮게 하지 말고 접어. 처음으로 사랑에 빠진 거 알겠고, 진심인 거 알겠는데, 접어. 너랑 그 누나는 안 돼."

"에이, 말이 너무 심하다. 그 정도는 아니지."

재후와 달리 하다는 우현을 두둔해 주었다.

"우현이 이놈, 얄밉긴 해도 잘생겼잖아. 키도 크고, 어깨도 넓고, 거기다가 학벌도 좋고 집안도 좋아. 뭐 하나 빠지는 구석이 없는, 모든 여자들의 로망! 꿈! 딱 하나 문제였던 게 바람기였는데, 여자 정리도 다 했잖아. 적극적으로 행동하면 그 누나도 마음을 열걸."

"역시 그렇겠지?"

"아니."

우현의 표정이 밝아졌지만 재후가 단호하게 끊어냈다.

"절대. 네 이야기 속의 그 누나는 매력 터지는데, 그 매력 터지는 포인트가 생각이 똑바로 박였다는 점이잖아. 생각이 똑바로 박인 여

자가 단지 외모 좋고 집안 좋다는 이유로 이놈을 선택하겠냐? 하다
너, 괜히 희망 주지 마라. 그 누나가 이놈 좋아할 일은 절대 없어."

"네가 여자를 몰라서 그래. 아무리 완고하고 생각 똑바로 박인
것 같아도, 여자는 결국 자기한테만 잘해 주고 자기한테만 다정한
남자한테 약해. 거기다가 얼굴 잘생긴 남자가 그러면 더더욱 약해
지고."

"장하다, 넌 여자를 얼마나 잘 안다고 그래? 여자들 성격이 천편
일률적으로 똑같은 것도 아니고."

"청평 뭐?"

"하아. 됐다. 하여간 나는 반대야. 민우현은 여기서 마음 정리해
야 돼. 그 누나가 우현이 너한테 마음 여는 일, 절대로 없어."

"절대는 수학에만……."

"어디서 근사한 말 주워듣고 와서 써먹고 싶은 모양인데, 수학 외
에서도 절대라는 게 존재할 때가 있어."

"에이, 됐어. 됐어. 야, 민우현. 이 새끼 말 듣지 마. 내 말만 들어.
알잖아, 여자들이 나한테 환장하는 거. 내가 시키는 대로만 하면,
그 누나도 곧 너의 포로가 될 거야. 사랑의 포로."

"아하하하하. 야, 그 말은 좀 웃긴다. 아저씨냐?"

"이 자식, 내가 지금 네 편 들어 주는데 비웃고 그럴래?"

"아냐, 아냐. 그래서 뭔데? 어떻게 해야 그 누나가 나의 포로가
될 것 같아?"

"우선은 그렇게 매력 터지는 누나면 노리는 남자들이 많을 거야.
그러니까 사람들한테 이 여자 내가 찜했다, 라는 걸 보여 줘야 돼."

"응, 그리고?"

"여자는 말이야. 선물에 약해. 그것도 아주 비싼 선물."

재후는 바보 같은 조언을 하는 하다와 그걸 열심히 듣는 우현을 한심하단 눈으로 지켜보며 생각했다.

'그래, 실컷 해 보고 차이면, 저놈도 생각이라는 걸 하면서 살게 되겠지.'

＊　　＊　　＊

탁—

모니터로 제작 예정인 드라마의 정보를 보던 슬희는, 모니터 앞을 가로막은 쇼핑백을 보고 눈살을 찌푸렸다.

고개를 돌리자, 우현이 언제나처럼 싱글싱글 웃으며 서 있었다.

"이게 뭐죠?"

"선물이요."

슬희는 다시 쇼핑백 쪽으로 시선을 돌렸다.

쇼핑백에는 프라다라는 로고가 박혀 있었다.

"웬 선물이요?"

"어제 돌아다니다가 슬희 씨 생각이 나서 샀어요. 슬희 씨랑 잘 어울릴 것 같아서요."

"아, 그래요."

"한번 꺼내 봐요. 마음에 들 거예요."

"아뇨."

슬희는 쇼핑백을 열어 보지도, 만지지도 않았다.

"저는 받을 생각 없어요. 그냥 가져가세요."

"아니, 그래도⋯⋯."

"민우현 씨한테 이런 걸 받을 이유도 없고, 받고 싶지도 않아요. 그냥 가져가세요. 마음도 받고 싶지 않으니까."

슬희의 냉정한 거절에 숨죽이고 지켜보던 사람들이 더 긴장했다.

정작 우현은 입가에서 미소를 지우지 않았다.

"네, 슬희 씨가 그렇게 말할 줄 알았어요. 하지만 슬희 씨, 이건 정말 슬희 씨랑 잘 어울릴 것 같아서 산 거예요. 슬희 씨가 받아 주지 않으면 버려야 하는데⋯⋯."

"버려요, 그럼."

슬희는 냉정했다.

"이 백."

우현이 쇼핑백에서 백을 꺼냈다.

고가의 명품 브랜드에서 신상으로 나온 깨끗한 느낌의 검은색 백이었다.

"누군가에게 쓰임 받을 거라고 기대하고 있었을 텐데. 이렇게 유명을 달리해야 하나요?"

우현이 눈썹 끝을 늘어뜨리고 서글프게 말했다.

슬희는 그런 우현을 똑바로 응시했다.

"날 나쁜 사람으로 만들지 말아요, 민우현 씨. 회사에서 이러는 거, 굉장히 난처해요. 대체 왜 이러시는 거죠?"

"난 슬희 씨가 좋으니까요."

술렁—

다들 눈치는 채고 있었겠지만, 우현이 진짜로 마음을 표현하자 분위기가 묘하게 변했다.

슬희는 속으로 한숨을 삼켰다.

우현이 이렇게 대책 없이 들이댈 줄은 몰랐다.

생각이 있는 남자인 줄 알았는데. 적어도 예의라는 건 지킬 줄 알았는데.

"그러니까 내가 묻고 싶은 건, 왜 하필이면 회사에서 이러냐는 거예요."

"알리고 싶어서요. 내가 슬희 씨 좋아한다는 거. 주장하고 싶어서요. 슬희 씨는 내가 찜했다고."

당당한 대답이 돌아올 줄은 몰랐다.

지금껏 많은 남자들이 슬희에게 호감을 표현했지만, 이런 식으로 다가오는 남자는 처음이었다.

슬희는 가만히 우현을 응시하다가 일어났다.

천천히 손을 뻗어 우현의 손에 들려 있는 백을 잡았다.

그 백을 쇼핑백 안에 도로 집어넣은 슬희는, 쇼핑백을 들어 우현의 품에 안겨 주었다.

"회사는 일하는 곳이에요. 나는 일하는 곳에서 일만 하고 싶고요. 때와 장소를 구분하지 못하는 남자는 딱 질색이에요. 날 더 이상 곤란하게 만들지 말아요."

　　　　*　　　*　　　*

　우현은 쇼핑백을 들고 자리로 돌아와 앉았다.

　직원들이 소곤거리는 소리가 들려왔지만, 그런 건 아무래도 좋았다.

　언제나 주목을 받는 인생이었기에, 남의 시선을 받거나 평가를 받는 일에는 익숙했다.

　다만 당황한 것은.

　'힘들었어.'

　슬희의 거부 앞에서 미소를 짓는 게 힘들었다.

　어느 상황에서도 미소를 지을 수 있었다.

　흐트러지지 않는 미소는 우현의 무기였다.

　부잣집 막내아들로 태어나 사람들의 평가를 받을 때도, 형의 견제를 받을 때도, 창현이 갑작스럽게 막내 형이 되었을 때도, 동시에 만나는 여자들이 한자리에 모여 몰아붙일 때도.

　그 어느 때라도.

　우현은 미소로 속마음을 감출 수 있었다.

　오늘은 그저 회사 사람들에게 '민우현이 이슬희를 찍었다!'라는 걸 알리기 위한 행동이었다.

　슬희의 거부는 당연히 예상했다.

　하지만 그녀의 차가운 눈빛과 냉정한 목소리는 예상외로 아팠다.

　이런 기분을 느낀 건 처음이라서 하마터면 미소가 싹 가실 뻔했다.

쇼핑백을 책상 위에 올려 두고 자리에 앉았다.

파티션 너머로 슬희의 자리 쪽을 돌아봤다.

모니터를 보는 슬희의 뒷모습이 보였다.

슬희는 아무 일 없었다는 듯 일에 집중하고 있었다.

같은 공간 안에 있는데도, 너무도 멀리 있는 듯 느껴졌다.

이런 기분 역시 처음이었다.

*   *   *

"자기, 오늘은 나랑 점심 먹자."

열한 시가 조금 넘었을 때, 지수가 슬희의 자리로 찾아와서 말했다.

보통 점심은 팀 사람들이 함께 먹는데, 오늘 점심은 지수와 둘이 먹게 되었다.

점심시간이 되어 지수와 함께 이동하는데 재현이 따라왔다.

재현은 기획홍보팀 대리로, 슬희와 동갑인 여자였다.

"저도 같이 가요. 괜찮지, 슬희야?"

"응, 괜찮아."

직급도 나이도 같아서, 슬희가 이직한 지 얼마 되지 않아 서로 말을 놓게 되었다.

지수와 재현은 슬희를 베트남 음식점으로 데리고 갔다.

쌀국수와 애피타이저 몇 개를 주문하자마자, 재현이 입을 열었다.

"민우현 씨, 어떻게 된 거야? 나, 진짜 깜짝 놀랐어."

지수가 둘이 밥 먹자고 했을 때부터 이 이야기가 주제가 될 줄 알았기에, 슬희는 마음의 준비를 하고 있었다.

"그러게 말이야. 나도 놀랐어."

"에이, 그런 것치고는 아주 똑 부러지게 대응하던데?"

"아냐, 정말 놀랐어."

"그거 이번 신상인 것 같은데. 맞죠, 팀장님."

"응, 그럴걸. 한정품이라 가격이 어마어마할 거야. 받아 뒀다가 팔아 버리지 그랬어? 중고로 팔았어도 돈 좀 받았을 텐데."

"아, 그럴 걸 그랬네요."

슬희는 씁쓸하게 웃었다.

"그래서, 언제 그렇게 민우현 마음을 홀린 거야? 면접 서바이벌 때?"

"아냐. 면접 서바이벌 때는 거의 대화도 안 해 봤는데."

"하지만 민우현이 슬희 씨한테 관심을 보이긴 했지."

지수가 말했다.

"도착하자마자 슬희 씨 손 꼭 잡으면서 잘 지내보자고 하던걸."

"그 사람은 그냥 붙임성이 좋은 것 같아요. 거기다 여자라면 다 자기 뜻대로 될 거라고 생각하고."

"그런 면이 있지. 진짜 싫은 타입이야."

지수가 몸서리를 쳤다.

하지만 재현은 생각이 다른 듯했다.

"뭐, 그 정도 외모에 그 정도 재력이면 그럴 만도 하지 않아요? 여배우들 중에서도 민우현이 그런 줄 알면서도 엮어 보려고 하는 여자들 몇 명 있잖아요."

이건 슬희도 몰랐던 사실이었다.

"여배우들 중에서도? 민우현 씨가 그 정도야?"

"응. 지난번엔 우리 여자 아이돌 그룹 멤버 중에 제이라는 애랑 난리였었어. 제이, 알지?"

"응, 알아."

제이는 최근에 여아이돌 그룹 중 1, 2위를 다투는 그룹의 인기 많은 멤버였다.

인터넷만 들어가면 제이에 관한 기사가 뜨니, 연예계에 관심 없는 슬희라도 모를 수가 없었다.

"민우현이 제이 건드렸다가 대차게 버리는 바람에, 제이 탈퇴하겠다고 울고불고. 그것 때문에 우리 대표님 엄청 화났었잖아."

"저기, 잠깐만, 잠깐만."

슬희가 재현의 말에 끼어들었다.

"재현이 너, 민우현 씨가 이 회사에 입사하기 전부터 알고 있었던 거야?"

슬희의 질문에 재현과 지수가 눈을 맞췄다가, 도리어 당황한 표정으로 슬희를 돌아봤다.

"저기, 슬희 씨. 몰랐어?"

"네? 뭘요?"

"민우현. 그 인간, 대표님 동생이잖아. 민호연 회장님 막내아들."

뒤통수를 맞은 기분으로 지수의 입술을 멍하니 응시했다.

"아……!"

뒤늦게 깨달음의 신음이 흘러나왔다.

"아, 그렇군요."

이제껏 왜 그렇게 연결 짓지 못했을까 싶을 정도의 진실이었다.

같은 민 씨, 같은 현 자 돌림, 같은 회사, 같은 재벌.

"아니, 보통 눈치채지 않나? 민 씨에 현 돌림. 거기다가 둘 다 돈 많은 집 자식이고."

"그러게요. 보통 눈치챌 텐데. 사실 민우현 씨에 대해서 진지하게 생각해 본 적이 없어서……."

"우와, 슬희 씨. 진짜 철벽녀네."

지수가 웃었다.

"슬희, 너도 참 대단하다. 민우현이 아무리 여자관계 복잡하고 그래도, 외모 좋지, 집안 좋지, 성격 좋지. 그러면 보통은 마음을 좀 열어 주는데."

"너라면 열겠어?"

"열지! 그냥 재벌도 아니고 대재벌이잖아. 막내아들이면 책임질 것도 많지 않고. 나 같으면 민우현이랑 결혼한다."

"아하하하."

재현의 진솔한 발언에 슬희는 웃음을 터뜨렸다.

"하여간 이슬희, 복이 터졌어요. 민우현뿐이야? 대표님까지도 너한테 관심 보이잖아."

"에이, 그런 거 아냐."

"아니긴. 우리 대표님이 매일 커피 가지고 오라고 했다며? 굳이 이슬희 씨를 콕 집어서 커피 가지고 오라고 하고, 꼭 점심시간 한 시간씩 같이 있다가 보내 주는데. 그 이유가 뭐겠어?"

"그래도 그런 거 아냐. 나는 사내 연애할 생각도 없고."

"사내 연애를 할 필요가 있나? 그런 집안 자식이랑 결혼하면 굳이 일할 필요도 없잖아. 우아하게 마사지숍이나 다니면서 지내면 되지."

"그래, 그건 정말 꿈 같겠다. 그래도 그런 건 아냐. 정말로."

슬희는 한숨을 삼켰다.

슬희가 창현과 매일 커피 타임을 갖는다는 건 회사 내 사원 대부분이 아는 사실이었다.

그에 대해 사람들이 어떻게 생각할지도 짐작하고 있었다.

그리고 그 생각들에 대한 변명 역시 통하지 않으리라는 것도.

한 남자가 한 여자와 하루에 한 시간을 함께 보내려고 한다.

어떤 변명을 해도 그 행동의 이유는 하나다.

하지만 그들은 모른다.

창현과 슬희 사이에는 겉으로 드러난 것보다 더 많은 것이 존재함을.

드러나지 않는 그것이 슬희와 창현의 관계가 모두 예상하는 그 방향으로 흘러가지 않을 견고한 진실임을.

아무도 모른다.

"뭐, 그런 얘기는 그만하고. 슬희 씨, 내가 오늘 슬희 씨한테 같이 밥 먹자고 한 건, 민우현 때문에 많이 곤란한지 알고 싶어서야. 그 인간 때문에 슬희 씨가 회사 관두는 건 싫거든."

"하지만 민우현 씨가 대표님 동생이라면, 그쪽이 회사를 그만두는 일도 없겠네요."

"그렇겠지."

"걱정 마세요, 팀장님. 전 이런 일 때문에 회사 그만두지는 않아요."

"같이 있는 게 너무 불편하면 내가 위쪽엔 얘기해 볼게. 민우현 씨, 다른 부서로 바꿔 달라고."

"그게 가능할까요?"

"가능하겠지. 어차피 민우현 씨가 드라마 제작 쪽으로 지원한 것도 아니고. 지금은 다들 인턴처럼 배우는 기간이고."

슬희는 잠시 생각에 잠겼다.

우현이 같은 사무실을 쓰지 않는다면 편하긴 할 것이다.

하지만 다른 사무실로 간들, 슬희를 귀찮게 하는 걸 관둘까?

오히려 더 귀찮게 할 것 같다는 불길한 예감이 들었다.

"생각해 주셔서 감사해요, 팀장님. 그런데 괜찮아요. 다른 부서로 옮긴다고 해도 상황이 나아질 것 같지 않아요."

슬희의 대답에 지수가 고개를 끄덕였다.

"그래, 사실 내 생각도 마찬가지야. 그래도 슬희 씨, 이건 알아둬. 난 슬희 씨가 아주 마음에 들어서, 그런 인간 때문에 슬희 씨가 회사 관두는 건 보고 싶지 않아. 못 견딜 상황이 되면, 나한테 꼭 얘기해 줘야 돼. 어떻게든 좋은 방법을 생각해 볼 테니까."

"어? 나도, 나도."

재현이 끼어들었다.

슬희는 웃었다.

새 회사로 옮기면서 걱정을 많이 했는데, 좋은 사람들을 만난 것 같다.

＊　　＊　　＊

우현은 팀 사람들과 점심은 함께 먹었지만 커피를 마시러 가지는 않았다.

팀 사람들이 무슨 이야기를 할지는 안 봐도 뻔했다.

다들 오늘 아침의 일에 대해 이것저것 물어올 것이다.

다른 때였다면 반가운 마음으로 사람들의 질문을 받아 줬겠지만, 오늘은 영 그럴 기분이 아니었다.

아침에 봤던 슬희의 차가운 눈빛이 아직도 가슴에 껄끄럽게 남아 있었다.

모래알 몇 개가 걸린 것처럼 꺼슬꺼슬.

기분이 별로다.

엘리베이터에서 내려 깨끗한 바닥에 시선을 두고 걷느라, 드라마 본부 사무실 앞에 서 있는 태윤을 뒤늦게 발견했다.

세련된 검은색 힐을 본 후에야 고개를 들었다.

"안녕, 비서님. 이런 곳에서 볼 줄은 몰랐는데."

우현은 기분을 감추고 순식간에 만면에 미소를 띠었다.

태윤은 우현의 미소에 넘어가 주지 않는 몇 안 되는 여자 중 한 명이었다.

"얘기 좀 하지요, 민우현 씨."

태윤이 휙 돌아서서 걷기 시작했다.

우현은 잠시 태윤의 호리호리한 뒷모습을 지켜보다가 그녀를 따라 걷기 시작했다.

태윤은 회의실로 들어갔다.

"회사에서 대체 무슨 짓을 하고 다니는 거야?"

"무슨 짓이라니. 그렇게 말하면 꼭 내가 나쁜 짓을……."

"장난치는 거 아냐. 네가 한 짓, 나한테 그대로 들려와. 오늘 아침에 이슬희 씨한테 몹쓸 짓 했다면서?"

"몹쓸 짓이라니. 난 그저 슬희 씨한테 선물을 해 주고 싶었을 뿐이야."

"그런 식으로 선물을 해 주는 게, 이슬희 씨한테 좋은 일일 것 같아?"

"그렇게까지 싫을 일인가?"

"싫을 일이야. 관심 없는 남자한테 받은 관심만큼 부담스러운 게 없거든. 창현이한테 못 들었니? 쓸데없는 짓을 해서 회사에 분란 일으키지 말라고."

"회사에 분란을 일으킬 생각 없어. 누나, 나는 슬희 씨가 좋아."

"아, 그래? 네가 안 좋아하는 여자를 말하는 게 빠를 것 같은데."

"이번엔 진심이야. 나는 진심으로 슬희 씨가 좋고, 진심으로 슬희 씨한테 부딪쳐 볼 생각이야. 물론 필요 이상으로 슬희 씨를 힘들게 하는 일도, 곤란하게 하는 일도 없을 거야. 오늘은 그저 주변 사람들에게 알린 것뿐이야. 이슬희 내 거니까 건드리지 말라고."

태윤이 미간을 좁히고 우현을 빤히 응시했다.

"너, 진심이구나?"

"그렇다고 몇 번을 말해?"

"그래도 안 되는 건 안 돼. 정신이 똑바로 박힌 여자라면 너 같은 남자를 좋아할 리 없어. 네 애정이 부담스러워서 이슬희 씨가 회사를 관두기라도 하면 어쩌려고 그래?"

"그럼 누나한테 더 좋은 거 아냐?"

"뭐?"

"누난 슬희 씨, 싫잖아."

순간 태윤의 눈동자가 흔들렸다.

하지만 태윤은 빠르게 동요를 지웠다.

"내가 왜 이슬희 씨를 싫어한다고 생각해? 나는 일 잘하는 사람, 좋아해. 이슬희 씨는 일을 잘할 거라고 생각되고."

"하지만 싫잖아. 형 옆에 있는 게 거슬리는 거 아냐?"

"내가 그걸 거슬려 할 이유가 있니?"

"그건 누나가 더 잘 알 텐데."

"네가 무슨 말을 하고 싶은 건지 모르겠다."

"나는 슬희 씨가 좋아. 누나는 형을 좋아하고. 하지만 형은 슬희 씨한테 관심이 있지."

또다시 태윤의 눈동자가 흔들렸다.

이번에는 조금 오래 갔다.

태윤의 동요를, 우현은 기분 좋게 지켜보다가 말했다.

"관심. 호감. 그 수준일 때 끝내야지. 딱 그 수준일 때 슬희 씨에게 임자가 생겨야, 형도 마음을 빠르게 정리할 수 있지. 그 마음이 깊어져서 사랑이 되면, 그땐 너무 늦잖아. 안 그래?"

태윤은 입술을 달싹거렸지만 말하지 않고 다시 입을 다물었다.

"나랑 손잡자, 누나. 나는 이제부터 온 힘을 다해서 슬희 씨를 손에 넣고 싶어. 그런데 여자를 그렇게 만났어도, 여자 마음을 잘은 모르겠어. 누나가 도와주면 쉽겠지. 내가 슬희 씨를 가지면, 누나도 안심일 거고."

"나는."

인상을 찌푸리고 우현의 이야기를 듣던 태윤이 결심한 듯 입을 열었다.

"여전히 네가 무슨 소리를 하는지 모르겠고, 너랑 손을 잡을 생각도 없어. 나는 이슬희 씨를 싫어하지 않고, 우리 회사에 다니게 돼서 잘됐다고 생각해. 네가 쓸데없는 짓을 해서 이슬희 씨를 쫓아내는 일이 없기를 바랄 뿐이야."

예상한 반응이었다.

태윤의 자존심에 질투를 하고 있다는 걸 인정하고 싶지 않았을 것이다.

하지만 곧 인정해야만 하는 날이 올 것이다.

태윤의 앞에서는 관심, 호감이라고만 했지만, 슬희를 향한 창현의 마음은 그 이상이라는 걸, 우현은 느끼고 있었다.

"알겠어, 그럼. 하지만 내 제안을 거두진 않을게. 언제라도 마음이 바뀌면 얘기해."

＊　　＊　　＊

원래 잠을 푹 자지 못한다.

주말인데도 일찍 눈을 뜨는 건, 창현에게 있어서 이상한 일이 아니었다.

피로가 쌓인 몸은 언제나 찌뿌드드했지만, 오늘은 기분 좋게 침대에서 내려왔다.

오늘 슬희와 데이트를 한다.

앞으로 있을 드라마에 대비하는 거라고 이유를 붙이기는 했지만, 사실은 회사가 아닌 다른 곳에서 슬희와 무언가를 하고 싶었다.

차라리 제주도에서의 일이 없었더라면 그녀와 단둘이 만나는 걸 원하지도 않았을 것이다.

단둘이 무언가를 한다는 게 무척이나 즐거운 일이라는 걸 몰랐을 테니까.

하지만 이미 제주도에서 그녀와 단둘이 대화를 했고, 한라산에 가기도 했고, 밥을 먹기도 해 버려서, 이 몸이, 이 머리가 그 즐거움을 알아 버렸다.

약에 중독되듯 그녀와의 시간에 중독되었다.

무언가에 중독된 사람들이 그러하듯, 창현 역시 이래선 안 된다는 생각은 하고 있었다.

이러면 안 돼. 더 이상은 안 돼. 그만둬야 돼.

하지만 무언가에 중독된 사람들이 그러하듯, 창현 역시 마음먹은 대로 멈출 수가 없었다.

이 정도는 괜찮지 않을까.

딱 한 번만 더. 딱 하루만 더…….

그녀와 시간을 보내도 괜찮지 않을까.

괜찮지 않다는 걸 안다.

하루 더 그녀와 함께하면 이 마음이 더 깊어지고, 욕심도 더 커지리라는 것을 안다.

'하지만 내가 원할 때 멈출 수 있어. 이 정도는 괜찮을 거야.'

그러나 창현은 중독된 사람들이 하는 변명을 하며, 하루를 준비했다.

그녀를 만나기 전, 민 회장, 애리와의 약속이 있었지만, 이제 그런 건 아무런 문제가 되지 않았다.

중독된 사람들이 그렇듯이.

* * *

어젯밤에는 번역 일을 하다가 동틀 녘이 되어서야 잠이 들었다.

그런데도 이른 아침에 눈이 떠졌다.

그 이유를, 슬희는 알고 있었다.

오늘 창현을 회사가 아닌 곳에서 만난다.

회사에서 매일 점심시간이 끝난 후, 한 시간씩 대표실로 찾아가는 일에는 익숙해졌다.

대표실에서 보는 창현은 아무리 봐도 익숙해지지 않았다.

정장을 입고 우아하게 앉아 있는 모습은 그저 두엔의 대표 민창현일 뿐이었다.

'이런 일로 일일이 설레면 안 되는데.'

번역 마감이 급한 것도 아닌데, 어젯밤 늦게까지 일을 한 이유는 설렘을 잊고 싶어서였다.

민창현을 좋아한다.

아마 민창헌도 나를 좋아한다.

그러나 우리 둘은 안 된다.

그가 과거를 지우고 싶어 하고, 내가 그의 과거를 아는 한.

그가 과거를 말하지 않고, 내가 그의 과거를 안다는 말을 하지 않는 한.

우리는 안 된다.

'물론 그 외에도 여러 가지 사정이 있지만. 우리 집안 사정이라든가, 우리 집안 사정이라든가, 우리 집안 사정 같은 거.'

슬희는 한숨을 푹 내쉬고 침대에서 내려왔다.

조용히 방문을 열었다가, 현관문 앞에서 신발을 신는 아빠의 뒷모습을 보고 깜짝 놀랐다.

"아빠?"

작은 목소리로 아빠를 부르며 다가갔다.

잠을 제대로 못 잔 듯 피곤한 눈으로 돌아보는 아빠의 모습에 가슴이 아팠다.

아마도 이런 시간부터 일당 받는 일을 하러 나가는 모양이다.

"어이구, 우리 딸."

아빠가 웃으며 돌아섰다.

"왜 벌써 일어났어?"

"그냥 일찍 깼어. 일하러 가는 거야?"

"일해야지. 건강할 때 열심히 벌어야지."

"이렇게 잠도 못 자면 건강하기도 힘들겠다."

"아빠는 잘 먹고 잘 자고 있어. 우리 딸은 잘 먹고 잘 자고 있나?"

"그럼. 잘 먹고 잘 자지."

"이제 여름인데 언제 바다에나 갈까?"

"응, 그러자. 고기도 구워 먹고 물놀이도 하고 그러자."

"그래. 그래."

아빠가 예뻐 죽겠다는 듯 슬희의 머리를 쓰다듬었다.

슬희는 항상 아빠의 이런 손길이 좋았다.

너무 좋아서, 아빠를 원망할 수가 없었다.

빚쟁이들이 찾아와도, 예쁜 책가방 한번 살 수 없었어도, 좋아하는 피아노를 포기해야 했어도.

아빠를 미워할 수가 없었다.

"아빠, 조심해서 일하다가 오세요."

"그래. 우리 슬희도 좋은 하루 보내고. 이따 보자."

"응."

아빠를 배웅하고 다시 방으로 돌아왔다.

한숨 쉬지 말자. 무거워하지도 말자.

'아빠도 노력하고 있잖아. 몇 년만 더 눈 딱 감고 고생하자. 뭐든 받아들이기 나름인 거야.'

힘들 때면 언제나 하는 생각을 하며, 슬희는 책상 앞에 앉았다.

어제 번역을 하다가 펼쳐 놓은 두꺼운 사전을 내려다보는데, 문득 한 가지 기억이 떠올랐다.

분홍색 커다란 꽃이 달린 책가방을 유행시킨 건, 어느 병원 의사의 딸이었다.

언제나 공주풍의 옷을 즐겨 입는 그 아이는 여자아이들 사이에서 대장 노릇을 하고 있었다.

이따금 가지고 오는 신기한 물건들과 예쁜 인형들, 때때로 나눠 주는 작은 선물들은, 또래 아이들을 홀리기에 충분했다.

그 아이가 책가방을 메고 온 지 얼마 지나지 않아, 학교 여자아이들 대부분이 분홍색이나 노란색 커다란 꽃이 달린 책가방을 갖고 다니게 되었다.

값비싼 명품이라면 모두가 갖기 힘들었겠지만, 평범한 월급쟁이 집안에서 사기에 충분한 가격의 가방이었다.

당시 가장 친하게 지내던 친구까지도 그 가방으로 바꾸자, 슬희도 욕심이 생겼다.

또래보다 빨리 철이 든 슬희는 집안이 어렵다는 걸 알아서 부모님에게 뭘 사 달라고 조르는 법이 없었다.

하지만 그 가방은 정말로 갖고 싶어서, 게다가 친구가 "이거 별로 안 비싸대. 엄마가 외식 한 번 덜하지, 하면서 사 줬어."라고까지 말해서…….

그 정도는 괜찮을 거라고 생각했다.

"엄마. 나 갖고 싶은 가방이 있는데……."

하지만 집에 돌아가 엄마에게 어렵사리 말을 꺼냈을 때, 엄마의 표정은 어린 슬희의 가슴에 깊은 상처를 남겼다.

엄마는 슬픔과 당혹감과 짜증과…… 그 이외에도 여러 가지 감정이 담긴 표정으로 슬희를 내려다봤다.

슬희로서도 고민을 거듭해서 꺼낸 말인데, 엄마가 그런 표정을 지으니 당황할 수밖에 없었다.

"또 뭔데?"

엄마는 지친 목소리로 물었다.

슬희는 몰랐지만, 엄마는 은행으로부터 밀린 대출 이자를 갚으라는 연락을 받은 직후였다.

슬희는 엄마의 상황을 몰랐고, 엄마는 슬희의 상황을 몰랐다.

그래서 서로가 서로에게 부담을 주고 상처를 입혔다.

"됐어. 아무것도 아냐."

슬희는 울음이 터질 것 같아, 휙 돌아서서 집을 나왔다.

자꾸만 눈물이 나왔다.

어디로든 멀리 떠나고 싶었다.

어린 마음에 나쁜 생각만 자꾸 들었다.

어디로 향하는지도 모른 채 자꾸만 달리다가 도착한 곳은 학교였다.

결국, 갈 곳은 학교밖에 없었다.

해 질 무렵 텅 빈 학교는 쓸쓸한 분위기에 감싸여 있었다.

그리고 그 적막한 풍경 사이에 해성이 있었다.

지난번에 해성과 처음 대화를 하게 된 이후, 해성을 볼 때마다 이상한 기분이 들었다.

또래 아이들이 풍기는 것과는 다른 분위기를 풍기는 해성을 보면 가슴이 따끔따끔 아팠다.

아이들이 시끄러워지는 쉬는 시간이나 점심시간, 해성은 조용히 앉아 있거나 교실을 나가 어디론가 사라지곤 했다.

해성은 그게 익숙한 듯했지만, 슬희는 자꾸만 그런 해성에게 말을 걸고 싶어졌다.

내버려 둘 수가 없었다.

어느 쉬는 시간에 해성에게 조심스레 말을 걸었더니, 친구 한 명이 달려와 슬희의 팔을 잡아끌었다.

―슬희야. 쟤랑 말하면 안 돼.

해성의 귀에까지 들리는 걸 아랑곳하지 않은 친구의 말이, 어째서인지 슬희를 더 상처 입혔다.

해성은 익숙하다는 듯 움찔하지도 않았지만, 슬희는 그게 자꾸만 마음에 걸려서 집에 돌아와 아빠에게 이야기했다.

―아빠, 우리 반에 윤해성이라고 있는데.
―아아, 그 아이.
―애들이 걔랑 놀면 안 된대. 정말 놀면 안 되는 거야?
―왜? 걔랑 놀고 싶어?

─아니, 꼭 놀고 싶은 건 아닌데…… 그냥, 좀…… 신경이 쓰여
서.

그랬더니 아빠는 다정한 미소를 지으며 슬희를 꼭 안아 주었다.

─우리 슬희. 그냥 네가 하고 싶은 대로 하면 돼. 신경이 쓰이
면 신경 쓰고, 말을 걸고 싶으면 말을 걸고, 놀고 싶으면 놀고. 네
가 하는 게 옳다고 생각하면, 그냥 하면 되는 거야.
─만약 내가 하는 게 틀린 거면?
─그럼 아빠가 땟찌 해 줘야지.
─땟찌가 뭐야. 애도 아니고.
─너, 애 맞거든?

아빠는 된다고 했다.
그러나 해성에게 말을 걸면, 친구들이 또 해성의 앞에서 '쟤랑 놀
면 안 돼.', '쟤랑 말하면 안 돼.' 그런 말을 할까 봐, 쉽게 말을 걸 수
가 없었다.
슬희는 교문 앞에 멈춰 서 쓸쓸한 풍경에 속해 있는 해성을 물끄
러미 응시했다.
해성은 아주 오랫동안 꼼짝도 하지 않고 있었다.
계단에 가만히 앉아 시선을 허공에 향한 채로, 그렇게 시간을 흘
려보내고 있었다.
슬희는 해성을 향해 천천히 걸음을 옮겼다.

허공을 향해 있던 해성의 시선이 느릿하게 슬희를 향해 움직였
다.

슬희를 발견한 해성의 눈이 놀란 듯 커졌다가 가늘어졌다.

"여기서 뭐 해?"

조용한 운동장에 슬희의 목소리가 경쾌하게 울렸다.

"그냥."

해성이 옆으로 시선을 피했다.

"그냥이 뭔데?"

"그냥. 그냥 있었어."

"왜? 집에 안 가고."

"……그냥."

슬희는 해성의 옆에 앉았다.

"여기 혼자 있으면 무섭지 않아?"

"응, 별로."

"난 무서울 것 같은데."

"……."

"왜 이런 시간에 여기에 왔느냐고 안 물어봐?"

"왜 이런 시간에 여기에 왔어?"

"엄마랑 싸웠거든."

"……."

"왜 싸웠느냐고 안 물어봐?"

"왜 싸웠는데?"

"가방 때문에."

"가방……."

"우리 반 여자애들이 다 메고 다니는 가방 있잖아. 그거. 그거 하나 갖고 싶었거든."

"……."

"나는 지금까지 엄마한테 뭐 사 달라고 졸라 본 적도 없는데. 처음으로 사 달라고 한 건데. 엄마는……."

엄마의 난처한 표정이 떠올랐다.

엄마는 화를 낸다기보다는 지친 듯한 눈빛이었고, 그래서 더 상처를 받았다.

한 번도 졸라 본 적 없는데, 이번이 처음이었는데.

또다시 눈물이 나려고 했다.

아니, 이번에는 울음을 참지 못했다.

아까부터 꾹 참고 있던 눈물이 볼을 타고 흘러내렸다.

해성은 당황한 듯 눈을 크게 떴다.

머뭇거리던 입술이 간신히 벌어졌다.

"괘, 괜찮아?"

"괜찮아!"

슬희는 버럭 외쳤다.

"아……."

"괜찮아, 난 괜찮아! 이렇게 슬플 땐 노래를 부르면 괜찮아져!"

"노래?"

"응. 개구리 소년. 개구리 소년 빰빠밤!"

갑자기 와서 말을 걸고, 갑자기 울고, 갑자기 개구리 소년 노래를 부르기 시작하는 슬희를, 해성은 멍하니 응시했다.

개구리 소년 주제가 한 곡을 야무지게 다 부른 슬희는, 눈가에 남은 눈물을 손등으로 쓱 닦아 냈다.

"아, 개운하다. 이제 괜찮아."

"아, 그래."

"난 이 노래 좋아해. 슬프면서도 용기를 주니까! 너도 슬플 땐 이 노래를 불러 봐. 막 되게 슬프면서도 힘이 난다?"

"그래?"

"나 이거 피아노로도 되게 잘 쳐. 내가 제일 잘 치는 곡이야."

"피아노도 칠 줄 알아?"

해성의 질문에 슬희는 환하게 웃었다.

갑작스러운 슬희의 미소에 해성은 당황한 듯했다.

그런 해성을 보며, 슬희는 말했다.

"이젠 먼저 질문도 하네. 다 컸다, 윤해성."

슬희는 상념에서 벗어났다.

사전을 향하고 있던 슬희의 눈이 커졌다.

"개구리 소년……."

잊고 있었다.

"그래, 개구리 소년……."

어릴 땐 우울하고 슬플 때면 그 노래를 불렀다.

그리고 제주도에서 창현은.

"이 노래를 불렀어."

슬희의 방 앞 복도에서, 창현은 개구리 소년을 부르고 있었다.

"창현이 너…… 설마 기억하는 거니?"

       *   *   *

약속 장소에는 민호연 회장과 민애리뿐 아니라, 민 회장의 와이프인 최 여사까지 함께 들어왔다.

최 여사의 모습에 안심을 하는 한편 마음이 무겁기도 했다.

최 여사에게는 이런 모습을 보이고 싶지 않았다.

"오셨습니까."

창현이 일어나서 정중하게 인사했다.

민 회장은 가볍게 고개를 끄덕였고, 애리는 인사를 받지 않았고, 최 여사는 환하게 미소를 지었다.

"우리 창현이 오랜만에 보네. 이야, 더 근사해졌다."

"감사합니다."

"지랄들을 하네."

애리가 작은 목소리로 중얼거렸지만, 조용한 일식집 룸에 울려 퍼질 만한 음성이었다.

"민애리."

민 회장이 꾸짖듯 애리의 이름을 불렀다.

애리가 콧등을 찡그렸다.

이래서 최 여사는 함께하지 않기를 바랐다.

민 회장의 후처인 최 여사는 창현의 이모였다.

피가 통한 유일한 혈육.

요리를 주문하고 식사를 하며 간단한 근황을 주고받았다.

요리가 마음에 안 드는지 깨작거리던 애리가 짜증스럽게 말했다.

"아, 그래서. 오늘 왜 보자고 한 건데?"

"두엔 대표 자리 때문입니다."

"그게 왜?"

창현은 민 회장을 돌아봤다.

민 회장은 얘기해 보라는 듯 고개를 끄덕였다.

"제가 두엔에서 일하기로 했을 때, 기한을 3년 주셨고 성과를 확인한 후 대표 자리를 양도해 주기로 하셨습니다. 이제 약속했던 3년이 지났고, 저는 애초 이야기되었던 것보다 더 큰 성과를 만들어 냈습니다. 이제 슬슬 대표 자리에 대해……."

"성과는 무슨. 야, 이번에 사건 터졌더라. 두엔 소속인 애. 그거 수습하느라 돈 많이 쓴 거 아냐?"

애리가 이번에 사건이 터진 A에 대해 지적했다.

"그 일에 대해서는 곧 보고서를 올리겠지만, 누님이 생각하신 것처럼 손해가 크지는……."

"누님이라고 하지 마! 난 네 누나 아니니까."

"민애리."

"아빠. 설마 진짜로 쟤한테 두엔 주는 건 아니지? 쟤, 우리 가족도 아니잖아. 그래, 내가 새엄마까지는 우리 가족으로 인정할게. 아빠가 좋아서 결혼한 여자니까 받아들일 수 있어. 그런데 쟤는 새엄마 친아들도 아니잖아. 쟤까지 가족으로 치는 건 말도 안 되지 않아?"

"넌 돌아가라."

"아빠. 지금 나보고 가라는 거야? 내가 아빠 딸이야. 내가 두엔 대표고."

"민애리."

민 회장의 음성이 한 톤 낮아졌다.

애리는 입술을 씰룩거리며 창현을 노려봤다.

창현은 묵묵히 애리의 시선을 받아 냈다.

이런 시선에도, 매도에도 익숙했다.

다만 이런 취급을 받는 모습을 최 여사에게는 보이고 싶지 않았다.

나이가 서른일곱 살이 되었는데도 어린애 같은 애리는, 그래도 민 회장이 무서웠는지 순순히 일어났다.

하지만 나가면서 문을 거칠게 닫는 건 잊지 않았다.

"3년이 훨씬 지났지. 애리가 말아먹은 두엔을 부활시킨 지도 한참이 지났고. 그래도 대표를 바꿔 달라 하지 않기에 이상하게 생각했었다."

민 회장이 말했다.

"이제 와 갑자기 대표 자리를 달라고 말하는 걸 보니 다른 연유가 있는 것 같은데. 혹시 좋아하는 사람이라도 생긴 게냐?"

역시 민 회장은 날카로웠다.

창현은 당황했지만, 당혹감을 겉으로 드러내진 않았다.

"그런 게 아닙니다. 그저 이 정도면 때가 되지 않았을까 생각했을 뿐입니다. 만약 제가 너무 이르게 탐내는 것이라면 반려하셔도 좋습니다."

"아니다. 그동안 잘해 왔는데 거절할 이유가 없지. 올해도 네가 말을 꺼내지 않으면 내가 먼저 말할 생각이었다. 조만간 절차 밟으마."

"네, 회장님. 감사합니다."

창현을 싫어하는 자식들과 달리 민 회장은 창현에게 너그러운 편이었다.

아마도 최 여사를 무척이나 사랑하기 때문에, 최 여사가 아끼는 창현에게도 너그러운 것이리라.

이유가 무엇이든, 창현은 민 회장에게 고마웠다.

식사를 끝내고 나오는 길, 차에 타기 전 최 여사가 창현의 손을 잡았다.

"창현아. 너, 좋아하는 애 생겼니?"

대그룹의 안주인이 된 지 한참이 지났는데도, 최 여사의 눈에는 젊을 때와 같은 장난기가 가득했다.

"그런 거 아닙니다."

"에이, 생긴 거 맞지? 회장님이 없는 소리 하시는 분은 아니잖니."

"아니에요, 어머니. 얼른 들어가세요. 회장님 기다리십니다."

"너, 좋아하는 사람 생기면 나한테 제일 먼저 말해 주기다? 알겠지?"

"네, 네. 그럴게요. 조심히 들어가세요. 건강하시고요."

"얼굴 좀 자주 보여 줘."

최 여사가 손을 흔들고 차에 올랐다.

민 회장과 최 여사를 태운 차가 조용히 가게 주차장을 빠져나간 후, 창현도 차에 올랐다.

'좋아하는 사람이라⋯⋯.'

단지 그런 이유가 아니다.

좋아하는 사람은 항상 이 가슴속에 있었다.

그저 첫사랑이라는 이름을 붙일 수 없는 소중한 감정을, 항상 이 가슴속에 품고 살아왔다.

인제 와서 두엔의 대표 자리를 가지려고 하는 이유는, 그 자리를 가지고 슬희의 마음을 얻고 싶어서가 아니었다.

슬희와 연애를 하고 결혼을 하고.

그런 건 꿈도 꾸지 않았다.

그저.

'지켜 줄 힘이 필요해.'

슬희에게 문제가 생겼을 때, 그녀 혼자 해결하지 못할 일이 벌어졌을 때, 그녀를 도울 수 있는 지위가 필요할 뿐이었다.

*　　*　　*

슬희는 옷장을 열었다.

연주회에 가는 거니 평소처럼 청바지에 티셔츠를 입고 갈 수는 없었다.

그런데 이런 날씨에 입을 만한, 격식 차리는 옷이 없었다.

'이런 일 때문에 옷을 살 수도 없고.'

그나마 적당해 보이는 회색 치마와 흰색 블라우스를 꺼냈다.

화장을 하고 집을 나섰을 때는 예정보다 조금 이른 시간이었다.

'일찍 도착하겠네. 가서 주위나 좀 둘러봐야겠다. 공원 같은 것도 있으니까. 그나저나. 창현이는 정말 기억하는 걸까?'

아까부터 '개구리 소년'이 머릿속에서 떠나질 않았다.

제주도에서 개구리 소년을 열창하던 창현의 모습.

그리고 어린 시절, 힘들 때마다 종종 개구리 소년을 불렀던 어린 슬희.

'해성이 앞에서도 자주 불렀지. 그때부터 자주 만났으니까.'

울적할 때 집을 나와 학교에 가면, 언제나 해성이 있었다.

그래서 슬희는 울적하지 않은 날 저녁에도 학교로 향하곤 했다.

슬희는 항상 해성의 옆에서 재잘거렸고, 때로는 투덜거렸다. 그러다가 슬퍼지면 개구리 소년을 부르곤 했다.

해성은 항상 말없이 슬희의 이야기를 들어 주었다.

'만약 기억한다면…… 왜 모르는 척을 하는 거지? 반가워해 줘야 하는 거 아냐? 난 걜 괴롭힌 적도 없는데!'

김포 공항에서 창현을 처음 마주쳤던 일이 떠올랐다.

그때 창현은 슬희를 전혀 기억하지 못하는 표정이었다.

'아냐, 어쩌면 나랑 어릴 때 나를 연결시키지 못하는 걸지도 몰라. 아니면 그냥 개구리 노래만 기억하고, 그 노래를 불렀던 나는 기억하지 못하든가.'

그럴 가능성이 컸다.

개구리 소년을 불러 댔던 소녀가 있다는 건 기억하지만, 그 소녀의 이름도 얼굴도 기억하지 못할 가능성.

혹은 개구리 소년 노래는 기억하지만, 그 노래를 알게 된 경위를 기억하지 못할 가능성.

'날 기억하면서도 모르는 척할 가능성보단, 날 기억 못 할 가능성이 높지.'

아무리 이름과 신분이 변했다고 해도, 슬희를 기억하면서 모르는 척할 이유는 없었다.

오히려 '나 이런 사람이 되었다!'라고 자랑할 만한 상황이었다.

'그래. 나에 대해서는 기억 못 하는 걸 거야. 그래도…… 나랑 있었던 일을 조금이라도 기억해 준다니까 기분은 좋네.'

어릴 때 슬프면 개구리 소년 주제가를 불렀다.

하지만 어느 순간부터 그러지 않게 되었다.

아마도 아빠가 큰 사기를 당하고 나서, 슬희가 피아노를 포기해야만 하는 순간이 왔을 때부터일 것이다.

그래서 개구리 소년을 잊은 슬희와 달리, 창현은 종종 불렀나 보다.

슬플 때, 외로울 때, 우울할 때.

슬희가 충고해 준 대로 개구리 소년을 가끔씩은 불러 왔나 보다.

'보고 싶다.'

얼른 창현을 보고 싶었다.

이런 마음을 품지 않으려고 노력했는데, 불현듯 창현이 몹시도 사랑스러워져서 얼른 그를 보고 싶었다.

그를 끌어안고 그의 눈을 똑바로 마주하며 말하고 싶었다.

나야, 해성아. 내가 이슬희야. 그때 개구리 소년 주제가를 불렀던 애가 나야.

'하지만 그러면 안 되지.'

슬희는 부푼 가슴을 진정시키기 위해 애쓰며 약속 장소로 향했다.

40분 걸려 도착한 약속 장소에서, 슬희의 눈에 들어온 건 창현이 아닌 태윤이었다.

*   *   *

'왜 비서님이 여기에 있지?'

태윤을 발견하자마자 느낀 감정은 당혹감이었다.

입사한 후, 슬희는 월요일부터 금요일까지 오후 한 시가 되면 대표실을 방문했다.

그런 일을 반복한 지도 2주가 되었는데, 그동안 태윤은 항상 비서실을 지키고 있었다.

슬희가 1층 커피숍에서 커피를 산 건 첫날 하루뿐. 그 이튿날부터는 태윤이 매일 커피를 타 놓고 기다렸다.

매일 얼굴을 보면 친근해질 만도 한데, 태윤과 슬희 사이의 대화라고는 인사뿐이었다.

— 오셨어요?

— 네, 비서님. 안녕하세요.

슬희가 아무리 낯을 가린다고 해도 하루 이틀이었다.

몇 번 얼굴을 보면 금방 마음을 터놓고 친해지는데, 이상하게도 태윤과는 그럴 수가 없었다.

어딘지 모르게 불편하다.

'아, 오늘 약속이 창현이랑 나랑 둘만 만나는 게 아니었구나.'

당당하게 기다리는 태윤을 보니, 태윤과 셋이서 만나는 약속이었나 보다.

그런 줄도 모르고 창현과 단둘이 만나는 거라 생각하며 설레었던 자신이 바보 같았다.

'불편하니까 창현이 올 때까지 다른 데 가 있어야겠다.'

마음 같아서는 그대로 돌아가 버리고 싶지만, 그런 식으로 약속을 취소할 수는 없었다.

하지만 슬희가 돌아서기 전, 태윤이 슬희를 발견했다.

눈이 마주친 상황에서 못 본 척할 수는 없었다.

슬희는 자리에 선 채, 태윤이 다가오기를 기다렸다.

"일찍 왔네요."

태윤이 먼저 말을 걸었다.

"네. 비서님도요."

"대표님보다는 일찍 와서 기다려야 하니까요."

"그렇군요."

거기서 대화가 끊겼다.

'어색해!'

슬희는 도망치고 싶었다.

둘은 나란히 서서 거리를 오가는 사람들을 지켜봤다.

"오늘."

태윤이 다시 입을 열었다.

"제가 동행하는지 몰랐나요?"

"네, 솔직히 몰랐어요."

"그래요. 전 대표님이 가시는 곳에는 항상 동행하거든요. 알아 두시는 게 좋겠어요."

"네, 그럴게요."

"그런데 오늘 대표님이랑 뭘 하려고 만나는 건지는 알고 계시는 건가요?"

"네, 아는데요."

"그런데 그렇게 입고 오셨어요?"

"네?"

"그래도 대표님과 동행하는 자리인데 조금이라도 격식을 차려 주셨으면 좋았을 텐데요."

정중한 말투라서 거기에 돋은 가시가 더 예리하게 느껴졌다.

슬희는 입을 꾹 다물고 있다가 태윤을 돌아봤다.

"비서님."

"네?"

태윤이 옅은 미소를 짓고 슬희를 응시했다.

악의라고는 조금도 없는 얼굴이었다.

하지만 슬희는 태윤을 똑바로 보며 물었다.

"비서님은 제가 싫어요?"

"네?"

태윤이 눈을 동그랗게 떴다가 곧 다시 미소를 지었다.

"그럴 리가요. 왜 제가 이슬희 씨를 싫어한다고 생각하세요?"

"비서님 말투에서 가시가 느껴지거든요."

"가시요? 글쎄요. 그건 이슬희 씨 기분 탓 아닐까요? 전 이슬희 씨를 싫어할 이유가 없는데. 이슬희 씨는 저한테 미움받을 이유가 있다고 생각하나 보죠?"

"글쎄요. 그 이유는 저보다 비서님이 더 잘 아실 것 같은데요."

"이슬희 씨. 전 그저 오늘 이슬희 씨의 차림이 장소와 어울리지 않는 것 같아서 충고를 해 드린 것뿐이에요. 좋은 마음으로 건넨 충고를 그렇게 받아들이시니 당혹스럽네요. 이슬희 씨도 사회생활을 해 보셨으니 아시잖아요. 자존심이 상하더라도 충고는 받아들이는 게 도움이 된다는 거."

"그러는 비서님도 사회생활을 해 보셨으니 아실 텐데요. 충고라는 건 그걸 원하는 사람한테 해 주는 게 충고고, 원하지 않는 사람한테 해 주는 건 그저 오지랖, 혹은 꼰대짓이라는 거."

태윤은 하마터면 미소를 지을 뻔했다.

슬희가 만만치 않은 상대라는 건 알고 있었다.

하지만 이 정도일 줄은 몰랐다.

먼저 '너, 나 싫어해?'라고 묻는 건 보통 사람은 하기 힘든 일이었다.

그 질문을 들었을 때부터 당황스러웠는데, 꼰대짓이란 말까지 나오니 표정 관리를 하는 게 힘들었다.

그래도 간신히 입가의 근육을 끌어올리고 있는데, 슬희가 말을 이었다.

"비서님이 사회생활이란 말을 꺼냈으니 하는 말인데. 부당한 일 당해도 참고, 신경 거슬리는 일 있어도 참고. 어떤 사람들은 그렇게 참을 인 자 3개 그리는 게 사회생활이라고 하더라고요. 그런데 저는 그런 식으로 사회생활을 할 생각도 없고, 지금까지 그렇게 안 해 왔는데도 문제가 없었거든요."

"……."

"교묘한 괴롭힘, 따돌림, 그런 거. 별로예요. 당해 줄 생각 없어요. 비서님이 날 싫어하는데 난 비서님을 좋아하려고 노력할 생각도 없고요. 비서님이 날 거슬리게 하는데, 난 비서님 거스르지 않으려고 노력할 생각도 없어요. 우리 서로 거슬리는 일 없이 지냈으면 좋겠는데, 비서님 생각은 어때요?"

태윤은 지금껏 타인에게 이런 말을 들은 적도, 이런 공격을 받은 적도 없었다.

사실은.

'이런 짓을 해 보는 것도 처음이야.'

인정하고 싶지 않지만 슬희를 질투한다.

내가 오랫동안 갖고 싶은 남자를 손쉽게 가지려고 하는 슬희가 질투 나서, 창현과 슬희만 만나기로 한 오늘 따라왔고, 슬희의 옷차림을 지적했다.

먼저 공격한 건 자신인데도 수모를 당한 기분이 들었다.

그래도 태윤은 입가의 미소를 무너뜨리지 않고 우아하게 말했다.

"이슬희 씨. 뭔가 오해가 있는 모양이네요. 전 그저 이슬희 씨가 다른 옷을 입었더라면 더 나아 보였을 거란 생각에 했던 말이고, 이 말 때문에 기분이 나빴다면 미안해요. 앞으로는 괜한 충고, 하지 않도록 하죠."

보통이라면 이쯤에서 물러나겠지만…….

"아, 그러세요. 그런데요. 아까도 말했지만 내가 원치도 않았던 비서님의 그 지적. 충고가 아니라 꼰대짓이에요. 충고라고 표현하지 마세요."

슬희는 보통이 아니었다.

*   *   *

약속 시간에 딱 맞춰 도착한 창현은 태윤을 발견하고는 살짝 인상을 찌푸렸다.

태윤이 창현을 올려다보며 선수를 쳤다.

"대표님 보좌하러 나왔어요. 항상 그렇듯이."

창현은 대답하지 않았다.

굳게 닫힌 그의 입매에서 미미한 분노가 느껴졌다.

태윤은 아차 싶었다.

슬희를 향한 질투 때문에 하지 말아야 할 행동을 했다.

주말에 슬희와 창현, 단둘이 만나는 일을 막아야 한다는 생각뿐이었다.

이것 때문에 창현이 화를 낼 거란 생각까지는 하지 못했다.

평소엔 이렇지 않은데 마음에 여유가 없으니 실수를 하게 된다.

설상가상으로 슬희는 창현을 가만히 올려다보고 있었다.

슬희의 시선을 느낀 듯 창현이 슬희를 향해 시선을 돌렸다.

둘의 시선이 허공에서 마주쳤다.

그저 잠깐 서로를 응시했을 뿐인데, 옆에 서 있는 태윤에게도 전해졌다.

이름 붙이기 힘든 묘한 감정의 기류.

애정과 그리움과 애틋함, 그 외에도 여러 가지 감정이 뒤섞인 저걸 뭐라고 이름 붙여야 하는 걸까?

단순히 서로에게 호감을 품은, 요샛말로 '썸'을 타는 사람들이 주고받는 눈빛이 아니었다.

더 농밀하고 깊은 무언가가 있었다.

"대표님. 안녕하세요."

슬희가 살짝 고개를 숙이는 바람에, 둘의 시선이 떨어졌다.

"그래요. 슬희 씨도 안녕하죠?"

"네, 안녕하긴 한데요. 대표님, 지금 제 복장, 못 봐 줄 정도로 별로인가요?"

"복장이요?"

갑작스러운 질문에 창현이 눈을 크게 떴다가 곧 미소를 지었다.

"아니요. 아주 예쁩니다."

태윤은 창현의 대답에 심장이 쿵 내려앉았다.

창현은 지금껏 그 어느 누구에게도 '예쁘다.'라는 말을 한 적이 없었다.

소속사 여배우들에게도 "괜찮군."이란 평가가 최고의 평가였었다.

"갑자기 복장은 왜요?"

"누가 이 복장 별로라고 해서요."

슬희의 대답에, 태윤은 심장이 콱 옥죄어 왔다.

슬희는 역시 만만찮은 상대였다.

아니, 그 정도가 아니었다.

태윤은 깨달았다.

질투 한번 해 본 적 없는 자신이 머리를 굴린다고 해서 이길 수 있는 상대가 아니라는 걸.

설령 질투와 모략에 일가견이 있더라도, 슬희는 이기기 힘들겠다는 걸.

*　　*　　*

몇 번이나 태윤의 시선을 느꼈다.

하지만 슬희는 신경 쓰지 않았다.

태윤은 날 싫어한다.

그렇다면 무서울 것 없다.

내가 잘못한 것도 없는데 상대가 날 싫어한다면, 그때부터는 딱히 행동을 조심해야 할 이유도, 상대를 신경 써야 할 이유도 없어진다.

슬희는 그렇게 살아왔다.

— 비서님은 널 싫어해.

— 비서님은 대표님을 좋아하니까.

수요일에 연우가 했던 말이 떠올랐다.

'걔도 참 눈치가 빨라. 어떻게 내 얘기만 듣고 비서님 마음을 눈치챈 거지?'

태윤이 슬희를 싫어하는 데는 이유가 있었다.

하지만 이유가 있다고 해도 마찬가지였다.

여자들의 질투를 받아 본 건 처음이 아니다.

중학교를 다닐 때, 사춘기에 접어들기 시작한 아이들은 풋사랑을, 짝사랑을, 첫사랑을 시작했다.

많은 남학생들의 첫사랑은 슬희였고, 그래서 이유 없이 여학생들에게 괴롭힘을 당하기도 했다.

처음에는 그게 참 싫고 우울했지만.

— 그럼 너도 같이 싫어해 주면 되지.

슬희의 상담을 받은 아빠는 별일 아니라는 듯 말했다.

― 널 싫어하는 애들한테 굳이 예쁨을 받으려고 노력할 필요는 없잖아. 너도 같이 힘껏 미워해 줘. 괴롭게 해 주고.

인제 와서 생각해 보면 그게 중학생 딸에게 해 줄 만한 답인가 싶지만, 또 어떻게 생각해 보면 정답이었다.

날 괴롭히는 사람을 도리어 괴롭게 만들기 위해 궁리하다 보면, 상대가 날 미워한다는 데에 대한 괴로움이 사라졌다.

그리고 어느 순간부터 상대는 슬희를 괴롭히지 않게 됐다.

속으로는 계속 미워할 수도 있겠지만, 적어도 겉으로는 티를 내지 않게 됐다.

피아노 연주회가 끝나고 나오는 길, 태윤이 창현에게 말했다.

"대표님. 오늘 오후 회장님과 회의한 내용, 정리하고 싶은데요."

"아, 그거. 정리해야지."

"아, 그럼 오늘 저녁은 같이 안 먹는 거예요?"

슬희가 중얼거리듯이 한 말을, 창현은 놓치지 않았다.

창현이 슬희를 돌아봤고, 태윤도 마찬가지였다.

하지만 두 사람의 눈빛은 달랐다.

슬희는 태윤의 찌르는 듯한 시선을 느꼈지만 무시하고 창현만 올려다봤다.

이런 눈빛을 지을 때, 상대 남성이 어떻게 반응하는지 슬희는 알고 있었다.

다만 이런 거로 남자를 휘두르는 걸 좋아하지 않아서, 잘 사용하지 않을 뿐이었다.

"저녁?"

"네, 전 저녁도 같이 먹는 줄 알고 점심도 안 먹고 나왔거든요. 대표님 바쁘신 걸 깜빡했어요. 어쩔 수 없죠."

"아니에요, 슬희 씨. 저녁, 당연히 같이 먹어야죠."

태윤의 어깨가 움찔 떨렸다.

"아뇨, 괜찮아요. 대표님 바쁘신데 저녁은 저 혼자 먹어도 돼요. 진짜로요."

"아닙니다. 내가 초대했는데 저녁도 대접하지 않고 보낼 순 없죠. 정 비서. 정리는 나중에."

"하지만 대표님……."

태윤이 반박하려고 하자 창현의 눈빛이 가라앉았다.

"정리는 나중에."

태윤이 아랫입술을 지그시 깨물었다.

"그럼 정 비서는 들어가 봐."

"정 비서님은 같이 안 가세요? 대표님의 모든 시간을 정 비서님이 함께해야만 한다고 하시던데."

슬희가 마지막으로 쐐기를 박았다.

태윤은 슬희를 노려봤지만, 슬희는 여전히 창현만 올려다보고 있었다.

"정 비서가 그렇게 말했어요?"

"전 그렇게 말한 적 없어요, 대표님."

태윤이 반박했지만 창현은 돌아보지 않았다.

"내 개인적인 시간은 내 거야, 정 비서. 그만 돌아가. 월요일에 회사에서 얘기하지."

"특별히 먹고 싶은 거 있어요?"

둘만 남게 되었을 때 창현이 물었다.

"돼지갈비요."

"그래요, 그럼 돼지갈비 먹죠. 주차장에 차 세워 뒀어요."

"네."

회사에서는 창현과 서로 존댓말을 하는 게 익숙했지만, 밖에서까지 존댓말을 하려니 영 간지러웠다.

하지만 자기가 먼저 존댓말을 하자고 해 놓고 인제 와서 반말을 사용하자고 할 수는 없었다.

창현의 차를 타고 어디론가 이동했다.

가는 내내 자동차 안에는 침묵만 감돌았다.

'그러고 보니, 난 얘랑 무슨 얘기를 했더라.'

창현이 대표라는 걸 알기 전까지는 재잘재잘 많이도 떠들었던 것 같다.

어린 시절, 말 없던 소년 옆에서 떠들었듯이.

그러나 지금은 도통 그럴 수가 없었다.

창현과 멀어지기를 바란 건 자신이었는데, 이 거리감이 아쉬웠다.

슬희가 고민하는 사이 여의도 어딘가의 고깃집에 도착했다.

무척이나 고급스러운 곳이었다.

창현은 이제 이런 곳에만 다니게 되었나 보다.

종업원들이 하나하나 시중을 들어 주는 곳.

종업원이 고기를 구워 주고 가자, 창현이 물었다.

"오늘 연주는 어땠어요?"

"좋았어요."

사실은 태윤과의 관계에 대해 생각하느라 제대로 즐기지 못했다.

"그래요. 다행이네요."

"네. 감사합니다. 좋은 연주 듣게 해 주시고 맛있는 것도 사 주셔서요."

"그래요. 혹시 정 비서가 슬희 씨 기분을 상하게 했어요?"

"아뇨, 그런 건 아니에요."

"그래요."

또 침묵이 흘렀다.

둘은 말없이 돼지갈비를 먹었다.

종업원이 구워 주고 간 돼지갈비는 적당하게 익어서 맛있었다.

고기 자체도 비싼 고기인 것 같았다.

이렇게 마음이 복잡한 와중에도 고기는 맛있었다.

"슬희 씨."

"네?"

"밖에서도 이래야 돼요?"

"네?"

슬희가 고개를 들었다.

창현이 입가에 옅은 미소를 짓고 있었다.

그 미소를 보자, 안심이 됐다. 제주도에서의 민창현으로 돌아온 것만 같아서.

"우리, 밖에서도 이렇게 존댓말 쓰고 거리감 느껴지게 행동해야 되는 거예요?"

창현도 슬희와 같은 생각을 하고 있었나 보다.

"아뇨, 뭐. 사실 저도 불편했어요."

"그럼 회사 아닌 곳에선 편하게 말해도 되는 거지?"

창현이 자연스럽게 말을 놨다.

오랜만에 듣는 그의 반말이 가슴을 설레게 했다.

고작 이 정도로 가슴이 설레다니.

'난 얘를 진짜 좋아하는구나. 내가 생각한 것보다 더 좋아하는지도 모르겠어.'

갑자기 우울해졌다.

아무리 좋아해도 이루어질 수 없는 사랑이라는 게 있다.

옛날에는 '서로 좋아하면 됐지!'라고 생각했는데, 이제는 그렇지 않다는 걸 알게 되었다.

아무리 좋아하고 사랑하고 아껴도, 결국은 이별해야만 하는 사랑이 있다.

이 남자가 좋다.

오랜만에 듣는 반말에 심장이 반응할 정도로.

그러나 이 남자에게는 감추고 싶은 과거가 있고, 나는 그 과거를 안다.

내가 그 과거를 안다는 걸, 이 남자는 모른다.

그리고.

'우리 집 상황은 여전해. 이런 상황에서 쟤를 좋아하네, 어쩌네 하면 돈 때문에 좋아하는 것처럼 보일 거야. 내가 아무리 쟤 도움을 안 받아도, 마찬가지겠지.'

슬희는 젓가락을 꽉 움켜쥐었다.

— 민석이 오빠 만났던 거, 돈 때문에 만났던 거라며?

민석과 이별을 한 후, 어째서인지 둘을 알던 대학 동기들 사이에서 그런 소문이 돌았다.

이별의 이유에 대해 슬희는 말한 적 없으니, 아마도 그가 말했으리라.

단 한 순간도 민석에게 '돈'을 바란 적이 없다. 실제로 그의 돈을 더 많이 쓴 적도 없다.

그런데도 그는 슬희의 사정을 아는 순간, 그렇게 생각했던 모양이다.

자존심이 상하고 실망스럽기도 한 한편, 그럴 수도 있겠다는 생각이 들었다.

"기분이 별로야?"

창현의 음성에 정신을 차렸다.

"어? 아니, 왜?"

"표정이 안 좋아서."

"아냐, 기분 좋아. 피아노 연주회도 다녀오고, 맛있는 고기도 먹고. 기분이 안 좋을 이유가 없지."

"술 한잔할래?"

"술. 그거 좋긴 한데…… 아냐, 오늘은 관두는 게 좋겠어."

"그래, 그럼. 아, 이거 다 먹고 가서 한강이나 한 바퀴 걸을래?"

"응, 그러자. 소화도 시킬 겸."

슬희도 이대로 창현과 헤어지는 건 아쉬웠다.

그와 멀어져야 한다고 생각하면서도 그와 함께하고 싶은, 이율배반적인 마음이 있었다.

사랑은 이토록 잔인하다.

안 된다는 걸 알면서도 자꾸만 움직이게 만든다.

이성으로 억누르기 힘들게 한다.

어두워진 후에 오는 한강은 오랜만이었다.

새까만 강물 위에 건물들의 빛이 잉걸불처럼 비치고 있었다.

더운 날이라 그런지 강변에는 바람을 쐬러 나온 사람이 많았다.

둘은 강변을 따라 조용히 걷다가 선유도 공원으로 가는 계단을 올랐다.

"선유도는 오랜만이야. 집이 먼 것도 아닌데 잘 안 오게 되더라."

"난 처음이야."

창현이 대답했다.

"너도 이쪽에 잘 안 와?"

"응, 올 이유가 없으니까."

"데이트를 한다거나."

"그래서 오늘 처음으로 온 거잖아."

슬희는 걸음을 멈추고 창현을 돌아봤다.

한강 고수부지에서 신유도 공원으로 들어가는 다리 위였다.

다리 가장자리의 전구가 반짝거렸다.

그 빛을 받은 창현의 눈동자도 반짝이고 있었다.

"지금 이거, 정말 데이트야?"

"응."

"회사 일 때문이라며?"

"그게 변명이라는 건, 너도 알잖아."

"너, 나 좋아하니?"

"그렇게 쉽게 설명할 수 있는 문제가 아냐."

"그럼 어렵게 설명해 봐."

창현은 입을 다물었다.

슬희도 창현을 따라 입을 다물었지만 창현에게서 시선을 떼지는 않았다.

빛에 둘러싸인 다리를 걷고 있어서일까, 아니면 저 멀리 빛을 받아 반짝이는 강물이 아름답기 때문일까, 그것도 아니면 이 주위에 유독 커플이 많아서일까.

큰 문제들을 잠시 접어 두고, 이 순간에 집중하고 싶었다.

아니, 그런 생각조차 들지 않을 정도로, 슬희는 눈앞의 남자에게 몰입해 있었다.

그것은 창현 또한 마찬가지였다.

욕심내면 안 된다. 그녀에게 짐을 지우면 안 된다.

그렇게 몇 번이나 다짐했건만.

그녀를 만날 때마다 흔들리는 다짐은, 연인들을 불러들이는 이 로맨틱한 다리 위에서 산산이 부서졌다.

천천히 올라간 손이, 슬희의 뺨 위에 살며시 내려앉았다.

여기서 슬희가 뿌리쳤더라면, 창현도 멈췄을 것이다.

마음을 더욱 단단히 먹었을 것이다.

그러나 슬희는 움직이지 않았다.

그녀의 동그란 눈매 안에 갇힌 커다란 눈동자가 조명을 받아 금빛으로 빛나고 있었다.

그것은 마법처럼 창현을 끌어당겼다.

창현은 슬희의 볼에 손을 댄 채, 천천히 허리를 굽혔다.

그와 동시에 슬희의 눈꺼풀도 천천히 내려앉았다.

입술과 입술이 겹쳐진 건, 순식간에 일어난 일이었다.

그녀의, 그의, 체온을 받아들인 후에는 무엇이 벌어지는지 깨닫지도 못한 채 진행이 되었다.

바람이 불어와 둘의 머리칼을 스치고 지나갔지만, 몇 명의 사람들이 둘의 옆을 지나쳤지만.

둘은 그것도 깨닫지 못한 채 서로의 입술을 탐했다.

지금 이 순간, 서로의 입술만큼 중요한 것이 없다는 듯.

바로 이 순간을 위해 살아왔다는 듯.

그렇게 키스를 나눴다.

어째서일까.

이것이 당연한 것 같았다.

오늘 밤 이런 일이 생기리라고 예상이라도 했던 것처럼, 저항감이 없었다.

이윽고 입술과 입술이 떨어졌을 때, 둘은 젖은 눈으로 서로를 응시했다.

"나는."

먼저 입술을 벌린 건 슬희였다.

"나는. 너랑."

심장이 쿵, 쿵, 쿵, 뛰고 있었다.

숨이 넘어갈 것만 같아 말을 진행할 수가 없었다.

키스를 할 때는 좋았는데, 그것이 끝나고 나니 머릿속이 텅 비어 버린 것도 같고, 너무 많은 것이 들어찬 것도 같은 복잡한 기분이었다.

일이 이렇게 진행되기를 원치 않았던 한편, 원했다.

그래, 사실은 이 남자와 키스를 하고 싶었다.

저 입술을 갖고 싶었다.

그리고 그 욕망은, 수시로 하는 다짐으로 억누르기 힘든 성질의 것이었다.

그것을 이제는 인정해야만 했다.

마음을 다잡는 것만으로는, 서로를 원하는 그 감정을 감출 수 없다는 걸, 이제는 인정해야 했다.

"키스만 할 거야."

"응?"

"이런 것만 할 거라고."

"아, 그래? 왜?"

창현은 얼떨떨한 표정이었다.

하지만 슬희야말로 자신에게 묻고 싶었다.

이슬희, 너 지금 무슨 소리를 하는 거니?

"나는 결혼 생각 없어. 그러니까 당연히 연애할 생각도 없고. 특히 사내 연애는 더더욱 끔찍해."

"아, 그래."

"하지만 지금 키스는 좋았어. 넌 어때?"

"어, 나도."

"그러니까 키스 정도는 괜찮을 것 같아. 너랑."

"아……."

"아, 그렇다고 해서 날 쉬운 여자라고 보면 안 돼. 내가 아무 남자랑 이렇게 키스하고 다니고 그러는 건 아니니까. 나, 아주 비싼 여자야."

자기 입에서 나오는 말에, 슬희는 비명을 지르고 싶어졌다.

이슬희, 너 지금 무슨 소리를 하는 거냐고!

"넌 특별 케이스야. 그러니까 감사하게 여겨."

"응, 무척 감사하고 있어."

창현이 옅은 미소를 지으며 말했다.

이런 바보 같은 말에도 미소를 지어 주는 창현에게 고마웠다.

민창현, 넌 정말 잘 자랐어.

"하여간. 내가 지금 너랑 키스를 했다고 해서 연애하게 된 거라고 생각하면 안 돼. 다시 한 번 말하지만, 난 연애할 생각 없어."

"그래, 알겠어."

"우리는 딱 여기까지여야만 돼."

"그래."

"그럼 계속 걷자!"

"응."

슬희는 몸을 휙 돌려 씩씩하게 걸어갔다.

하지만 마음은 그렇게 씩씩하지 않았다.

'난 정말 바보 멍청이야!'

*   *   *

맥주를 마시며 영화를 보던 우현은 초인종 소리에 맥주 캔을 내려놓고 시간을 확인했다.

밤 열한 시.

이런 시간에 찾아올 만한 사람은 없었다.

여자들은 다 정리했고, 그 여자들은 이 집을 알지 못했다.

'누구지?'

의아하게 생각하며 인터폰을 든 우현은, 인터폰 액정에 비친 여자의 모습에 미소를 지었다.

태윤이었다.

문을 열자마자, 태윤이 우현을 올려다보며 말했다.

"생각이 바뀌었어. 우리, 손잡자."

*　　*　　*

집으로 데려다주는 차 안에서, 슬희는 아랫입술을 잘근잘근 깨물고 있었다.

저건 슬희가 고민이 있을 때마다 하는 행동이었다.

아무래도 아까 했던 말 때문에 고민을 하는 중인가 보다.

비집고 나오려는 미소를 간신히 삼켰다.

웃을 일이 아니었다.

슬희에게 키스를 한 건 잘못이었다.

그녀와 사귈 생각도 없으면서, 그녀에게 내 짐을 짊어지우지 않겠다고 다짐했으면서, 대책 없이 입을 맞추고 말았다.

화를 낼 줄 알았던 그녀는 화를 내는 대신 말했다.

이런 것만 하겠다고.

지금 키스는 좋았다고.

당혹스러우면서도 슬희다운 말에 웃음이 나오는 걸 간신히 참았다.

'걱정 마.'

슬희가 뭘 고민하는지는 안 봐도 뻔했다.

아마 자신을 쉬운 여자라고 생각할까 봐 저러는 것이리라.

'널 쉬운 여자로 생각하지 않아. 넌 이 세상에서 제일 어려운 사

람이야. 그리고.'

창현은 핸들을 꽉 쥐었다.

'가장 소중한 사람이고.'

*　　*　　*

"아하하하하."

호탕하게 웃는 우현을, 태윤은 가만히 쏘아봤다.

이런 반응이 올 줄 알았다.

아주 잠깐 우현을 찾아온 걸 후회했지만, 곧 그 생각을 접었다.

창현을 잃을 수는 없었다.

슬희 같은 여자에게 빼앗기고 싶지 않았다.

슬희는 창현과 어울리지 않는다.

"역시 이슬희는 대단해. 내가 좋아할 만도 하지 않아?"

우현의 말이 태윤의 속을 긁었다.

그러고 보면 많은 여자들을 건드리고 다닌 우현인데, 태윤에게
는 한 번도 손을 뻗은 적이 없었다.

전에는 그게 '감히 날 못 건드리는 거겠지.'라고 생각했는데, 지
금에 와서는 '내가 이슬희보다 못한 게 뭔데, 내가 아닌 이슬희를 좋
아하게 된 거야?'라는 생각으로 바뀌었다.

슬희는 입사를 하자마자, 어느 누구에게도 관심을 보이지 않던
창현을, 그리고 모두에게 관심을 보였던 우현을 사로잡았다.

왜 정태윤이 아닌 이슬희란 말인가.

"그런 소리는 됐고. 나한테 손을 잡자고 했으니, 그만한 방법이 있는 거지?"

"사실 방법은 아직 생각해 보질 못했어."

"뭐?"

"잘 생각해 봐, 누나. 나는 지금까지 여자 마음을 얻으려고 애써 본 적이 없어. 그냥 숨만 쉬어도 다들 날 좋아했거든."

"그 말, 진짜 재수 없는 거 아니?"

"그럼에도 불구하고 여자들은 날 좋아한단 말이지."

"헛소리만 할 거면 갈게."

"에이, 가지 말고. 하여간 그래서 지금 어떻게 해야 할까 고민 중이거든. 슬희 누나는 내가 그냥 웃는다고 좋아해 줄 것 같진 않고, 인제 와서 여자들을 정리했다고 마음이 열 것 같지도 않고."

"그럼 방법이 없는 거네."

"그 방법을 누나가 생각해 봐야지."

"뭐라고?"

"생각해 봐. 내가 이슬희랑 잘 돼야, 민창현이 안전해져. 지금 창현이 형이 슬희 누나한테 호감을 품고 있든 아니든, 슬희 누나가 내 연인이 되면 창현이 형 마음도 어쩔 도리가 없어지겠지. 게다가 남자는 상처를 받았을 때 옆에서 위로해 주고 함께 있어 주는 여자한테 마음을 여는 법이거든."

"너도 그런 적 있니?"

"에이, 난 상처를 받아 본 적이 없잖아. 뭐, 요새는 조금 받고 있는 중이지만."

장난스러운 말투였지만 우현의 입가에서 잠깐 미소가 사라졌다.

　"연애 상담을 좀 해 줘. 내가 어떻게 해야 날 너무 싫어하지 않을지, 거기까지만이라도 알려 줘. 그리고…… 창현이 형이랑 슬희 누나 사이에 따로 약속이 잡히면, 그것도 알려 줘. 내가 어떻게든 방해해 볼 테니까."

　"넌 그냥 날 이용하려는 거구나?"

　"에이, 무슨 그런 서운한 말씀을. 누나도 내가 필요하면 말해. 적어도 누나랑 창현이 형이 밀폐된 공간에 단둘이 있게 해 줄 수는 있으니까."

*　　*　　*

　[너, 진짜 멍청하다.]

　집에 돌아오자마자 주희에게 전화를 걸었다.

　슬희의 이야기를 들은 주희는 한마디로 정리했다.

　[바보 아니니?]

　"응, 맞아. 인정해. 하지만……! 알잖아. 난 민석이 오빠 때 같은 일은 두 번 다시 경험하고 싶지 않아."

　[뭐, 그 인간이야 고만고만한 남자였지만, 너희 대표는 다르잖아. 너희 집안 빚 정도는 문제도 아닐걸.]

　"그런 문제가 아니라니까."

　[그럼 뭐가 문제인데? 네 자존심?]

"자존심도 그렇고…… 나는 걔, 우리 대표한테 부담 주기 싫어."

[그러니까 너희 집안 빚은 너희 대표한테 부담도 안 될 거라니까?]

"아니, 그거랑은 좀 다르다니까."

[뭐가 다른지는 모르겠지만. 그래, 일단 네 말이 맞다고 치자. 그럼 그냥 연애만 하자고, 비혼주의라고 하지 그랬어?]

"아!"

[너, 이건 생각도 못 했구나?]

"응, 진짜 생각도 못 했네."

[생각 좀 하지?]

"그러게. 앞으로 정신 단단히 붙들고 있어야겠다."

슬희는 한숨을 삼켰다.

주희의 말대로 '난 비혼주의야. 우리 그냥 연애만 하자.'라고 말하면 되는 일이었다.

미래를 생각하지 않는 연애라면 서로에게 책임을 지울 일도 없을 테니까.

생각이 짧았다.

키스만 하는 사이로 지내자니.

누가 들어도 오해할 법한 말이었다.

"이제 취소할 수도 없고. 어쩌지?"

[취소 못 할 건 또 뭐야? 다음에 둘이 또 만나게 되면 말해. 지난번 그 말은 헛나간 거다, 연애만 하는 사이라고 말하려고 했다, 라고.]

"그게 낫겠지?"

[그런데 그건 알아 둬야 돼. 넌 그 남자 좋아하잖아. 사람은 좋아하면 결국 미래를 꿈꾸게 되어 있어. 연애'만' 하는 사이가 되긴 어려울 거야. 한쪽은 상처받을걸.]

"그럼 그냥 이대로 있을까?"

[그건 네가 결정할 일이지. 넌 잘하잖아. 하나만 선택하는 거.]

"응."

잘한다.

언제나 거침없이 한 쪽을 선택할 수 있었다.

하지만 지금은 다르다.

좋아하면 그만큼 선택이 어려워진다.

주희와 통화를 끝낸 후, 슬희는 그대로 침대에 드러누웠다.

'그냥 어릴 때처럼 연애 감정 같은 거 없이 친구로 지낼 수 있다면 좋을 텐데.'

하지만 슬희도, 창현도 '사랑'이라든가, '육체적 끌림' 같은 걸 아는 성인이 되었다.

어릴 때처럼 지낼 수는 없다는 걸, 누구보다도 슬희 자신이 잘 알고 있었다.

*   *   *

월요일 오전.

태윤은 굳은 표정으로 들어오는 창현의 모습에 숨을 삼켰다.

역시 토요일의 일은 없었던 일이 되지 않았다.

창현이 비서실에 있는 소파에 앉으며 말했다.

"얘기 좀 하지. 정 비서."

단호한 음성이 태윤의 가슴에 예리하게 파고들었다.

태윤은 입을 꾹 다물고 일어나 창현의 맞은편으로 가서 앉았다.

어쩔까 하다가 천천히 다리를 꼬았다.

몸에 딱 붙는 H라인 스커트가 말려 올라가며 늘씬한 허벅지가 드러났지만, 창현은 거기에 눈길도 주지 않았다.

괜히 싸구려 여자가 된 기분이 들어, 태윤은 다시 다리를 똑바로 내렸다.

"무슨 얘기?"

"무슨 얘기인지는 정 비서가 더 잘 알 텐데."

차가운 목소리였다.

'정 비서'라는 호칭이 창현과 태윤 사이의 거리감을 나타냈다.

역시 토요일의 일은 실수였다.

창현에게 말도 없이 그의 개인적인 스케줄에 따라가는 짓은 해서는 안 됐다.

섣불리 다가서면 벽을 치는 남자라는 걸 알았으면서, 왜 그런 짓을 했을까.

질투에 눈이 멀어 길게 생각하지 못했다.

"무슨 얘기인지 잘 모르겠는데. 창현아, 왜 그렇게 화가 난 거야?"

"알고 있겠지만 모르는 척하겠다면 말해 주지. 난 정 비서가 내 개인적인 스케줄을 알아내고 끼어드는 게 마음에 들지 않는군. 내 뒷조사라도 하고 다니는 건가?"

"뒷조사라니…… 나는 그저…… 나는 네 비서야. 네가 어디서 무엇을 하든, 네 곁에서 너를 지켜야 할 의무가 있어."

"지켜? 정 비서는 이 회사에서 내 업무를 보좌해 주는 비서지, 내 경호원이 아니야. 비서의 임무에 대해 착각하고 있는 거 아냐?"

"나는, 그래야 한다고 생각했어. 그날 회장님과 애리 언니를 만났잖아. 여러 가지로 마음이 복잡할 테니, 개인적인 일을 보는 중에 괜히 실수라도 할까 봐, 걱정이 됐어."

"아, 내가 그렇게 믿음직스럽지 못하나?"

"그런 뜻이 아니라……."

"내 마음이 복잡한 것도, 즐거운 것도, 정 비서가 신경 쓸 일은 아니야. 난 정 비서가 회사 일이나 똑바로 처리해 줬으면 좋겠는데?"

"……."

"그리고 앞으로 회사에서 사적인 관계를 드러내는 건 관두도록 하지."

"관두다니?"

"대표와 비서 사이. 너, 너, 할 관계는 아니잖아."

심장이 쿵 내려앉았다.

회사에서 그를 '창현아.'라고 부를 수 있는 건, 태윤의 특권이었다.

질투를 앞세우는 바람에, 그 특권을 잃고 말았다.

슬희가 싫다.

갑자기 그와 나의 세계에 들어와 그를 뒤흔들어 놓은 이슬희가 끔찍이도 싫다.

여기서 더 말을 해 봐야 창현의 마음만 상하게 하리라.

"네, 대표님. 죄송합니다."

하지만 이 관계는 언제든 되돌릴 자신이 있었다.

태윤이 가만히 고개를 숙이는 걸 본 창현은 말없이 일어나 대표실로 들어갔다.

탁ㅡ

닫힌 문이 무겁게 느껴진 적이 없었다.

그러나 오늘은 저 문이 그 어느 때보다도 두껍고 무겁게 보였다.

＊　　＊　　＊

점심시간이 끝난 후, 슬희는 1층에 있는 커피숍으로 향했다.

그동안은 태윤이 커피를 타 줬지만, 토요일에 그런 일도 있었는데 더 이상 신세를 질 수는 없었다.

ㅡ 대표님은 제가 타 드린 커피를 좋아하거든요.

커피를 대표실로 가지고 갔던 첫날, 태윤은 그렇게 말했다.

그때는 아무 생각 없이 넘겼는데, 지금 생각해 보면 '민창현은 내가 타 준 커피만 마셔.'라는 걸 주장하고 싶었던 것인지도 모르겠다.

'아니, 딱 그거일 거야.'

슬희는 한숨을 삼켰다.

이유가 뭐든 태윤과 이런 사이가 되어 버린 건 아쉬웠다.

회사 사람들과는 어지간하면 잘 지내고 싶었는데.

커피숍에서 주문을 하고 커피를 기다리는데, 누군가 어깨를 톡톡 두드렸다.

깜짝 놀라서 돌아보니 우현이 서 있었다.

우현은 예의 그 싱글싱글 웃는 낯으로 슬희를 내려다봤다.

"굿모닝. 아, 굿 애프터눈인가?"

"별로 굿 하지 않아요. 건드리지 말아 줄래요?"

슬희는 다시 정면으로 고개를 돌렸다.

커피는 금방 나왔다.

생크림이 가득한 테이크 아웃 컵을 들고 돌아섰는데, 우현이 여전히 슬희의 뒤에 서 있었다.

"내가 그렇게 싫어요?"

우현이 지치지도 않고 물었다.

"날 건드리지 않으면 싫다는 생각도 안 들겠죠."

"여자들, 다 정리했어요."

"그래서요?"

"누나가 했던 말, 생각도 많이 해 봤고요."

"아하, 그러세요."

"너무 어렸다, 라고 생각해 주면 안 돼요?"

"뭘요?"

"그동안의 내 행동들."

"아하."

슬희가 건성으로 대꾸했지만, 우현의 음성은 여전히 진지했다.

"철부지였어요. 뭐든 가질 수 있어서 뭐든 쉽게 생각했고요. 그날, 누나 얘기 듣고 생각 많이 했어요. 날 진심으로 좋아했던 여자들에게는 정말 미안한 짓을 했다고 생각해요. 그런데, 누나. 나도 이유가 있어요."

어느새 우현의 호칭이 누나, 라고 바뀌어 있었지만, 슬희는 구태여 그 부분에 대해 지적하지 않았다.

지적해도 마찬가지일 거라고 생각했다.

어차피 이 남자는 제멋대로다.

"이런 이야기를 하기에는 좀 불편한 상황이란 생각 안 들어요?"

슬희가 어정쩡한 곳에 마주 보고 서 있는 둘의 모습을 지적했다.

"그럼 이런 이야기를 하기에 불편하지 않은 곳으로 옮길까요?"

"우현 씨. 난 지금 해야 할 일이 있어요. 그리고 우현 씨의 사정이 어땠든 딱히 궁금하지도, 듣고 싶지도 않고요."

"아……."

기분 탓일까?

우현의 눈동자에 언뜻 아픔이 스치고 지나가는 것 같았다.

우현의 얼굴에서 잠깐 미소가 사라졌다가 다시 떠올랐다.

"하지만 얘기하고 싶어요. 누나한테 계속 미움을 받고 싶지 않아요. 누나도 알잖아요. 미움받는 게 즐거운 일은 아니라는 거. 오해를 풀고 싶어요."

우현의 간절한 청을 완전히 무시할 수가 없었다.

지금까지와 다르게 우현의 말투에는 진지함이 깃들어 있었다.

슬희는 작게 한숨을 내쉬었다.

"이따가 얘기해요."

"이따가, 언제요? 퇴근하고 나서요? 퇴근 후에 저녁 먹으면서?"

"아뇨, 그렇게까지는 하고 싶지 않고요. 이따 오후에 잠깐 쉴 시간이 있겠죠. 그때요."

"그럼 그때 휴게실에서 봐요."

"그래요."

슬희는 걸음을 옮겼고, 우현이 따라왔다.

"왜 따라와요?"

슬희가 날카롭게 묻자, 우현이 검지로 위쪽을 가리키며 말했다.

"저도 사무실 올라가야 하는데요."

"아……."

슬희의 얼굴이 붉어졌다.

우현이 빙그레 미소를 지으며 말했다.

"괜찮아요. 그런 누나도 귀여우니까."

*　　　*　　　*

대표이사실 문을 노크하자, "들어오세요."라는 대답이 들려왔다.

슬희는 크게 심호흡을 하고 문을 열었다.

비서실 안에 냉랭한 공기가 가득 차 있었다.

"안녕하세요, 비서님."

"네, 안녕하세요."

"그럼 들어가 볼게요."

"네."

하루에 한 번.

대표이사실을 방문하는 건 즐거움이었다.

하지만 지난주 토요일을 기점으로, 이건 즐겁지 않은 일이 되었다.

앞으로 대표실에 올 때마다 이런 숨 막히는 공간을 지나가야만
한다.

날 싫어하는 사람은 나도 힘껏 싫어해 준다, 라는 각오로 살아왔
지만, 그래도 날 싫어하는 사람과 부딪치는 건 즐겁지 않다.

서둘러 걸음을 옮겼다.

"엄마야!"

그러다가 다리를 삐끗했다.

손에 들고 있던 테이크 아웃 컵이 바닥으로 떨어졌다.

컵의 뚜껑이 열려 커피와 생크림이 섞인 갈색 액체가 바닥에 흘
렀다.

슬희는 그 참담한 광경을 멍하니 응시하다가 저도 모르게 태윤
을 돌아봤다.

태윤은 차가운 눈으로 슬희를 지켜보고 있었다.

이런 일이 생기면, "괜찮아요?"라는 질문이라도 던져 줄 법하건
만, 태윤은 마네킹처럼 아무 움직임도 보이지 않았다.

'창피해.'

하필이면 태윤의 앞에서 이런 실수를 저지르다니.

태윤은 티슈 한 장 건네줄 생각이 전혀 없는 것 같았다.

사무실이라면 멋대로 티슈를 가져다가 닦겠지만, 여긴 비서실이다.

태윤에게 일일이 허락을 받고 사용해야만 한다.

아마 태윤도 그걸 알아서 슬희가 허락을 구하기를 기다리는 것 같았다.

슬희는 정신을 차리고 한숨을 삼켰다.

"티슈 좀 사용하겠습니다."

"그래요."

"쓰레기통도요."

"그래요."

비서실 책상 위에 놓인 티슈를 뽑아 가려는데, 대표실의 문이 열렸다.

슬희의 목소리가 들리는데도 슬희가 들어오지 않자, 창현이 나와 본 것이다.

창현은 비서실 바닥을 더럽힌 커피와 슬희와 태윤을 한 번씩 돌아봤다.

"아, 대표님. 실수로 커피를 쏟아서요. 이거 치우고 나서 다시 한 잔 사 올게요."

"됐습니다. 그냥 들어와요."

"네?"

"커피, 안 사 와도 되니까 그냥 들어오세요."

"그럼 이것 좀 치우고요."

"놔두세요. 정 비서가 치울 겁니다."

"아, 네. 죄송해요, 비서님."

이쯤 되니, 슬희도 태윤에게 미안한 생각이 들었다.

미안한 마음으로 태윤을 돌아봤더니, 태윤은 증오가 가득한 눈으로 슬희를 쏘아보고 있었다.

슬희는 움찔했지만 티 내지 않고 얼른 대표실 안으로 들어갔다.

대표실 문이 닫히는 걸 본 태윤은 주먹을 꽉 움켜쥐었다.

마음 같아서는 비명이라도 지르고 싶었다.

분노로 가득한 가슴이 빠르게 오르내렸다.

태윤은 이를 악물고 닫힌 문을 노려봤다.

우현은 느긋하게 가자고 했지만, 이제는 그럴 생각이 들지 않았다.

이슬희를 이 눈앞에서 치워 버려야 속이 시원하겠다.

*　　*　　*

"커피 일은 죄송합니다. 내일 두 잔 사 올까요?"

"회사에서는 존댓말 써야 하는 겁니까?"

창현이 대답 대신 질문을 했다.

슬희는 어쩔까 망설이다가 대답했다.

"여기서 존댓말 쓰고 나가서는 반말 쓰고. 그런 것도 의미 없겠네."

"응."

"그래도 다른 사람들 앞에서는 존댓말 쓰기야."

"알겠어."

"그런데 이거 언제까지 해야 돼? 아직도 그 튼실한 허벅지 한 번 빌려준 게 그렇게 손해 본 기분이야?"

"왜? 이게 귀찮아?"

"귀찮은 건 아니지만."

"정 비서가 널 불편하게 해?"

"어? 아니. 왜 그런 식으로 생각을 해? 그런 건 아냐."

태윤이 슬희를 불편하게 하는 건 맞았다.

하지만 이건 태윤과 슬희의 문제였다.

여기에 창현을 끼워 넣고 싶진 않았다.

"하고 싶지 않으면 안 해도 돼. 토요일에 했던 키스로 다 갚고도 남았으니까."

"헉!"

간신히 표정 관리를 하고 있었는데, 이렇게 단도직입적으로 그때의 일을 언급할 줄은 몰랐다.

슬희는 자신의 얼굴이 빨갛게 달아오르는 걸 느꼈다.

"아니, 저기. 그 문제 말인데."

"키스하는 사이가 되자는 제안에 대한 거라면, 아직은 번복할 생각 없어."

"어, 너. 되게. 어. 되게 단호하구나?"

"이런 위치에 앉아 있으려면 때로는 단호한 것도 필요하더군."

"아, 그래."

언젠가 키스 이야기가 나오면, 주희가 말한 대로 '연애만 하는 사이'가 되자고 제안해 보려고 했다.

그런데 창현 쪽에서 이렇게 딱 잘라 번복할 생각이 없다고 하니, 말을 꺼내기가 어려워졌다.

"나랑 키스하는 사이로 지내는 게 끔찍이도 싫어?"

슬희의 표정을 오해한 창현이 조심스럽게 물었다.

"아니, 그런 건 아냐."

"그럼 좋아?"

"어?"

"나랑 키스하는 거."

"아, 응. 응, 좋더라."

이럴 때 한 번쯤 튕기는 여자가 되어야 하는데, 그러기에 슬희는 너무 솔직했다.

슬희의 솔직한 답변에 창현이 빙그레 웃었다.

"그럼. 또 할까?"

"뭐, 뭘?"

"키스."

창현의 잘생긴 얼굴에 약간은 장난스러운 빛이 떠올랐다.

짓궂은 개구쟁이 같은 그 표정을 보니, 가슴이 아릿했다.

어린 시절 지어야 했던 그 표정을, 창현은 이제야 짓고 있었다.

다행이다.

이제라도 창현이 이런 표정을 짓게 되어서.

"야, 뭘 그런 걸 묻고 해? 너, 진짜 무드 없다."

슬희의 대답에 창현의 눈이 가늘어졌다.

"그럼 이제 안 물어보고 해도 돼?"

"당연하지. 원래 그런 건 묻고 하는 거⋯⋯."

어느새 슬희의 옆으로 자리를 옮긴 창현이, 슬희의 뒤통수를 살며시 감싸 끌어당겼다.

부드럽고 따스한 입술이 슬희의 입술 위에 겹쳐졌다.

벌써 두 번째 키스인데도 처음인 듯 아찔해졌다.

슬희는 숨을 멈추고 그의 입술을 느꼈다.

달콤하게 부딪치는 그의 체온이 사랑스러웠다.

그의 모든 것이⋯⋯.

전부 다 사랑스러웠다.

아, 이 남자가 좋다.

정말 너무나 좋다.

이 다정함이, 조심스러움이, 그러면서도 적극적임이.

전부 다 좋다.

슬희는 팔을 올려 그의 목에 감았다.

농밀하고 긴 키스를 끝낸 후, 창현이 코끝을 맞댄 채로 말했다.

"어쩌지? 그럼 시도 때도 없이 하게 될 텐데."

"회사 사람들 앞에서는 안 돼."

"하고 싶어질 것 같은걸."

창현이 또 입을 맞췄다.

순간, 가슴이 또다시 아릿해지며 눈물이 난 이유는.

겹쳐졌기 때문이다.

어린 시절, 말 한마디 제대로 못 했던 그 소년.

대화하는 법을 몰라 슬희가 일일이 가르쳐 줘야만 했던 그 소년.

그 외로운 소년과 말도, 행동도 잘하는 이 남자가 겹쳐졌기 때문에, 참을 새도 없이 눈물이 볼을 타고 흘렀다.

키스를 하며 슬희의 뺨을 쓰다듬던 창현이 눈물을 느낀 듯 입술을 떼어 냈다.

슬희를 내려다보는 그의 눈이 당혹감으로 커졌다.

창현이 엄지로 슬희의 눈가를 살며시 닦아 냈다.

"미안."

"왜 네가 사과를 해?"

"싫어서 우는 거 아냐?"

"아냐. 내가 좋다고 했잖아."

"하지만…… 내가 이 회사 대표라서 널 자를까 봐……."

"꿀밤!"

슬희가 주먹을 쥐고 창현의 이마를 살짝 두드리듯 때렸다.

"야, 민창현. 너, 날 뭐로 보는 거야? 내가 그런 이유로 키스를 해도 내버려 둘 것 같아?"

"아니, 그건 아닌데. 그래도. 네가 우니까."

창현이 안절부절못하는 모습이 귀여웠다.

옛날에 슬희가 울 때도, 창현은 이렇게 안절부절못했었다.

그때의 소년이 떠올라서 또 눈물이 나려고 했다.

슬희는 손등으로 쓱 눈물을 닦아 냈다.

"그냥, 좀. 감동했나 봐."

"내 키스가 그렇게까지 감동이야?"

"뭐야, 민창현. 이거 은근히 왕자병 같은 거 있네."

"그럼 뭐에 감동한 건데?"

"그냥. 네가 참. 근사하구나 싶어서."

"아, 그래."

창현이 손으로 입가를 가리며 시선을 옆으로 피했다.

쑥스러운가 보다.

그런 창현이 귀여워서, 슬희는 손을 뻗어 그의 양쪽 볼을 감싸 자신을 보게 만들었다.

눈을 똑바로 맞추고, 슬희는 말했다.

"너, 정말 근사하다. 귀엽고. 사랑스러워."

3장. 그가 그녀를 사랑할 때

"어. 그래?"

창현은 다시 고개를 돌리려 했지만 슬희가 꽉 붙들고 있어서 그럴 수가 없었다.

창현의 눈동자만 옆으로 돌아갔다.

"뭐야, 너. 수줍음 타니?"

"이렇게 대놓고 칭찬하는데 수줍지 않을 사람이 어디 있어?"

"뭘 이런 걸로. 자기 키스가 그렇게 감동적이었냐고 묻기도 했던 사람이."

"그거야. 네가 우니까 당황스러워서."

시선을 피하고 당황스러워하는 그의 모습에 가슴이 간질거렸다.

어린 시절 그 소년의 모습이 고스란히 담겨 있어, 아주 조금 가슴이 아프기도 했다.

"이런 일로 일일이 당황하지 않아도 돼."

슬희는 창현의 가슴을 부드럽게 밀어내고 똑바로 앉아, 옷매무새를 정돈했다.

"나는 감수성이 예민해서, 감동을 받으면 가끔 울기도 하거든. 그만 나가 볼게, 대표님. 내일 봐."

소파에서 일어난 슬희를, 창현은 아쉬움이 가득한 눈으로 올려다봤다.

주인에게 버림받은 강아지 같아 보이는 모습에, 두 팔을 벌려 그를 끌어안아 주고 싶었다.

하지만 간신히 참았다.

그를 끌어안아도 밀쳐 내지 않을 것을 알았다.

그래서 끌어안을 수가 없었다.

그랬다가는 이 마음이 더 깊어질 테니까.

'아니.'

대표실을 나오고 태윤의 시선을 받으며 비서실도 나왔다.

'이미 깊어지고 있어.'

매일 하루에 한 시간씩 마주 앉아 있고, 대화를 나누고, 이제는 키스까지 한다.

마음이 깊어지지 않을 리 없다.

게다가 아까는 정말.

'연애하는 것 같았어.'

아까와는 다른 의미로 눈물이 날 것 같았다.

'깜빡했어. 우리는 그냥 키스만 하는 사이라는 걸.'

＊　　＊　　＊

창현과의 일 때문에 우현과 대화를 하기로 했던 걸 깜빡했다.

오후 네 시쯤 되어 휴게실에 가서 다리를 쭉 뻗고 앉았는데, 휴게실 문이 열리고 우현이 들어왔다.

그제야 아까 우현과 했던 대화를 떠올렸다.

휴게실에는 슬희만 있는 게 아니었다.

"우현 씨도 쉬러 나왔어요?"

슬희와 함께 나와 있던 재현이 물었다.

"네, 커피 한잔 마시려고요."

"의외네. 우현 씨는 자판기 커피 같은 거 안 마시는 줄 알았는데."

"아하하하. 자판기 커피 좋아해요. 맛있잖아요, 믹스 커피."

우현이 자판기 앞에 서서 주머니를 뒤지다가 슬희를 돌아봤다.

"저, 돈 좀 빌려주실래요?"

"내가 빌려줄게요."

우현이 들어올 때부터 찡그리고 있던 지수가 끼어들었다.

지수가 우현의 손바닥 위에 백 원짜리 동전 세 개를 올려놓으며 말했다.

"이자는 시간 당 백 퍼센트. 그리고 우리 팀 여직원한테 말 걸지 마세요, 민우현 씨."

"아이고, 무서워라. 알겠습니다, 정 팀장님."

우현이 전혀 무서워하지 않는 표정으로 말하며 자판기에 동전을 넣었다.

믹스 커피 한 잔을 뽑은 우현이 말했다.

"전 겁에 질려서 이만 나가 보겠습니다. 말씀들 나누세요."

우현이 휴게실에서 나가자마자 지수가 물었다.

"아직도 저 인간이 집적거려?"

슬희는 커피숍에서의 우현을 떠올렸다.

집적거린다는 느낌은 아니었다.

그저 해명을 하고 싶은 것 같았다.

"아뇨, 요샌 안 그래요."

"그래? 다행이네. 불편하게 만들면 말해."

"팀장님이 우현 씨 자를 수도 있어요?"

재현이 놀리듯 물었다.

"자를 순 없지. 하지만 대표님한테 일러바칠 수는 있지. 살을 아주 많이 붙여서."

"아아, 대표님. 그렇죠."

창현의 이야기가 나오자, 슬희는 심장이 쿵쿵 뛰었다.

뭐라 할 말이 없어서 입을 꾹 다물었지만, 지수와 재현은 아무래도 좋다는 듯 계속해서 얘기했다.

"대표님이 우리 슬희를 아주 많이 아끼죠. 그래도 민우현을 어떻게 하긴 할까요? 민우현은 대표님 동생이잖아요."

"동생은 동생이지만. 뭐, 사랑에 빠진 남자는 가족보다 여자를 더 중요하게 여기잖아."

사랑에 빠진 남자라니.

슬희는 얼굴이 화끈 달아올랐다.

"하긴. 그렇긴 하죠. 우리 대표님, 슬희한테 아주 푹 빠졌으니까."

"이참에 민우현 잘리면 더 좋고. 난 곧 드라마 촬영 들어가면, 그 인간이 여배우한테 손댈까 봐 걱정이 돼서 죽겠거든."

"저도요. 전에 그런 사건도 있었고."

"그니까. 차라리 없는 편이 나아."

우현을 실컷 씹어 대던 두 사람은 아무 말이 없는 슬희를 돌아봤다.

"자기는 이 일에 대해 뭐 할 말 없어?"

지수가 물었다.

"이 일이요? 민우현 씨요?"

"아니, 대표님."

"아, 대표님이요."

언젠가 이런 질문을 받을 줄 알았다.

"저는 그 일에 대해서는 할 말이 없습니다."

그래서 답변도 생각해 두었다.

슬희의 단호한 답변에 재현은 놀란 듯했지만, 지수는 그렇지도 않은지 고개를 끄덕였다.

"그래. 뭐, 말하고 싶지 않으면 말 안 하는 게 좋지."

"그래도 되게 궁금하긴 하다. 그죠, 팀장님. 뒤에서 엄청 떠들어 대거든."

재현이 말했다.

"그래도 슬희 씨가 말하기 싫으면 된 거지. 자, 다들 들어가서 일합시다."

사무실로 돌아왔을 때, 저 멀리 제작팀의 파티션 너머로 우현이 보였다.

우현은 슬희가 들어오는 걸 확인하려는지 고개를 불쑥 내밀고 있었다.

우현에 대한 감정과는 별개로 그의 이야기를 들어 주기로 했는데, 그걸 까맣게 잊고 있었던 일은 미안했다.

언젠가 들을 기회가 있겠지.

그런 생각을 하며 자리에 앉았는데 메시지가 들어왔다.

[얘기, 하고 싶었는데.]

우현에게서 온 메시지였다.

그러고 보니 우현이 이렇게 메시지를 보내는 건 처음이었다.

[미안해요. 언젠가 들을 날이 오겠죠.]

[오늘 저녁은 어때요?]

슬희는 잠시 답을 쓰지 않고 메시지를 응시했다.

어쩔까.

고민을 하다가 답했다.

[그래요. 퇴근 후에.]

[남들 눈에 띄기 싫을 테니, 다른 곳에 가서 만날까요? 홍대 어때
요?]

[좋아요.]

[그럼 이따 홍대에서 봐요.]

*   *   *

태윤은 드라마 사업본부에서 올라온 서류를 지그시 응시했다.

이번 드라마 로케 현장에 가서 홍보 영상을 따 올 제작팀과 홍보
팀 명단이 적힌 서류였다.

제작팀에는 우현의 이름이 쓰여 있지만, 홍보팀에는 슬희의 이름
이 없었다.

이 서류를 창현에게 보내면 창현은 확인을 하고 오케이 사인을
해서 태윤에게 건넬 것이다.

태윤은 그걸 사업본부 부장에게 건네고, 일은 진행될 것이다.

태윤은 잠깐 망설이다가, 홍보팀 명단에 있는 '한재현'의 이름을
고쳐 적었다.

[이슬희]

드라마 촬영은 대구라서, 영상을 따고 올라오기 위해 1박을 할 것이다.

그 하루, 우현은 잘 사용해 주겠지.

*　　*　　*

창현은 대표실에서 생각에 잠겨 있었다.

'슬희는 대체 왜 운 거지?'

감동을 받으면 운다고 하긴 했지만 그런 이유는 아닌 것 같았다.

게다가 그 상황에서는 감동을 받을 만한 일이 없었다.

'내가 키스를 끝내주게 잘하나?'

슬희는 모르겠지만 창현은 슬희가 첫 키스였다.

지난 주말 다리 위에서 키스를 할 때, 이러다 죽지 않을까 싶을 정도로 긴장했었다.

창현은 손가락으로 모양 좋은 입매를 더듬었다.

아직도 입가에 슬희의 감촉이 남아 있었다.

그걸 생각하면 미소가 비집고 나왔다.

슬희를 만난 후로 표정 관리를 하는 게 어렵다.

'아니, 지금은 키스 생각을 하려는 게 아니지.'

이유를 알 수는 없지만, 태윤은 슬희를 마음에 들어 하지 않는 것 같았다.

태윤이 이유 없이 사람을 싫어하는 성격은 아니니, 이유가 있긴 있을 것이다.

하지만 그 이유를 알 수가 없었다.

'슬희를 대표실로 부르는 건 관둬야겠군. 어차피 나도 자리를 비울 일이 많아졌으니.'

이제 곧 두엔의 대표 자리를 양도받는다.

변호사며, 뭐며 만날 일이 많아질 것이다.

하루에 한 시간, 슬희를 만나는 게 큰 즐거움이었지만, 비서실을 지나오는 슬희도 마음이 불편할 테니 이쯤에서 그만하는 편이 옳다.

[슬희야. 내일부터는 커피 사 오는 거 안 해도 돼. 그동안 고생했어.]

결정을 짓자마자 메시지를 보냈다.

곧 답이 왔다.

[응, 알겠어.]

자신이 결정한 일임에도 아쉬웠다.

* * *

'왜지?'

약속 장소인 홍대로 향하는 내내, 슬희는 인상을 펼 수가 없었다.

'벌써 나한테 질린 거야? 이렇게 갑자기? 예고도 없이?'

그만 와도 된다는 창현의 문자를 받은 후로 계속 가슴이 답답했다.

'아까 내가 무슨 실수라도 했나?'

우현을 만나러 가는 길인데도 온 신경이 창현에게 쏠려 있었다.

'갑자기 왜 그러는 거지? 차라리 아까 그 자리에서 얘기를 하든가! 문자 통보가 뭐야, 문자 통보가! 이별 중 최악이 문자 이별이라는 거 몰라?'

사귀었던 사이도 아니었는데 괜히 울컥울컥했다.

그래서 홍대에 도착했을 때, 출구 앞에서 기다리는 우현을 긴장하게 만들었다.

"날 만나는 게 그렇게 싫었어요?"

슬희의 앞으로 다가온 우현이 물었다.

그의 입가에 떠오른 씁쓰레한 미소를 보고서야, 슬희는 아차 싶었다.

"아니요, 그런 건 아니에요."

"그럼 표정 좀 풀어요."

"응, 미안해요."

슬희는 크게 심호흡을 했다.

창현의 일은 잠시 미뤄 두자.

그 부분에 대해서는 언젠가 창현과 대화할 날이 올 것이다.

평일인데도 저녁의 홍대에는 사람이 많았다.

특히 전철 출구 앞에는 많은 사람들이 있었는데, 몇몇 사람들이 이쪽을 흘긋흘긋 쳐다보고 있었다.

평소에는 느끼지 못하는 그 시선이 우현 때문일 것이라고, 슬희는 짐작했다.

우현의 큰 키와 넓은 어깨, 아이돌 가수 같은 곱상한 외모는 이 많은 사람들 중에서도 단연 돋보였다.

어떤 사람들은 그와 함께 있을 때의 이 시선에 우쭐해질지도 모르겠지만, 슬희는 낯선 사람들의 시선이 그저 불편하기만 했다.

"우리, 저녁 먹으면서 얘기할까요? 배고프죠?"

우현은 사람들의 시선이 익숙한지 신경도 쓰지 않고 물었다.

"저녁, 좋죠."

이왕 만나기로 한 거, 굳이 날을 세워 서로의 감정이 상할 이유는 없었다.

슬희의 대답에, 우현이 환하게 미소를 지었다.

그 미소를 보자 괜히 가슴이 따끔거렸다.

우현에게 너무 모질게 대해나 싶어서였다.

"뭐 먹을까요? 누나, 뭐 좋아해요?"

헤실헤실 웃으며 슬희가 좋아하는 메뉴를 묻는 우현은 마치 좋아하는 사람을 앞에 둔 순수한 소년처럼 보였다.

우현의 여성 편력에 대해 잘 아는 슬희조차도 그렇게 느끼게 만드는 게, 우현의 능력이라면 능력이었다.

"고기요. 홍대 오면 가는 식당 있는데, 거기 갈래요?"

"응, 좋아요."

젊은 사람들이 많은 거리를 지나가 골목으로 접어들면 인파가 조금 줄어든다.

거기에 슬희가 자주 가는 고깃집이 있었다.

갈빗살, 불곱창 등을 파는 가게로, 주문을 하면 그때그때 직화로 구워 만들어 주는 곳이었다.

"여긴 요리 나오는 데 시간이 좀 걸려요. 다른 데 갈 걸 그랬나?"

"아뇨, 좋아요. 누나랑 더 오래 같이 있을 수 있잖아요."

"있잖아요, 민우현 씨. 나한테는 그렇게 입에 발린 말 할 필요 없거든요?"

"입에 발린 말 아니에요. 나, 이제 누나 앞에서 그런 짓 안 하기로 했어요. 누나는 그런 거 싫어하니까."

"그러시든가요."

불곱창 1인분과 갈빗살 1인분, 계란찜을 시켰다.

"할 얘기가 뭐예요?"

음식이 나올 때까지는 한참이 걸리기에, 슬희는 밑반찬을 집어먹으며 물었다.

"이런 데서 하기에는 좀."

우현이 주위를 둘러보며 중얼거렸다.

"왜요? 되게 로맨틱한 곳에서 해야 하는 얘기인 거예요?"

우현이 눈을 가늘게 떴다.

"나는 누나의 그런 면이 좋은 거 같아요."

"이런 면이 뭔데요? 비아냥거리는 면?"

"네, 그거요."

"내 친구들은 이 성격 좀 고치라고 하던데요."

"고칠 필요 없는 것 같아요. 난 누나의 그런 면이 정말 좋거든요."

"그럼 반드시 고쳐야겠네요."

또다시 우현의 얼굴에 언뜻 상처받은 듯한 표정이 스치고 지나갔다.

아주 잠깐이었지만 슬희는 똑똑히 목격했고, 심장이 철렁했다.

'설마 얘, 진심인가? 진짜로?'

우현이 몇 번이나 진심이라고 했어도, 그 말을 믿지 않았다.

우현 같은 남자는 뻔했다.

있는 소리, 없는 소리 다 끄집어내서 여자의 마음을 움직이게 만들고, 여자의 마음이 오롯이 자신에게로 향하면 흥미를 잃는다.

그런 남자들, 많이 봐 왔고 많이 들어왔다.

만약 여기서 우현이 있는 대로 상처 입은 표정을 지었다면, 그를 믿지 못했을 것이다.

하지만 우현은 미소를 지으며 자신의 감정을 감추려고 애썼다.

그게 오히려 진심처럼 다가왔다.

'진심이면 어쩔 거야. 얘는 내 타입이 아니고, 나는 회사에서 연애 같은 거 할 생각이 없는데.'

사내 연애는 최악이다.

물론 슬희가 사내 연애를 해 본 적은 없지만, 연애를 해 본 적은 있었다.

민석과의 연애가 끝난 후, 둘을 함께 아는 대학 동기들 사이에서 여러 이야기가 떠돌아다녔다.

계속 대학에 다니는 중이었더라면, 소문의 중심이 되어 마음 정리도 제대로 하지 못하고 괴로워했을 것이다.

사랑의 끝이 어떤지 알기에, 생활 반경 안에서는 연애를 하고 싶지 않았다.

연애의 끝은, 그야말로 처참하다.

"누나는 내가 민호연 회장님의 아들이라는 거 알아요?"

"응, 알아요. 얼마 전에 들었어요."

"그걸 알게 됐을 때, 어땠어요?"

"글쎄요. 어땠지?"

놀랐었다.

우현이 민 회장의 아들이라는 사실보다는, 창현의 동생이라는 사실에.

"깜짝 놀랐던 것 같은데요."

"그뿐이에요?"

"뭔가 더 필요해요? 막 입 가리고 호들갑 떨면서 어머, 어머, 웬일이야, 이 정도는 해 줘야 하나?"

슬희의 덤덤한 반응에 우현이 웃었다.

"누나, 연기 되게 못 하네요."

"네, 그래서 연예계는 꿈도 안 꿨답니다."

"어릴 때부터 나는 민우현이 아니라 민 회장님의 막내 아드님이었어요. 친구들도, 선생님도, 다른 사람들도, 전부 날 민 회장님의 막내 아드님으로 대했죠. 내가 뭘 하든 난 그냥 민 회장님의 막내 아드님이었어요."

"그래요."

"내게 접근하는 사람들은 전부 뭔가를 원했어요. 나를 통해서 우리 아버지의 눈에 들길 바라고, 나를 통해서 무언가를 얻길 바랐죠. 내게 좋아한다고 고백하는 여자들도 마찬가지였어요. 나에게서 뭔가를 바랐어요. 돈, 혹은 옆에 끼고 다닐 근사한 액세서리."

"……"

"그들이 나를 그렇게 대하겠다면."

거기까지 말했을 때, 요리가 나왔다.

잠시 대화가 끊겼다.

종업원이 돌아간 후, 우현이 눈을 가늘게 뜨고 웃었다.

"이것 봐요. 여기는 얘기하기가 적당하지 않잖아요."

"그러네요. 하지만 얘기해요. 다 듣고 먹죠."

"식으면 맛없잖아요. 먹고 나중에 얘기할게요."

식사를 하면서는 잡담을 나눴다.

요리의 맛에 대해, 회사에 대해, 친구에 대해 가볍게 대화를 했다.

경계심을 버리고 보니, 우현은 대화의 기술이 뛰어났다.

은근히 슬희가 말하기 편한 주제로 대화를 이끌어 갔다.

그러고 보니 창현도 그랬다.

저 세계의 사람들은 다들 대화의 기술을 배우는 걸까?

'난 왜 또 걔 생각을 하고 있는 거람.'

슬희는 이 와중에도 떠오르는 창현을 간신히 머릿속에서 밀어냈다.

지금은 우현을 만나는 중이다.

우현에게 집중하자.

저녁을 다 먹은 후, 계산은 우현이 했다.

"다음 건 내가 살게요."

슬희가 말했다.

"아뇨. 오늘은 내가 만나자고 한 거니까 내가 살게요. 다음에 누나가 만나자고 할 일 있으면 그때 사세요."

"안 돼요. 그런 식으로 다음을 약속하는 건 별로예요. 다음은 내가 살게요. 아니면 여기서 돈 반 입금하고 집에 갈 거예요."

슬희가 고집스럽게 나오자 우현이 어쩔 수 없다는 듯 눈썹 끝을 늘어뜨리고 웃었다.

"알겠어요, 알겠어요. 그럼 우리, 어디 갈까요?"

"괜찮은 커피숍이 있어요. 바라고 해야 하나? 조용하고 손님도 별로 없어서 얘기하기도 좋아요. 조금 걸어야 하는데, 거기로 갈래요?"

"네, 좋아요."

슬희는 우현과 나란히 걸어갔다.

들어왔던 골목을 나와 다음 골목으로 들어가, 오르막길을 쭉 올라간 곳에 슬희가 가려는 곳이 있었다.

예전에 민석과 데이트할 때 자주 갔던 곳이었다.

몇 년 전까지만 해도 이 길을 갈 때면 민석이 생각나서 가슴이 지끈지끈 아팠는데, 이제는 그런 기분이 전혀 들지 않았다.

이별 후 고통스러워할 때, 다들 시간이 약이라고 했지만, 슬희는 그 말을 믿지 않았다.

그 아픔이 평생 가리라고 생각했다.

하지만 이제는 '시간이 약이다.'라는 말을 믿는다.

시간이 흐르면 아픔이 둔해지고 추억이 흐릿해지는 만큼 통증도 사라진다.

그래서 이제는 이 거리를 걸어도, '그때 그 사람이랑 같이 여길 걸었었지.'라는 생각만 들 뿐, 조금도 아프지 않았다.

그런 생각을 하며 걷느라, 슬희는 방금 스쳐 지나간 한 남자가 자신의 뒷모습을 뚫어져라 응시하는 걸 깨닫지 못했다.

고개를 돌려 슬희의 뒷모습을 물끄러미 응시하던 남자는, 손을 잡고 있던 여자가 "자기, 왜 그래? 아는 사람 봤어?"라고 물어본 후에야 정신을 차렸다.

"아니, 아무것도 아냐."

남자는 떨떠름하게 대답하고는 다시 걷기 시작했다.

*　　　*　　　*

미용실에서 머리를 하고 있는데, 직원들이 몰려가 인사를 하는 모습이 거울에 비쳤다.

태윤은 거울로 들어온 사람을 확인했다.

우아한 연두색 끈 원피스를 입은 사람은 태윤의 친구인 세영이었다.

태어날 때부터 '양갓집'이라 불리는 집에서 태어난 세영은 그야말로 양갓집 규수 같은 귀티가 흘렀다.

직원들의 굽실거리는 태도를 당연한 듯 받아들이며 들어온 세영은 태윤을 발견하고는 옆으로 다가왔다.

"오랜만이네."

"그러게."

"머리 다 하고 차나 한잔할까?"

"응, 그래."

"예쁘게 해."

세영은 들고 온 백을 옆에 있던 직원에게 넘기며 말했다.

태윤과 멀지 않은 곳에 앉은 세영은 자기보다 열 살은 많아 보이는 미용실 원장에게, "알아서 해 줘."라고 명령조로 말하고 눈을 감았다.

태윤은 세영에게 은근한 열등감을 품고 있었다.

조부모 때부터 쭉 부유했던 세영의 집안과 달리, 태윤은 그저 그녀의 아버지가 검사일 뿐이었다.

처세술이 밝은 태윤의 아버지는 검사 일을 하면서 인맥을 넓혔고, 그 결과 태윤도 그런 집안사람들과 어울릴 수 있게 되었다.

하지만 그뿐이었다.

'그런 집안'의 자제들은 태윤을 은근히 무시하는 경향이 있었다.

그래서 태윤은 더욱더 외모를 가꾸고 능력을 키우기 위해 노력해 왔다.

태윤은 거울에 비친 자신의 모습을 점검했다.

허리까지 내려오는 길고 검은 머리칼이 무척이나 잘 어울리는 계란형의 얼굴과 쌍꺼풀은 없지만 큰 눈, 곧게 뻗은 코와 굳게 다문 붉은 입술.

태윤은 세영처럼 눈을 감았다.

이제 외모로는 누구도 나를 무시하지 못한다.

슬희는 아이스 아메리카노를, 우현은 아이스 라떼를 시켰다.

조명이 어두운 커피숍의 테이블에서는 작은 양초가 빛을 내고 있었다.

우현이 계속 말한, 데이트를 하기에 딱 좋은 분위기였다.

슬희는 아메리카노를 한 모금 마시며 입을 열었다.

"아까 하던 얘기 계속하시죠."

"내가 어디까지 얘기했죠?"

"그들이 날 그렇게 대하겠다면."

우현이 미소를 지었다.

"왜 그렇게 웃어요?"

"누나가 내 얘기를 진지하게 들어 주고 있구나, 싶어서요."

"오늘은 우현 씨 이야기 들으려고 만난 거니까요."

"그래도 기쁘네요. 하여간. 그들이 날 그렇게 대하겠다면, 나도 그렇게 대하겠다, 라고 생각했어요."

"상처받지 않기 위해서?"

"네, 상처받지…… 아뇨, 아뇨. 지금은 거짓말하지 않기로 했으니까 솔직하게 말할게요. 솔직히 아무래도 좋았어요. 그냥 귀찮았어요. 다들 그저 내 아버지와 내 집안에 홀려서 날벌레처럼 나한테 꼬여 드는데, 그 사람들을 진심으로 대하는 것도, 그 사람들의 감정을 일일이 신경 쓰는 것도. 전부 귀찮았어요. 정말…… 외로웠어요."

우현이 쓴웃음을 지었다.

"누나. 풍요 속 빈곤이 무슨 뜻인 줄 알아요?"

"대충은요. 옛날 노래 중에 그 비슷한 노래가 있었던 것도 같은데."

"네, 뭐. 내가 딱 그런 상황이었어요. 풍요로워요. 항상 누군가 옆에 있어요. 그런데 그 사람들이 보는 건 내가 아니라 다른 거예요. 그래서 나도 그들을 똑바로 보고 싶지가 않아요. 그들은 나한테 기대하는 게 있어요. 하지만 난 그들의 기대감을 충족시켜 주고 싶지 않죠. 그래서 더 엇나가고, 더 가볍게 행동하고…… 이게 첫 번째 이유예요."

"첫 번째 이유요?"

"네. 그리고 또 다른 이유는…… 우리 형은요. 아, 그러니까 우리 작은형 말고 큰형이요."

"아……."

그 순간, 슬희는 우현을 향한 생각이 바뀌었다.

슬희는 창현이 그 집에 입양되었다는 걸 알고 있었다.

당연히 우현도 알 것이다.

그러나 우현은 그런 내색을 조금도 하지 않았다.

"우리 큰형은 욕심이 정말 많아요. 어릴 때부터 그랬어요. 큰형은 무엇 하나 빼앗기지 않고 고스란히 자기 것이 되기를 원해요. 내가 조금만 잘해서 아버지에게 칭찬을 받으면 눈빛이 달라지죠. 아마 큰형은 자기 걸 뺏기겠다 싶으면 살인도 할걸요."

"살인이요?"

우현이 피식 웃었다.

"뭐, 비슷한 거라도요. 그만큼 욕심이 많거든요. 하지만 난 아버지 재산에 딱히 욕심도 없고. 그저 건물 한두 개 받아서 월세나 받으며 살면 되겠다 싶은 정도라서. 잘난 놈으로 보이고 싶지 않았어요. 여자들 꽁무니나 따라다니는 가벼운 놈. 큰형이 딱 그렇게 생각해 주길 바랐고, 그렇게 행동하다 보니 진짜로 속까지 그런 놈이 되어 버렸죠. 이게 두 번째 이유예요."

"세 번째 이유는요?"

"아, 세 번째도 있어야 돼요? 두 개로는 납득이 안 돼요?"

우현이 난처한 표정을 짓는 모습에 슬희는 작게 웃었다.

"아뇨, 그걸로도 납득돼요."

"하아, 다행이다."

우현이 진심으로 안도한 듯 크게 한숨을 내쉬었다.

그러더니 자세를 바로 하고 슬희와 눈을 똑바로 맞췄다.

"그런 이유로 가벼운 놈이었는데 이젠 아니에요, 누나. 누나가 회식 때 했던 얘기 듣고, 생각 많이 했어요. 누나 말이 옳고, 내가 틀렸어요. 내 사정 때문에 남을 그렇게 상처 주면 안 되는 거였어요."

"……."

"정리했어요. 제대로 설명하고 정리했어요. 그렇다고 내 과거가 사라지진 않겠지만, 내 미래는 다를 거예요. 나는 이제부터 누나만 볼 거예요."

"그런 말은 하지 마요."

"처음이에요. 이렇게 시선이 가는 여자도. 이렇게 신경이 쓰이는 여자도. 이렇게 한 마디, 한 마디에 내 가슴을 아프게 하는 여자도."

우현의 표정은 진지했고, 그의 눈동자는 조금도 흔들리지 않았다.

슬희는 자신을 응시하는 우현의 눈빛이 강렬해서, 그를 똑바로 보기가 힘들었다.

"나는 누나한테 내 인생을 걸고 싶어요."

"그러지 마요. 나는 민우현 씨 인생을 걸 만한 여자가 못 돼요."

"아뇨, 돼요. 아니, 넘쳐요. 그래서 내가 누나한테는 많이 부족한 것 같고, 어떻게 해야 누나 마음을 얻을 수 있을지도 모르겠고. 그래도요, 누나. 이제부터 노력해 보려고요."

"그러지 말아요, 우현 씨. 그러지 마요."

슬희는 우현을 똑바로 응시했다.

"나는 사내 연애 같은 거 할 생각 없어요."

"그럼 내가 사표를 낼게요."

"아뇨, 그런 문제가 아니에요. 나는……."

슬희는 시선을 아래로 내렸다.

이렇게 솔직하게 온몸으로 부딪쳐 오는 남자는 처음이었다.

이런 남자는 어떻게 상대해야 하는 걸까?

슬희는 잠시 고민하다가 다시 고개를 들고 우현과 눈을 맞췄다.

"우현 씨. 우현 씨는 내 타입이 아니에요."

"아……!"

우현은 충격받은 표정이었다.

"우현 씨가 나한테 집중을 하기로 했든, 다른 여자들을 다 정리했든, 날 좋아하든 말든. 그런 건 문제가 되지 않아요. 우현 씨는 내타입 아니에요."

"그럼…… 그럼 누나 타입은 뭔데요?"

"알아서 뭐하게요?"

"그렇게 되려고요."

슬희가 콧등을 찡그렸다.

"우현 씨……."

"전에 말했던 그 천 가지 조건. 그걸 채우면 되는 거예요? 그럼 말해 줘요. 그 천 가지, 채울게요. 누나의 천 가지 이상형에 들어맞는 남자가 될게요."

"말해 주기 싫어요. 노력으로 그렇게 되는 남자는 필요 없어요. 그러니까 됐어요. 그러지 마요."

괜한 기대감 같은 걸 줘 봐야 우현만 상처받을 뿐이다.

슬희는 모질게 말했다.

"우현 씨가 아무리 노력해도 내가 원하는 남자는 되지 못해요. 그러니까 우리 그냥 이렇게 지내요. 나는 우현 씨 미워하지 않을게요. 평범한 직장 동료로, 그렇게 지낼 수는 없어요?"

"없어요, 누나. 그럴 수 있을 리가 없잖아요."

"……."

"나는요, 누나. 요새 매일 아침 눈뜰 때마다, 매일 밤 눈 감을 때마다, 어떻게 해야 누나 마음에 들 수 있을지 생각해요. 하루 24시간이 온통 누나한테 집중되어 있어요. 나는……."

"그건 우현 씨 사정이고요."

슬희는 차갑게 말하고 테이블에서 일어났다.

우현의 말은 솔직히 감동이었다.

저런 말을 들으면 어느 여자라도 설렐 것이고, 그건 슬희 또한 마찬가지였다.

하지만 순간의 설렘에 기대기엔, 너무 많은 경험을 했다.

그 설렘이 영원하지 않다는 걸, 슬희는 잘 알고 있었다.

차라리 이쯤에서 냉혹하게 끝내는 편이 서로에게 좋았다.

"우현 씨, 안 미워요. 그렇다고 해서 우현 씨를 좋아하는 건 아니에요. 우린 그냥 평범한 직장 동료고, 난 우현 씨랑 그 이상이 될 생각 없어요. 오늘 즐거웠어요. 먼저 갈게요. 따라오지 않았으면 좋겠어요."

슬희는 카운터에 가서 계산을 하고 커피숍에서 나왔다.

후텁지근한 바람이 불어왔다.

슬희는 잠깐 하늘을 올려다봤다.

'아, 바다에나 가고 싶다.'

＊　　＊　　＊

우현에게 있어서 사랑을 받는다는 건, 숨을 쉬는 것만큼이나 쉬운 일이었다.

슬희에게 진심을 전하면, 슬희가 마음을 열어 줄 거라고 생각했다.

그녀를 쉬운 여자로 여긴 건 아니지만, 아무리 그녀라도 조금은 흔들릴 줄 알았다.

하지만 슬희는 조금도 흔들리지 않았다.

그녀의 완고한 태도에 가슴이 아팠다.

아무리 노력해도 손에 넣기 힘든 게 있다는 말이 어떤 건지 조금은 알 것도 같았다.

어쩌면 평생 그녀를 손에 넣을 수 없을지도 모른다는 불길한 예감이 스치고 지나갔다.

'아냐.'

우현은 얼른 그 생각을 지웠다.

'그럴 리 없어. 지성이면 감천이랬어.'

이대로 슬희를 포기할 생각은 없었다.

만나면 만날수록, 이야기를 하면 할수록 매력적인 여자였다.

슬희를 놓치면 두 번 다시는 그녀 같은 여자를 만나지 못하리라.

'이제 어떻게 해야 할까?'

*　　*　　*

태윤은 세영보다 일찍 끝났지만, 미용실 소파에 앉아 세영이 끝나기를 기다렸다.

세영이 차 한잔하자고 했으니 그냥 돌아갈 수는 없었다.

세영은 사교계의 여왕이었고, 세영의 눈에 거슬러서 좋을 것이 없었다.

세영의 친한 친구라는 지위를 놓칠 수는 없었다.

머리를 끝낸 세영과 함께 근처 커피숍에 들어갔다.

은은한 클래식이 깔린 커피숍은 조용하고 분위기가 좋았다.

"여기 얼그레이가 괜찮더라."

세영의 말에 태윤도 얼그레이를 시켰다.

"결혼 생활은 어때?"

세영은 결혼한 지 3년이 지났다.

집안에서 맺어 준 비슷한 집안의 남자와 결혼을 했다.

"평소랑 똑같지, 뭐. 슬슬 애를 가져야 하나 싶어. 유부녀 얘기는 됐고, 넌 어때? 아직도 그 남자 쫓아다녀?"

"쫓아다니다니. 그런 거 아냐."

"왜 하필이면 그 남자야? 아무리 민 회장님이 거둬들였다고 해도 핏줄 자체가 쓰레기인데."

창현을 욕하는 말에 심장이 옥죄어 왔다.

'쓰레긴 너야. 핏줄로 사람을 평가하는 인간 말종.'

순간 태윤은 슬희였다면, 속에 품은 이 말을 그대로 내뱉었을 거란 생각이 들었다.

그러나 이런 상황에서 슬희를 떠올리는 자신이 한심스러웠다.

"민씨 가문이 탐나는 거면, 그냥 민우현이나 잡지그래? 엉덩이는 가벼워도 어쨌든 물려받을 것도 있을 거고, 얼굴도 근사하잖아."

"걘 안 돼. 바람둥이잖아."

"그럼 뭐 어때? 결국 혼자 사는 인생이야. 걔는 걔대로, 너는 너대로 애인 옆에 끼고 살면 되지. 뭐가 문제야?"

"글쎄. 일단 민우현이 내 타입이 아니기도 하고."

"민창현은 네 타입이니?"

"어쨌든 잘생겼잖아."

"잘생기긴 했지. 우리 쪽에서 걔를 뭐라고 하는지 알아? 다비드 래, 다비드. 뭐, 애인으로 두긴 딱 괜찮지. 너도 그냥 딱 애인 정도로만 삼아. 결혼 같은 거 할 생각은 하지도 말고."

"그래, 알겠어. 그런데…… 하아."

"왜 한숨이야? 걔가 너 싫대?"

"아니, 그런 건 아닌데. 요새 좀 걸리적거리는 애가 있어서."

"누구? 여자?"

"응. 우리 회사 신입인데."

태윤은 그동안의 일을 간추려서 설명했다.

물론 자신이 당한 수모는 쏙 빼고 말했다.

가만히 태윤의 이야기를 듣던 세영이 차가운 미소를 지었다.

"하여간 끼리끼리 논다더니. 딱 지 같은 여자한테 관심을 주네."

"창현이도 남자니까 잠깐 흔들리는 거겠지."

"그냥 둬도 민창현이랑 잘 될 것 같진 않지만, 일단 그 여자 뒷조사 좀 해 봐. 세상에 뒤가 안 구린 인간 없어. 약점이라도 하나 잡아 두면 언젠가 쓸 일 있을 거야."

"뒷조사…… 맡길 만한 곳 알아? 창현이 귀엔 안 들어갔으면 좋겠는데."

"내가 아는 데 있어. 이따가 문자로 연락처 넣어 줄게."

"응, 고마워."

"그리고 너, 애리 언니랑 척질 생각하지 마. 일단 애리 언니를 네 편으로 끌어들여. 민창현, 걔가 그 집 재산 탐낸다고 너도 덩달아서 그거 도와주고 그래 봐야 좋을 거 없어. 차라리 네가 그 집안사람들이랑 같은 편이 되어야, 민창현을 네 마음대로 흔들 수 있는 거야."

그런 식으로는 생각도 못 해 봤다.

"너, 정말 대단하다."

"대단할 것도 없어. 누굴 내 편으로 만들고, 누굴 적으로 삼을지 잘 판단해야 조용히 살 수 있거든. 애리 언니는 단순한 사람이니까 마음 얻기 쉬울 거야."

〈다음 권에 계속〉